携手行大道 绽放友谊花

冯骥才

——天津友城五十年民间交往故事集

天津市人民对外友好协会
天津市作家协会 编著

天津出版传媒集团
百花文艺出版社

图书在版编目（CIP）数据

携手行大道　绽放友谊花：天津友城五十年民间交往故事集 / 天津市人民对外友好协会，天津市作家协会编著. -- 天津：百花文艺出版社，2023.12

ISBN 978-7-5306-8642-3

Ⅰ. ①携… Ⅱ. ①天… ②天… Ⅲ. ①散文集－中国－当代 Ⅳ. ①I267

中国国家版本馆 CIP 数据核字 (2023) 第 142730 号

携手行大道　绽放友谊花——天津友城五十年民间交往故事集

XIESHOU XINGDADAO ZHANFANGYOUYIHUA——TIANJIN YOUCHENG WUSHINIAN MINJIAN JIAOWANG GUSHIJI

天津市人民对外友好协会，天津市作家协会　编著

出 版 人：薛印胜　**封面题字：**冯骥才

责任编辑：张　雪　**美术编辑：**任　彦

特约编辑：钟　山　**特约策划：**仰融（天津）文化发展有限公司

出版发行：百花文艺出版社

地址：天津市和平区西康路 35 号　**邮编：**300051

电话传真：+86-22-23332651（发行部）

+86-22-23332656（总编室）

+86-22-23332478（邮购部）

网址：http://www.baihuawenyi.com

印刷：天津市豪迈印务有限公司

开本：880 毫米 ×1230 毫米　1/32

字数：200 千字

印张：11.5

版次：2023 年 12 月第 1 版

印次：2023 年 12 月第 1 次印刷

定价：88.00 元

如有印装质量问题，请与天津市豪迈印务有限公司联系调换

地址：天津市西青区天津开发区微电子工业区中晓园 8-E 座标准厂房

电话：（022）83989181

邮编：300380

编委会

执笔作家（按姓氏笔画排列）

于剑文　刘晓珍　李兰芳　杨仲凯　杨伯良　李恩红

李晓楠　李赞民　周子妮　岳付玉　姜桂荣

统稿作家：周子妮

耕耘不辍五十载　扬帆奋进再起航

——写在天津国际友城工作五十周年之际

1973年6月24日，在周恩来总理的亲切关怀下，天津市与日本神户市缔结为中日两国间第一对友好城市，既开启了中日地方政府间相互往来、友好合作的历史，也开创了新中国成立后中国与国外城市结好的先河。天津与国外地方政府的友好交往序幕自此徐徐拉开。

经过五十年的布局拓展、友好往来、合作深耕、携手奋进，天津已与世界五大洲五十三个国家的九十九个地方政府建立了友好关系。中国（天津）国际友城走过了五十年的发展历程。半个世纪以来，天津市深入贯彻落实党和国家外交方针，坚持服务国家总体外交和天津经济社会发展，国际友城数量不断增加，布局不断优化，质量结构不断提升，务实合作成果丰硕，发展贡献日益突出。近年来，在习近平新时代中国特色社会主义思想和习近平外交思想的指引下，天津市深入贯彻落实习近平总书记对天津工作和国际友城工作的重要指示要求，国际友城交流实现了从友好往来到务实合作、从双边到多边、从完善布局到构筑平台的重要转折，友城交流合作的广度、深度和高度不断提升。全国对外友协和中国国际友好城市联合会先后授予天津“中国国际友好城市贡献奖”、“中国国际友好城市交流合作奖”和“国际友好城市特别贡献奖”。我市友城印尼东爪哇省、法国留尼汪大区、荷兰格罗宁根市分别荣获“对华友好城市交流合作奖”。

一、坚持思想引领，加强顶层设计，扩大对外开放

以习近平外交思想为指引，加强国际友城工作理论研究。以习近平外交思想为理论指南和行动遵循，以国际友城和地方外事工作为研究对象和实践载体，强化“理论研究、调研交流、历史总结、实践探索”四位一体的工作理念，着力打造习近平外交思想和国际友城工作系统研究、理论阐释、对外宣介和地方实践的“津”字招牌。组织开展“习近平外交思想与国际友城工作研讨会”，围绕“习近平外交思想与新时代城市外交”“国际友城在服务国家总体外交和地方高质量发展中的地位和作用”“国际友城工作在地方的研究与实践”等议题进行深入交流研讨，面向全国社会各界公开征集“习近平外交思想与国际友城工作”研究论文。举办“习近平外交思想的时代特征与世界意义”理论研讨会、“习近平外交思想与天津民间外交”座谈会、“习近平外交思想与天津国际化发展”座谈会、“学习习近平外交思想”知识竞赛、国际友城“一城一策”专题调研等形式多样的活动，不断深化对习近平外交思想的学习研究，筑牢在科学理论指引下高质量推进国际友城工作的思想理论基础。

坚持规划先行，加强国际友城工作顶层设计。天津市委、市

政府高度重视国际友城工作，加强与国际友城高层领导人的交流互动，推动务实合作项目。将国际友城工作纳入《天津市国民经济和社会发展第十四个五年规划和2035年远景目标纲要》《天津市培育建设国际消费中心城市实施方案（2021—2025）》等全市经济社会发展总体规划进行谋划部署和协调推进，将国际友城工作同服务国家总体外交、推动天津经济社会高质量发展、扩大对外开放、培育建设国际消费中心城市、扩大民间“国际朋友圈”、加强对外宣介讲好天津故事等重要内容整体谋划、协同推进。深化同蒙古、白俄罗斯等重点国际友城的交流合作，签订《深化友城合作三年行动计划》。加强天津市国际友城工作联席会机制建设，构建全市上下协力、齐抓共管的国际友城工作格局。

以国际友城为载体，不断优化对外交往布局。围绕打造国内国际双循环战略支点，发挥天津朝内朝外“两个扇面”作用，以国际友城为载体推动对外交往，加大友城间开放经验交流，与国际社会联系更加紧密。积极推进自贸试验区创新发展和境外经贸合作区建设，培育建设国际消费中心城市。主动融入高质量共建“一带一路”，天津在“一带一路”沿线的国际友城共五十一对。全力服务中蒙俄和中巴经济走廊建设。以区域全面经济伙伴关系协定（RCEP）生效为契机，不断扩大与日韩和东盟国家交流合作。通过友城合作擦亮中美人文交流品牌，推动天津首创原创职教品牌“鲁班工坊”走向世界。深化与意大利、英国、白俄罗斯等欧洲国家务实合作，不断拓展同拉美地区友好交往，遍布全球的“朋友圈”拓宽了天津的对外交往渠道。天津市各类代表团走出国门访问国际友城，开展城市间交流合作，宣介天津城市发展，推动招商引资和投资出口，落地务实合作项目，在推动城市发展进步的同时，与世界各国友好城市架起了一座座友谊合作与民心相通的桥梁。

二、坚持高质量发展，突出天津特色，深耕友城合作

聚焦天津高质量发展，友城工作实现历史性转变。围绕天津“一基地三区”的发展定位和推动“高质量发展、高水平改革开放、高效能治理、高品质生活”的目标导向，将国际友城工作放在服务构建新发展格局、实现高质量发展中推动落实，充分发挥国际友城在推进国际交流合作中的桥梁纽带作用和扩大对外开放载体功能，积极服务推进落实天津市“十项行动”。国际友城工作实现了从传统友好交流到深化务实合作、从服务经贸单领域发展到服务经济社会多领域发展、从注重政府间官方交流合作到拓展基层民间友好交流合作、从双向交流合作到构筑多元合作平台的历史性转变。

国际友城合作领域不断拓宽，务实合作成果愈加丰硕。五十年来，天津在产业经贸、数字经济、城市治理、港口物流、信息技术、教育科技、绿色低碳、医疗健康、疫情防控、气候变化、人文艺术、文化体育、青少年等众多领域同世界五大洲众多国际友城开展了多种形式的务实合作，合作的新主体、新机制、新模式不断涌现，友城务实合作成果丰硕，“友城+鲁班工坊”“友城+务实项目”实效显著，取得与日本神户市合作建设天津代谢病防治中心、与澳大利亚墨尔本市合作推动天津市政

府高级管理干部培训项目、与印尼东爪哇省、巴基斯坦旁遮普省、葡萄牙塞图巴尔市、保加利亚普罗夫迪夫大区等国际友城合作建成4个鲁班工坊项目、同保加利亚普罗夫迪夫大区合作建设“中国—中东欧国家农业示范区”项目、同美国费城交响乐团友好交流项目、同科特迪瓦阿比让大区合作推进当地民生工程建设项目等一批批务实合作成果。国际友城工作对天津经济社会发展的贡献度日益提升。

坚持守正创新，深化重点友城务实合作。根据交往实际情况和重点方向，梳理日本神户、韩国仁川、蒙古乌兰巴托、白俄罗斯莫吉廖夫、英国大曼彻斯特、德国科隆、美国费城、俄勒冈、澳大利亚墨尔本等多个重点推动的友城务实合作项目。抓住开放合作新机遇，定期开展对接会、高层代表团互访等活动，推动区级结好和友好港口等基层单位结好。以强化招商引资、经贸洽谈、人文交流等领域务实合作为重点，细化重点友城重点领域合作。在与第一对友城日本神户市合作创立的“第一对友好港口”“第一家代谢病医院”“第一位荣誉市民”等众多“全国第一”的基础上，重点推动与神户市的港口、高新技术、医疗等领域合作；与蒙古乌兰巴托市津蒙东疆物流园项目和中蒙合作蔬菜科技示范园项目建设；与白俄罗斯莫吉廖夫州智能科技产业园区合作；与印尼东爪哇省农业示范区及摩托车零配件项目；与美国费城港和俄勒冈州波特兰港友好港口交流；与英国大曼彻斯特市的绿色低碳交流合作；与澳大利亚墨尔本市装备制造高新技术企业合作，着力打造标杆友城，形成更多务实合作成果。

三、坚持友好主题，讲好友城故事

梳理挖掘友城故事，巩固筑牢友好基础。为纪念天津友城工作五十周年，讲述天津友城发展的感人故事，天津市外办、市对外友协联合天津市作家协会历时两年组织编写《携手行大道　绽放友谊花——天津友城五十年民间交往故事集》，共联系采访中外友城驻津机构负责人、企业家、民间友好人士等六十余人，编写了五十个生动感人的友城故事，讲述了天津友城五十年来不凡的历程和取得的突出成就，讴歌了五十年来为天津友城事业发展付出艰辛努力、做出积极贡献的中外各界人士。故事总计20万字，图片约150幅。采访编写友城故事的过程也成为天津巩固拓展友城朋友圈、再续友谊、深化合作、展望美好发展前景的生动实践。

坚持友谊联动，扩大友城朋友圈。每年新春通过视频、信函等方式同各友城互致问候，在新冠疫情期间加强同友城的线上云端交流，开展抗疫合作互助，保持交往热度，推动务实合作，实现友好交流常在线、再升温。创新提出“身边的国际社会”理念并积极推动实践，加强与友城驻津机构及友人联动，举办倾听“身边的国际社会”声音新春恳谈会、诚邀“身边的国际社会”感知京津冀、“身边的国际社会”眼中的天津摄影大赛，组织中外友城青年互访交流，发现培养更多国际友城友好使者。

开展品牌活动，打造友城合作平台。连续举办五届中国天津国际友城圆桌会、城市治理国际论坛等品牌活动，着力打造友城多边合作平台。2023年举办了第七届世界智能大会、夏季达沃斯论坛、中日友城纪念大会、“一带一路”世界港口城市合作论坛，广泛邀请国际友城参与相关活动。国际交流内涵愈加丰富、友城“朋友圈”辐射带动作用进一步放大，天津国际影响力进一步增强。主动设置正面议题，加强同津内外媒体、新媒体交流互动，开展媒体“友城天下行”活动，组织媒体团赴友城采访报道。创设“谈天论津”品牌，举办“海河之邀”国际大讲堂，精心打造“天下之津”微信公众号，通过国际友城的友好人士讲好中国故事、天津故事。

新时代新征程，在新的历史起点上，天津市将以习近平新时代中国特色社会主义思想和习近平外交思想为指引，坚持胸怀天下、守正创新、友好合作，扎实推进新时代国际友城工作高质量发展，为推进构建人类命运共同体做出新的更大贡献。

目　录

1 半个世纪的老朋友

姜桂荣

“桃李春风一杯酒，江湖夜雨十年灯。”若把这十年乘以五，透过五十载光阴的沉浮，我们看到携手走来的是一对相识相知五十年的老朋友——天津与神户。弹指一挥间，这对老朋友并肩走过了半个世纪的路，这段路上有柳暗花明，也有崎岖险阻。但每每隔着一道窄窄的海峡，他们总会相视一笑，就像歌中唱的一样：“因为爱着你的爱，所以梦着你的梦，因为悲伤着你的悲伤，所以幸福着你的幸福。”未来的路，他们还将牵手一起走。

——题记

珍贵的往事

“如果说那串闪烁的记忆是一笔财富，那么，那些难以忘怀的经历则是这笔财富闪着不同光泽的内容。在如昨的往事中，重要的并不在于得到过或失去过，重要的在于经历过。”对于小柴善博先生在天津任期的经历，虽然已经过去了三十多年，但是他讲起往事历历在目，犹如昨天发生的那样清晰、生动。

1988年4月，小柴善博先生赴津上任。他乘坐的是傍晚的飞机，三个半小时后到达北京机场，然后一人包车来到天津。在宾馆住下后，他彻夜难眠，倚窗眺望。而天津道路上川流不息的自行车流，更令他叹为观止。他早就听说，中国是个自行车王国，现在真是眼见为实了。

“80年代，自行车主宰了那时候的公共交通。”在20世纪80年代，由于当时中国科技和生活水平的局限，私家车少之又少，所以自行车成为中国当时普及率最高的交通工具，故而中国被称为是世界上最大的“自行车王国”。

提及在天津的生活，小柴善博先生赞不绝口，他本就是个随遇而安的人，没有任何特殊嗜好，也没有什么忌口的饭菜，而且宾馆的餐厅提供日式料理，宾馆前方还有一家烤肉店，也是个调济饮食的好去处。天津市与日本神户市是一对地理相近、地

神户园景色

位相似的友城。两座城市在经贸、环保、旅游、文化、教育等多方面都展开了交流合作。这让初来乍到的他很快进入工作状态。

有人说建筑是凝固的音乐、流动的绘画、实用的雕塑。也就是说一座美丽的建筑，可以囊括多方面的艺术。为纪念两市十五周年的交好，长期坚持对华友好的时任日本神户市市长宫崎辰雄先生很想让友好的天津人不出家门就能游赏日本庭院，决定由神户市出资1亿日元在天津水上公园内建成中国第一个大型日本庭院式园林——神户园。这是对1985年在神户市建成天津森林绿地（1983年为纪念友城缔结十周年，天津市代表团访问神户，出席了在神户市立森林植物园内举办的“天津之林”开工仪式、儿童画报展等纪念活动）的情谊表达。小柴善博先生全身心投入此项工作中，像是上了弦的钟表，天天到现场，一方面随时掌握施工的进度，另一方面特别注意施工人员的安全。

在营建流水的山石景观时，需要一块大石头，但是眼下没有。小柴善博先生多方打探信息，最后他们开车两个多小时，到了有山石的蓟县（现在的蓟州区）寻找。功夫不负有心人，找到了一块很理想的巨石，小柴善博先生心头的一块石头也落地了。另外，为了更全面体现“高颜值”的园林景色，他们还到济南去“取经”，与那里的园林人畅谈交流。济南一直是山东的政治、经济、文化中心，历来为官宦商家、文人墨客所青睐，争相建造园林宅邸。这里的园林花木扶疏、游廊迂回、亭台巧置、古朴典雅，美不胜收。

仅用了半年的时间，一座酷似日本本土风格的“园中园”顺利完工，成为中国第一个日式庭园。

“神户园”通过一系列形式要素和人文景观，将其情感、思想，甚至是文化都淋漓尽致地表达出来。在开园典礼仪式上，小柴善博先生怀着激动的心情致辞：愿神户园成为中日人民的“友好园”！

据日本造园设计师阐释，此园设计概念源于神户市布局，寓意两市人民友好交往。园中北侧郁郁葱葱的小山，象征着神户市的六甲山；小南湖和临水平台，象征着神户港。园中宽阔平坦的草坪和点缀其间的原木小屋，则象征着神户市区。踏进神户园原木装饰的大门，登上“六甲山”，遥看红桥、粉墙，绿柳、樱红，游人可以感受到日式园林特有的意境。

神户园地面建筑都是原木色调，用紫铜叶包角裹边，做工非常考究，主要建筑材料大多取自日本。神户园最大的特点是清静雅致。虽然是免费入园，但这里从不喧闹。总有些喜静的市民，隔三岔五到这里走走坐坐，也有日本驻津工作人员在这里的湖光山色中品茗小酌。

“草木为情 友谊无涯 世代流传 勒石永存”，园林内，山石砌成的纪念碑上镌刻着这样的题词。这是天津和神户两市市长们的美好愿望，也是两市市民们的美丽愿景，更是小柴善博先生的丰盈愿果。走在今天“曲径通幽”的神户园，依然能体味出岁月的厚重深刻，友谊的源远流长。

永远的朋友

2007年9月8日，一架从日本神户飞来的飞机，要飞到天津机场降落。机身以大熊猫为主题进行了特殊的涂色，故而被称作“FLY！ PANDA！”号。全世界的人都知道，熊猫是中国的国宝级动物。毋庸讳言，神户首航来津飞机这样的命名，就饱含着浓浓的情谊。北京2008年奥运会开幕在即，飞机场到处都能看到奥运会吉祥物福娃：贝贝、京京、欢欢、迎迎、妮妮。

当看到机场上的电子屏幕显示出，飞机马上就要到达目的地——天津时，一位前来接机的中年男子异常激动。这次包机来的二百多位乘客是来赓续友谊的。这位中年男子就是日本神户驻天津办事处第八任所长冈本康宪先生，他从2005年7月上任以来，每天的工作就是为中国和日本，天津和神户的各项友好活动不停地奔波、忙碌。

他记得自己初次来的时候，是从东京乘机先到了北京，再转乘汽车来到天津。他对天津的高楼大厦印象很深，觉得很有国际性大都市的气派，只是天空有些灰蒙蒙的。如今，中国各大城市的空气质量已经有了大幅改善——仰首望去，碧蓝的天、雪白的云已经成为常态。此次航班只有国内航线是神户机场，自2006年2月16日通航后，唯一一次飞国际航线。让冈本康宪先生很开心的是，时任神户市市长矢田立郎率领的“神户·天津友好之翼”代表团一行二百多人，大多是以商

冈本康宪先生

工会所为代表的经济界人士，这对于促进两国的经济建设交流大有裨益。还有一些市民也参团来到天津，更会促进民间的文化交流。

当晚，天津市政府设晚宴招待日本朋友们。市委书记和市长致辞，对神户客人来津表示欢迎。希望大家在津多走走、多看看，更加全面地了解天津，把两市业已形成的良好关系提高到一个新水平，为中日友好做出新的贡献；欢迎神户工商企业积极来津投资，也支持天津企业到神户发展，进一步巩固提升两市的友好合作关系。

时任神户市市长矢田立郎、时任日本驻华大使馆公使和田充广分别在致辞中表示，第九届世界华商大会将在神户举行。2008年是两市缔结友好城市三十五周年，欢迎天津派出代表团到神户参加庆祝活动，进一步推动两市友好合作向前发展……

此次神户组成二百多人规模、涵盖各界人士的代表团来津，充分反映了对日中友好关系的重视。两市友好交流合作活动，将在推进日中友好关系中发挥重要影响。

冈本康宪先生负责这个团体成员的迎送、食宿、活动等日程安排，并陪同代表团参观了滨海新区规划展、天津港五洲码头、天津博物馆、天津奥林匹克体育场等，还与天津市有关单位进行对口交流。虽然仅仅三天，但是接待人员之多，日工作量之大，游历范围之广，累得冈本康宪先生精疲力竭，但是他的心情却非常愉快，套用中国一句流行的话说："累并快乐着！"因为这正是他的心愿：助力天津与神户两个友城，情谊世代绵延，友情源远流长。

从中日建交开始，动物就成为“友好大使”。中国政府将北京动物园一对大熊猫康康和兰兰赠送给日本，落户上野动物园。日本神户市立王子动物园等地也有从中国来的大熊猫。2007年12月20日，为了纪念2008年值天津市与日本神户市结为友好城市三十五周年，又恰逢中国农历的鼠年，日本王子动物园将两只大赤袋鼠作为新年礼物赠送给天津动物园。日本神户市立王子动物园园长石川理先生由冈本康宪先生陪同，专程来到天津动物园，参观了这对大赤袋鼠“安居乐业”的新家。石川理先

日本神户

生还向天津动物园的饲养员传授饲养袋鼠的经验。

冈本康宪先生说，天津饲养员精心调配，它们吃的食物非常适口健康。几个月后，就已经完全适应了在天津的生活。现在它们毫不认生，不时摆出各种姿势让游客任意拍照。

时间犹如白驹过隙，这些事情已经过去十五六年了，但是冈本康宪先生说起来，那一幕幕的往事，仿佛发生在昨日。留给他的是挥之不去的记忆，割之不断的留恋，讲之不尽的生动……

冈本康宪喜欢中国，更详细地说，他喜欢中国的饮食。他住在天津河东区卫国道的“九河国际村”，周围基本都是日本人居住。他和天津人关系也很好，他懂得天津话“铁哥们儿”的意思，在他住所附近有一家日本料理餐馆，他说和中国“铁哥们儿”喝茅台酒，就得“干杯”(日语的发音与汉语相似)。正像《中国日报》外籍专家英国人克莱尔·布坎南的一篇文章的题目一样——“茅台，用‘干杯’拥抱世界”！

他喜欢中国，更具体地说，他喜欢中国的文化。他游览过天津的名胜古迹，特别是古文化街，“那里是天津商铺最集中的地方，路的两旁都是店铺，一家挨着一家的。”他任满回国的时候，在那里买了些具有中国特色的商品。他买的一幅刺绣画，上面绣着的熊猫活灵活现，“卡哇伊”（日语：可爱）！他给孩子买的礼物是一个昆虫标本，孩子爱不释手，至今都放在他的房间里，天天观赏。

他喜欢中国，更确切地说，他喜欢中国艺术。就像许多中国人欣赏日本的高仓健、栗原小卷一样，他欣赏中国的明星歌手所唱的歌，最喜欢周华健的《朋友》，他在天津的时候，和朋友们卡拉OK就唱这支歌。虽然隔着视频的屏幕，但是在我们长时间鼓掌的盛情而热烈的要求下，他唱得字正腔圆、唱得血脉偾张、唱得激情满怀、唱得引人共鸣——“一句话，一辈子，一生情，一杯酒”，一句句的递进，道尽友情的珍贵；一声声的倾诉，表达情谊的衷肠。这何尝不是冈本康宪先生发自肺腑的心声呢？“一声朋友，你会懂”，神户与天津，“朋友，一生一起走”！

如歌的岁月

“你好，好久不见，很想念。”如果不是事先做足了功课，一定不会想到如此流利的汉语是出自两位日本友人之口，这是一种阔别重逢，是真正深刻的“故友相见情更切”！由于是视频工作会面，于是招手代替了握手，影像再见了彼此。

为了纪念天津市与日本神户市缔结友好城市五十周年，两位曾经的“天津人”，虽分别身在一衣带水的东瀛与海河环绕的天津，但在天津市外办以视频的方式再次相聚，畅谈工作、重温友谊、回忆生活。日本神户驻天津办事处第十一任所长丹泽靖先生和第十二任所长梅泽章先生同框出镜，有一种很鲜明的对照感觉：一位鬓发斑白，一位青丝浓密；一位衣衫雪白，一位西服深

丹泽靖先生

1974年神户市长宫崎辰雄一行405人乘坐“神户·天津友好之船”访津

蓝。甚至连两位先生的口罩也是蓝色和白色，深浅颜色分明。

他们两人不但是前后任办事处所长，而且梅泽章在天津任职期间，升任为神户市国际课课长的丹泽靖还多次来天津从事友好活动。

更有趣的是，一般日本人的名字是四个字，而这两位先生的名字同为三个字，且中间那个字都为“泽”，像是中国式的平辈排行。这种巧合可真是难得的缘分啊！

丹泽靖先生是2014年4月来到中国赴任，到了北京机场刚下飞机，就没有陌生感。走出飞机场，回首仰望机场上的“北京”两个字以及周边的中国字，他基本都能够看懂，并且能够大致理会其意思。这让他“出国”的感觉一扫而光，大有宾至如归的惬意。

办事处前来接机的汽车，风驰电掣地行驶在高速公路上。丹泽靖先生很感慨，这里的道路很宽，道路的设施也很完备。到达住所后，见到办事处副所长把一切的生活起居都已安排妥当。副所长是位细心负责的人，深谙“安居才能乐业”的道理，因此先把他们的居所安排得十分好。

梅泽章先生是2017年4月来到天津赴任，那时已经有了从神户到天津的直航，因此他的到来更直接更快捷。梅泽章先生比较浪漫，他说，一到天津就感受到了浓厚的“春天的气息”。杨花柳絮伴着和煦的春风扑面而来，像极了对日本樱花花粉的敏感——身上感觉暖洋洋的，鼻子感觉痒酥酥的。他以前来过天津，如今“故地重游”，唤回曾经的记忆——原先的道路拓宽了，在建的楼宇也都竣工使用了……整体是旧貌换新颜了。

梅泽章先生如此热爱本职工作，还有一个很重要的因素，就是他出生于1973年，正是那年天津与神户结为友好城市。他无不自豪地说：“我好像是为了天津和神户的友好而生。”在这个特定历史时期出生的人，应该与这个特定时期“同庚同志又同心”。因此，“一点浩然气，千载快哉风”，自己要在这里发光发热，把全部能量奉献给神户和天津的友好事业。在他在任期间，确实有诸多重要工作，需要他全力以赴。

梅泽章先生

自1973年天津市与日本神户市缔结友好城市以来，每逢五年、十年都会有很隆重的纪念活动，这副担子无疑是要驻津办事处的所长来扛起，诸如多元化的合作、两市之间的互访、各个领域的互补、官方和民间的交流……

2018年是天津神户友城缔结四十五周年，这是梅泽章先生在任期间，与作为神户市国际课课长的丹泽靖二位先生共同全力以赴的重头戏。那年8月6日中午，神户市平野昌司副议长一行到达北京机场。当晚，神户市市长久元喜造到达天津滨海国际机场。

这次访问天津的代表团有八十人之多，是历次友城缔结纪念活动中人数最多的访问团体，而且来者都是之前与天津方面有过基础沟通渊源的人员。他们都希望以此为契机，展开更广泛的合作，取得更长远的发展。

譬如，医疗方面举办了国际医疗交流研讨会。因为天津医科大学和神户大学之前有过建立“代谢病防治中心”合作的历史，此次进行了深入的专业研讨并达成新的合作意向，使此项事业有了更大发展。而且代表团有关人员还参观考察了天津国际生物医药联合研究院。

在青少年活动方面，进行了体育项目的交流。此前，神户市举办了青少年自愿报名的选拔赛，报名的学生十分积极踊跃。为了能够参加访问天津的活动，有的学生从来没有摸过足球，也开始奔跑在绿茵操场上。有些学生开始用字典和手机学习汉语，做相关的交流准备。到达天津以后，他们十分活跃，通过简单的语言以及肢体表达，和天津的中小学生们交上了朋友。

作为庆祝活动的一部分，天津伊势丹百货举办神户物产展，以推动神户企业进入中国市场。

久元喜造在天津音乐学院与有关的天津市各界人士共同观看了日本传统歌剧《夕鹤》演奏会。《夕鹤》是根据日本民间传说创作的歌剧。它叙述了一个贫苦农民救了一只仙鹤，为了报答救命之恩，仙鹤化为美女同农民结成夫妻，并且在夜间偷偷拔下身上的羽毛，织成贵重的千丝纺。后来这个农民在坏人的唆使下，变得贪得无厌，还违背了在妻子织布时不偷看的诺言，致使她又变回仙鹤，无限痛苦和十分惋惜地返回了天庭。

写到这里，不由感到很像中国的一个古代故事《杜十娘》，男主人公李甲因为听信坏人挑唆而失去一切的悲剧桥段。也很像俄国诗人普希金创作的童话《渔夫和金鱼的故事》。这些故事都是告诫人们不要太贪得无厌。看来，信守诺言、不改初心、坚守善念、珍惜情分是各国人民共同的心理诉求。同时，也在警示人们，友谊要在双方的呵护下，才能保鲜。

在这样繁忙的外事活动中，有一个细节被梅泽章先生捕捉到了——“久元喜造市长笑了”。很稀罕吗？确实很罕见，一向正襟危坐不苟言笑，仿佛与欢笑嬉闹无缘的久元喜造市长，居然在与天津外国语大学的师生们一起就餐时哈哈大笑。而且事后他还表示，天津市市长是他所尊敬的人，天津市是他喜欢的城市。

2019年11月13日至17日，天津市代表团访问日本，共同观看了天津市的回访演出“风雅颂——中国国乐音乐会”。两位前所长还和大家分享了“饮食美味”。趁着那些味觉还没有散尽，“反刍”一下记忆里的天津美食，感受那曾经的舌尖上的美感享受。

俗话说“民以食为天”，中国的节令很有仪式感，都与美食相伴：初一的饺子，初二的面，初三的合子往家转；正月十五吃元宵；端午节吃粽子；中秋节吃月饼……天津人经常被外地朋友戏称为“卫嘴子”，吃的花样更多了。

天津地处渤海腹地、海河下游，水产品自然丰饶，北塘的鱼虾、七里海的螃蟹，渤海湾的蚌类，粮油食材、土产品也是数不胜数，各地名厨来此献艺，养成了天津人食不厌精、脍不厌细的“苛刻”生活习惯。

先说说酒吧。日本酒基本都是清酒、葡萄酒，度数不高，味道不辣。但是当他们喝了中国的“茅台”“五粮液”，以及天津产的“津酒”“直沽高粱”“芦台春”等各款浓香、清香、酱香

1977年神户向天津赠送的长颈鹿

的特色白酒时，他们这才体会“辣解馋”，给味蕾留下了不可磨灭且回味无穷的记忆。

久居日本国内，吃惯了日本料理、海鲜比萨、必胜客牛排、石锅拌饭、冰卡布奇诺、香草冰淇淋……现在来到天津，两位先生都喜欢吃天津的包子、饺子、铜火锅的涮羊肉片、麻辣烫、酸辣汤……有些天津的名吃，不仅出现在富丽堂皇的中西餐厅里，也出现在街头巷尾的各种小吃中，足足能让人挑挑拣拣地吃上一个月不重样的饭菜。难怪丹泽靖先生还特别说：“有的小店外表看起来脏兮兮的，其实进去以后有更好吃的。我喜欢！”看来，他既有很接地气的亲民心理，又有冲入“脏”店的勇气！

留居天津三年，是否学会了做天津饭菜呢？他们两位先生都摇头说，中国的饭菜用的调料很多，太复杂了，很难学会，能够学会吃就很不错了。尝了很多“地道好吃的”食品，唇齿

坐落在天津水上公园的神户园

之间留着津味种种的美食，身心感受到天津人热情的友好款待，都在时刻提醒他们——在天津的日子真好！有机会还会争取再来。

当他们完成使命回国时，都要给自己的亲人带份天津礼物。买把宝剑给自己的儿子，买幅能够填写家人姓名的艺术字给所有的家人……现在最大的遗憾，是与天津的老朋友爽约了——本来约好转年聚会，但是被疫情阻隔了。好在现在都有了微信，可以隔空相见，视频交流……

未来的一切都在等待中自然实现——冬天来了，春天还会远吗？

友谊的“高桥”

日本人的名字，常有“桥”。桥本环奈、桥本爱、高桥凉介……都是我们熟悉的日本名字。桥，在中国自古就有连接、沟通的意思。自从我认识了高桥先生，更加顿悟了“桥”字的深意——既会负重忍耐，还能飞架通衢，更会连续友谊。

高桥健司是临危受命来到天津工作的。日本传统中比较重视长子，高桥先生作为家中的长子长孙，是被九十多岁的奶奶格外关注疼爱的。他此次出国赴任，因为来日未可期而“意恐迟迟归”，奶奶千叮咛万嘱咐：“你一去就是三年哪，远途上路一定要多带衣物！”高桥很听话，充分表现出了“负重耐性”，带足了四季的换洗衣服和大量日用品，还有许多书籍。临来时，他还自己花了5000日元，买了一盒50只装的口罩。

天津与神户没有直飞航线，飞机只能先飞到常州。这样的航路，又让高桥先生感受了第一次俯瞰常州这座有着3200多年历史的文化古城。很是陌生，但也似曾相识。因为常州满眼盛开的市花——月季，恰恰也是天津的市花。

在中国的日子令高桥先生记忆犹新，虽然是在三伏暑天的南方，室内却凉爽舒适。第一天，他充分利用手机的功能：与家人视频，特别是首先告诉奶奶，自己一切平安；与同事们视频，互通需要处理的工作；与朋友们视频，交流对疫情的感悟……之后的十四天，在居家办公的日子里他竟然真正实现了健康起居、规律生活：按时起床、做早操，线上看公文、电脑联网办公、视频工作……听到敲门声，开门却不见人影——一日三餐，温热可口的食物准时摆在门外的椅子上，生活垃圾放在袋子里堆

神户夜景

到门外，不多时就会悄然消失。一切就像是遇到神话里那个勤劳而神秘的田螺姑娘。休息时，他会趴在窗台朝外望，干净的街道上车水马龙，特别是附近的恐龙公园，每每与那些形态各异的恐龙雕像隔窗相望，似乎有种重返侏罗纪的穿越感。

每每想起在日本接受天津物资支援的情景，高桥先生总会感动得情难自持：他曾参加接收天津寄来的抗疫物资——口罩及防护服，如数交给抗疫一线的医院。当看到满载天津增援抗疫物资的大卡车时，一股暖流顺着血管熨帖着他身心的每一个细胞，直达心脏。这些来自天津的抗疫物资传递着天津与神户乃至中日两国携手抗疫、共克时艰的强烈信号。

同样，标注着“四海皆兄弟，患难有真情”“神津友谊，地久天长”的抗疫物资也源源不断从神户来到天津。疫情让我们的友谊成长，半个世纪以来，两市相互支持，守望相助，真诚合作，堪称中日两国友城合作的典范。在这个特别时刻，高桥先生“一桥飞架”，把中国和日本人民的共同抗疫力量更加紧密地连通

天津向神户捐赠防疫物资

起来。

在津工作两年多，高桥先生从未返回日本。他的日常起居和生活习惯也越发像地地道道的天津人。他细数着有名的天津特色食品：狗不理包子、十八街麻花、耳朵眼炸糕，都是他喜爱的美味食品。每天的早餐他爱吃天津独特风味的煎饼馃子，还特别指出煎饼裹着的不要油条，而要馃篦儿，脆脆的，夹在里面吃很香。当问他是否吃过豆腐脑儿（天津也叫老豆腐），他弄清后遗憾地摇摇头，又补充说："明天就去吃。"似乎这是不该漏掉的。

日本的节假日很多，但是没有春节。高桥先生在这里可是实实在在地"过年啦"。从大年三十到正月初三，他懂得人们要相互拜年，因为疫情不能出门，只得"对酒当歌"。先生的酒量尚可，吃饱喝足就睡觉，他说："白酒能够化肉。攒足了劲头，'过年'后去工作。"

高桥先生对天津产生了浓厚的感情，问他是否愿意再在天津工作几年，他连声说："但愿再工作十年才好呢！"说罢哈哈大笑。

2 人事有代谢——往来成古今

姜桂荣

故事是从这里开始的：天津医学院（现为天津医科大学）朱宪彝教授与国际糖尿病联盟（IDF）名誉会长、日本神户大学名誉教授马场茂明是老朋友。他积极斡旋日本政府，争取到在我国成立中国糖尿病中心的无偿援助项目，还申请了援助款额5.04亿日元在天津建一所糖尿病医院。在这样的背景下，天津医学院与神户大学的友好合作也拉开了帷幕：一个医学福娃即将分娩诞生，一座医疗殿堂即将就地落成，一个医界神话即将变为现实。以医学为桥梁，新中国成立后的第一对友城——天津与神户也正在彼此走近。

然而从1988年的动议到1993年的奠基，五年中经历的周折一言难尽。由于当时的人们对糖尿病了解不多，更不能理解糖尿病为什么会被定名为富贵病，然而在普通劳动工人中开始多发糖尿病，农村贫困地区的农民近年也有不少糖尿病病人。为了救死扶伤，维护人们的健康，医者们不断攻克一个又一个难关，在疾病面前，只有前进，没有止步。

对糖尿病科学的解释是：糖尿病是一种以高血糖为特征的

天津医科大学朱宪彝纪念医院（代谢病医院）

代谢性疾病。高血糖则是由于胰岛素分泌缺陷或其生物作用受损，或两者兼有引起。长期存在高血糖，会导致各种组织并发症，特别是眼、肾、心脏、血管、神经的慢性损伤、功能障碍，甚至可以危及生命。因此，成立治疗糖尿病医院非常急迫。但传统观念对“糖尿病”一词又有多方顾虑。

新上任的天津医科大学崔书记灵机一动，想出个办法——更名，对！更名。“糖尿病”行不通，就更名为“代谢病”。有了这个想法后，崔书记马上动身前往北京，去找当时代谢病领域的著名专家请教确认。

紧接着，当日本政府无偿赠款5.04亿日元成立代谢病医院的项目由两国政府确定落实后，崔书记向天津市政府申请了配套设备的建设资金，也获得了批准。

1993年，天津医学院代谢病医院项目签约仪式在北京举行，

原代谢病医院旧照

崔书记出席签约仪式，并且就站在签约者的后排，摄影机的镁光灯频频闪烁，留下了宝贵的实况相片。崔书记是个有心人，赶紧让人洗出相片。

就在崔书记回到天津的第二天，天津市政府召开“市政府为民办20项实事”的落实会议。会上市政府秘书长发问：“医学院的崔书记，市政府给你们配套的代谢病医院大楼就要盖了，你们这个项目落实了吗？可别落空啊！”崔书记笑着回答：“你要是早两天问我，我还真没法具体回答。但是今天我百分之百地、斩钉截铁地告诉你，真正落实了。”说完，他拿出与日本大使交换的名片，拿出了具有里程碑意义的项目签约仪式那一组照片。

20世纪80年代后期，一位老朋友对崔书记说：“天津和神户是友好城市，咱们天津还没有实质性的合作成果，很尴尬。跟

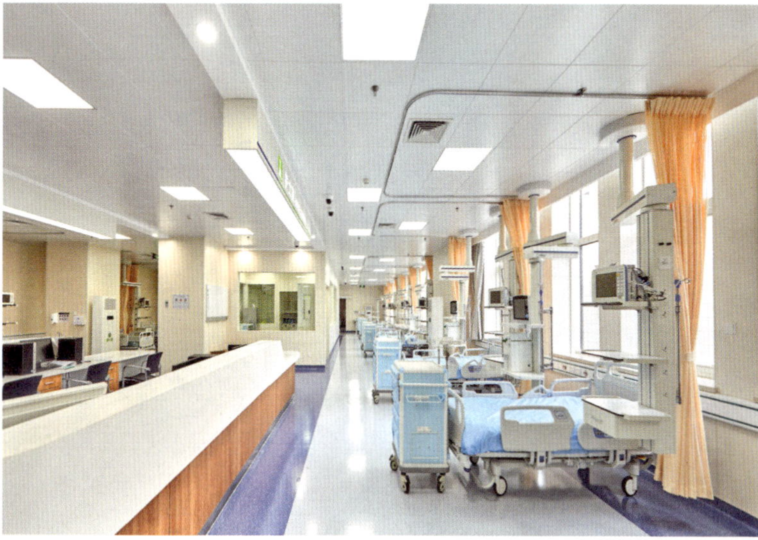

医院内景

你们有关的项目有吗？”崔书记马上说：“这你可问着了，日本方面援建的代谢病医院，就是神户市、神户大学马场茂明教授帮助我们促成的。现在正要奠基开工呢！届时，我们众多糖尿病病人及其家属就是受益人。”这位老朋友高兴地说：“这可太好了啦！真是‘踏破铁鞋无觅处，得来全不费工夫’哇！”

代谢病医院的建立，造福了全国的糖尿病及其并发症的患者，也让天津与神户之间的友谊更上一层楼。1995年，代谢病医院基本竣工。崔书记带队到日本为医院的设备招标，日本的多家商会参加了竞标，最后三菱株式会社中标。

在日本朋友的帮助和商家合理优惠让价后，购置完代谢病诊疗设备后还剩余资金约合人民币700万元左右。一般情况，只要招标完成，剩余资金就退还给了日本政府，来招标的人就可以打道回府了。崔书记是个会过日子的当家人，他说："我可舍不得这700万的人民币啊。"于是，请随行的三位专家连夜核计出需要再添置的一些设备，并打印好文件，第二天上午，把申请书交到外务省负责此项目的官员手中。而这位官员就是此前来中国考察评审的团长。申请被批准了！

此次中标的CT机，就出自日本京都的岛津株式会社。那时国内尚没有这种CT机，工程师一眼就看中了整个展会里最值钱的价值50万美元的头部CT机。如果有了这台机器，那么以脑系科疾病为重点研究对象的天津医学院附属医院就真是如虎添翼了。

看到崔书记满载而归，天津的朋友们高兴地说："这些先进设备不仅可以装备代谢病院，还可以装备一个大型综合医院。"这些硬件也对之后的天津医科大学被确定为国家"211工程"并进入全国一百所重点大学建设行列，和入选首批国家"双一流重点学科（临床医学）建设高校"，起到关键

朱宪彝纪念碑

的作用。

前事不忘，后事之师！一个单位的名称是代号、称谓。也许它既有寄托的寓意，也有传承的纪念，更有时代的烙印。

时光荏苒，医院的名字几经更迭，但“中日两国政府的合作项目”是不变的注脚。它承载着时空沉甸甸的感受，蕴藏着人心热辣辣的感动，拥满了友谊暖洋洋的记忆。伫立在医院的牌匾处，总会牵引出那曾经刻骨铭心的昨日记忆——日积月累，历久弥新！

3 永不褪色的天津印象

姜桂荣

老朋友重逢总能打捞出记忆深处的往事，包罗万象，林林总总，娓娓道来。通过听觉启发了视觉感应，我的眼前浮现出长长的历史画卷……

早川雅俊先生是天津外国语大学的老校友，年轻时曾是中国研修生的“礼宾专员”。在外大的时候，他的人缘儿就很好。他的礼貌、热情和聪明深受同学们的喜欢。尽管语言上还不是很流利，但是他虚心学习的精神、与人为善的态度像磁铁一样吸引人。早川雅俊先生非常喜欢天津的杨柳青年画：寄寓气节的竹子水墨画、抱着金鱼的胖娃娃水粉画……杨柳青年画是中国著名民间木版年画，是中国民间传统年画艺术中的一朵奇葩。他在课余时间来到画店里，静静地看着画家们作画，然后买下这些墨宝，作为永久纪念。当然，这不仅仅是对画的欣赏，更是对天津本土艺术的倾心喜爱。久而久之，作画者与买画者就成了朋友。

几位中国研修生，也常常请他去家里吃“中国菜”。他说：“其实在日本我已经吃到了中国美食，因为我总是请他们到我家去吃饭，他们会让我带着去海鲜市场，买来鸡蛋、海蟹、虾、韭菜，亲手做三鲜馅的饺子、包子，还把这些手艺都教给了我的夫人。”

早川先生的老朋友就是樋口孝先生。

樋口孝先生从中学时代就对中国非常感兴趣，很想知道这个有着厚重历史的泱泱大国到底是什么样子，四十三岁的他终于可以“解惑”了。1991年4月，他调入总务部人事课。同年，听到市役所要募集留学生到天津外国语学院（现天津外国语大学）学习中文，便积极报名。在他的脑海中，天津是很大的国际化都市，九河津要，路通四方舟车。

为了完成自己要最广泛地看看天津的目的，樋口孝买了辆自行车，同样的黄色面孔，使他很容易就汇入到天津自行车的车流中。就这样他怀揣一张天津地图，寻找天津的名胜古迹和地理景观，大有寻幽探秘的情趣。有时在某处流连忘返，回宿舍太

日本四日市市商店街

晚，门禁打不开门了，就翻墙跳过去，惹得门卫大爷好大不高兴。回想起来这些故事他笑了，也算是年轻时的一件囧趣。

增进天津与四日市的友谊，是这对老朋友此生奉为最钟情、最热爱的事业，甚至达到狂热痴迷的程度。他们实在太爱天津了，即使回到日本后仍多次自费再来天津，看看这片他们曾经生活和奋斗过的热土。每次有天津朋友赴日本探望，将会成为他们那一阵子最快乐的时光。他们带天津的朋友品尝日本佳肴，早川先生还让自己的夫人也和他们一起做饭，向他们学习中国包饺子的手艺。“至今我家还保存着他们带来的擀面杖，夫人会偶尔拿出来重温包饺子的技术——回味无穷啊。”早川雅俊先生如是说。当然这种回味不仅仅是饭香，更深远的意义是唤起情谊。先生来中国时，心灵手巧的夫人会连夜赶做多种手工艺品绣袋，每件都是精益求精，让先生作为礼品赠送中国朋友。这些赠品被天津友人珍存着，一直作为友谊的物证。

早川雅俊先生

樋口孝先生的妻子也是个“贤内助”。她明白到中国去学习是丈夫的志向，也是他事业的需要，所以全力支持丈夫去天津留学。当时他们的三个孩子，最大的刚六岁，最小的才一岁。丈夫一走就是将近一年的时间，可以想象，全天候的家务操持，三个孩子的培养教育，里里外外的打点应酬……全靠这副柔弱的肩膀一力挑起。当然她也相信，自己的丈夫是个有情有义的男人，“只愿君心似我心,定不负相思意。”1992年6月，樋口孝先生结束留学回国了。他开玩笑地说：“由于对内子的感激之情，我在家里一直抬不起头来。”想来按照能量守恒定律，他不是“妻管严”就是“宠妻狂”。对这样的妻子，他怎样付出都是值得的。

随着天津和四日市两市友好关系的不断发展，两市人民的友谊也日益加深，两位老朋友的故事，也成为两个城市的故事。后续的内容还将由时间的手继续动情地书写……

4 樱花树下

周子妮

中国有一句古诗：“独在异乡为异客，每逢佳节倍思亲。”来天津近半年了，松田常常站在津湾广场上，在华灯初上的时候对着汩汩流淌的海河发呆。她想到的是海，是海对面的国度，是海对面自己的故乡——日本千叶。想念将秋刀鱼一串一串用线穿起来，挂在自家房檐底下晾晒，时不时地透过穿鱼用的粗线，向她送来一个笑脸的妈妈。想念妈妈将糯米和纳豆裹在一起，再拌上糖和味噌料，做成的热腾腾甜滋滋的纳豆团子。毕竟是沿海城市，手艺地道的日料店在天津不胜枚举，但无论是多么高级的日料店，也很难做出妈妈的味道。在天津外国语大学，同学们都待她很好，知道她想家，带她吃鳗鱼饭，为她唱中孝介的歌，只是熟悉的音乐和味蕾上那串反复试探的钥匙似乎始终都打不开她心里那扇慰藉乡愁的大门。于是，她决定一个人外出走走，去看看天津的风景，别辜负这座城市的盛情。或许，邂逅一场淋漓尽致的盛景，能暂时缓解自己的思乡之情。

她就这样来到了梨木台——位于天津市蓟州区的一座小山，每逢春天这里梨花竞相开放，美不胜收。松田拾级而上，眼见着满目苍翠，峰峦妩媚，顿觉心情舒畅。在千叶很少能见到这样奇伟与锦绣并存的山，千叶的山坡总是平缓的，山路大多数是开阔的，不似这里横看成岭侧成峰，峰回路转，急湍瀑流，砯崖转石。飞流直下的山涧在洼谷惊起珍珠般飞溅的涟漪，苍山翠柏间，层层叠叠的梨花氤氲着醉人的芬芳，如亭如盖，被风撕碎的云朵散落在山顶处，与雪白的梨花相映成趣，一时分不清哪里是花，哪里是云。看着繁盛的梨花，松田再一次想起了自己的家乡，想起了千叶，想起春天沿路竞放的粉白的樱花，一团团、一蓬蓬，似乎为旖旎的春光写下一封封粉色的信笺，它们飞过大洋，飞进了松田的心窝里。而如今，看着眼前这洁白的梨花，松田竟落下泪来，一时晃了神，一脚踩在了被山泉水浸湿的青苔石上，一打滑竟摔了个嘴啃泥。

千叶市·天津市青年友好纪念碑

“要不要紧？”一双手伸到了松田面前。松田抬起头，是一个与她年龄相近的姑娘，眼睛里写满了关切，嘴角却还挂着一对梨涡，很是好看。她没听懂对方在说什么，她的中文还不甚流利。

松田握住了那位姑娘的手，站了起来，不时地弯腰鞠躬，用日语道谢。

“你是日本人？”

这句松田听懂了，她点了点头。

“没伤着吧？赶快坐下来检查检查。”那位年轻的姑娘竟然操着一口熟练的日语与她交谈着。

松田被搀扶着坐在一块大石头上，裤腿都湿了，左脚红肿得厉害，她疼得直咧嘴。

“一定是扭伤了，你先坐着等我一下。”说完那姑娘跑开了，很快带着一根雪糕跑回来，“赶快冰敷一下，看看会不会好一点儿？”

天津外国语大学校园风景

“真的谢谢你，你也是日本人吗？”松田问。

“我不是。我日语说得很棒吧？”那位姑娘露出了得意的笑，“我是天津外国语大学日语专业的学生，所以简单的会说几句，太复杂的我就不会说了。”说着又羞赧地笑了。

松田用雪糕敷着患处，顿时觉得疼痛减轻了几分，不那么火辣辣地疼了。

“你自己一个人来的吗？可要当心，”姑娘对松田说，“怎么想到一个人来梨木台玩呢？”

“我有点想家了，中国有句古诗不是叫‘每逢佳节倍思亲’吗？听说梨木台风景很好，春天里梨花怒放，所以我想来散散心。”

“哈哈哈！”姑娘笑了起来，“你还喜欢中国的古诗呀？我们中国还有一句古诗叫‘梨花一枝春带雨’。你看你现在裤腿湿漉漉的，可不就是‘梨花一枝春带雨’吗？”

谈笑中，松田得知姑娘叫晓晴，“赤木晴子”的“晴”，她告诉晓晴自己现在也是天津外国语大学的学生，是从千叶过来交流的。

“日本的男生是不是好多都像木村拓哉一样帅？像流川枫打球一样好？”松田看着一脸纯真的晓晴眼睛里像洒满了星星，也扑哧一声笑了出来，虽然脚上还带着伤，但她觉得自己的心情好多了。

山路蜿蜒曲折，晓晴一路搀扶着跛脚的松田。两个天津外国语大学的学生在山间相逢，她们时而用中文时而用日文的谈笑声像是叮咚的泉水一般漾满了整座山谷。

回到学校后，她们依然经常在一起，去图书馆借书，去体育馆打羽毛球，甚至会一起拎着塑料小篮子去盥洗室洗澡，有时候晓晴是松田的影子，有时候松田是晓晴的影子。大家都说松田脸上的笑容越来越多了，汉语也越说越好，已经不像从前那般总觉得自己是“独在异乡为异客”了。

端午节假期，学校放了假，晓晴要回家过节。她担心松田闷在学校里会“每逢佳节倍思亲”，特意邀请松田和她一起回家。晓晴的家就在天津，她的妈妈是那种最爽快热情的天津阿姨，拉着松田的手把她迎进家门，还教松田用苇叶、糯米、红枣包粽子。松田是第一次包，常常是好不容易把苇叶抟成了正确的形状，米却撒多了，漏了一地，要不就是一只手用勺子盛好了米，另一只手上的苇叶又散开了。看着松田狼狈的样子，大家一起笑着闹着，乐得前仰后合，在这份其乐融融中松田感受到了久违的家的温暖。吃完了粽子，晓晴的妈妈还在厨房里忙活着，晓晴说这是她为松田准备的惊喜。过了一会儿，晓晴的妈妈从厨房里出来，竟是一小碗糯叽叽黏糊糊的纳豆——那是松田日思夜想的味道，是妈妈的味道。她的眼眶顿时就热了，啊呜一口吃进嘴里，眼泪如同开了闸般流了下来。她提议让晓晴的家人也拿来几个碗，一起感受一下来自她家乡的味道。晓晴笑着摆摆手说：“好吃你就多吃点吧，这个味道，我们天津人还真是不太习惯。”

相聚总是短暂的，学期结束，松田要回国了。她对晓晴说，她又学会了一句中国古诗叫“近乡情更怯”，说着眼圈又红了。晓晴知道，她不是“情更怯”，而是舍不得自己，舍不下这份友谊。经此一别，不知何日才能再见，她们都明白这是一份刻进彼此青春的友情，此去经年，“时间不老，我们不散。”临别时晓晴对松田说。

松田归国不久，新冠肺炎疫情开始在中国肆虐。松田担心极了，时常与晓晴视频通话，询问她近况，还从大洋彼岸寄来了一份包裹，里面是一些日本产的口罩、洗手液，还有几片樱花的花瓣，卡片上面用中文写着：“海河之水深千尺，不及晓晴送我情。”

这次落泪的是晓晴，山川异域，日月同辉。看着包裹中的樱花瓣，她不知道待到樱花烂漫时，能不能与松田再见。

几年过去了，晓晴已经毕业，留在母校成为一名日语老师。每逢春天她都会在学校里那片樱花林徜徉片刻——那是来自松田家乡的樱花树，一枝一叶都仿佛写满了她对松田的思念、对青春的追忆。越来越多的千叶学生选择来到天津外国语大学进行学术交流，她看着她们年轻的面庞，仿佛看到了自己与松田的友谊如那年的山涧水，汩汩地朝着远方奔腾而去。她们脸上的灿烂笑容和自己与松田当年一模一样。

5 她们去秋田“打个卡”

姜桂荣

JET项目，是中日间交换研修员项目，是在日本总务省、外务省、文部科学省及财团法人自治体国际化协会（CLAIR）的协助下，由地方政府负责实施的引智项目，目的是为完善地方外语教育、推进地方国际交流。此项目启动于1987年，中国于1992年首次实施，天津市于2011年开始派员参与。

首任“使者”开路之举

李瑞，天津第一个派往日本秋田县的使者。按照计划，应该是2011年4月启程，但是3月11日日本福岛因大地震引起的核泄漏事故发生，故而推迟到6月成行。当时的人们谈“核”色变，而李瑞凭着强烈的事业心——明知山有虎，偏向虎山行。

单位派她出国是一种信任，对她自己来说则是去经受一番历练——陌生的国度、陌生的环境、陌生的人群、陌生的工作，一切从头开始。虽然会有寂寞、孤单，但她想到了自己的初衷——为了能促进中日友谊，具体来说是促进天津市与秋田县的友城关系，见识到更广泛的社会风景，从而能更好地提升自己。正是这样一种动力，促使她很快调整情绪，去更好地面对一切。她开始置办食宿用品，把空荡荡的宿舍填充得满满当当的，实实在在过起日子来了。

她不但要融入日本社会，还要和来自美国、俄罗斯、韩国的国际交流员一起生活和工作。这里要着重感谢当地一位大高老人无微不至的帮助，给予了她爷爷般的关怀和照顾，帮她办理了各种手续，周末还带她游赏山水，熟悉日本的风土人情……她迅速消除了陌生感，也自然融入到了当地的文化氛围。

李瑞虽然在那里仅仅待了十个月，却充分饱览了秋田的自然和人文风光：春赏樱花、夏看烟花、秋观红叶、冬享雪花的四季景色，而且对于秋田的民俗，亦了解得越发深刻了。两个

日本秋田俯瞰图

多月后便参加了这里每到夏收节举行的“竿灯节”，而且充当了“敲鼓者”。她细细地描述了“竿灯节”：垂挂46个灯笼的竿灯形如稻穗，用以祈祷五谷丰登。人们有的用额头举竿，很大幅地张开双手保持平衡；有的用肩膀举竿，一直伸直和支撑重量的肩膀形成一条直线；有的用腰举竿，张开双腿保持平衡，酷似中国杂技的顶杆。这样用灯火装饰的布阵，一边打鼓，一边在街道中行进。这里就有李瑞，她用力敲着大鼓，配以大锣、大铙、大钹。她已经学会敲大鼓的技法：有击鼓心、击鼓边、击鼓帮，单槌打、双槌打，轻槌点、重槌砸等技巧，表现出欢快、激昂、热烈、粗犷等情感。

因为重任在身，有关交流学习和促进两地商贸互通的每项工作，都是件件落实，保障了工作的质量。她还负责教日本朋友学汉字、说汉语，享受了为师者的尊严。

当她凯旋之时，大家都说她瘦了，以为是吃得不适应了。她却很得意地说：“别提吃得多好了，日餐很重视营养价值，可以修身美容的。”看来，日本饮食文化中的营养美学是值得我们参考学习的。

继往开来赓续友谊

胡雅婕接了李瑞班之后，在秋田当值了两年，在这七百多天里有太多的收获了。她很感谢前任李瑞，各种生活起居用品都置办得很齐全，让她没有后顾之忧，有了“家”的舒适。

因为她的语言专业是英语，初来乍到会有沟通障碍，特别是秋田的地方口语，闹出了一些笑话。有位日本朋友，自诩是非常精通英语，但是他说的日式英语"圣诞树"，让胡雅婕听不明白，亏得甘肃来的交流员帮她解了围。小胡很有耐心学习，久而久之完全听得懂秋田语系了。

她有一手绝活是做卤菜，做的卤鸡翅尖、卤凤爪美味诱人，常常用来招待日本朋友。"鸡翅尖""鸡爪子"之类的东西，日本人平素不吃，认为食之无味，且烦琐。经过小胡的妙手精制，有其独到的美味，使得客人们真心赞美中华饮食文化博大精深，随随便便的食材总能被制作成妙不可言的美味。

她也参加了"竿灯节"活动，被分到了笛子队。小小笛子看起来很容易摆弄，但是真要吹好太有难度了。她练习吹笛子，还每周接受一次训练，尽管狠下功夫，但是由于气力不够，始终没能达标。她不愿意"滥竽充数"，只好放弃做笛子队员，因而对那些笛子队员充满敬意。

夏季观看烟火是日本传统文化活动，自江户时代开始兴起，

天津市与秋田县青少年乒乓球友谊赛

是日本夏日庙会活动之一。观看烟火大会时，一般穿着日本传统的浴衣。相对和服的昂贵和复杂，浴衣简单而色彩清丽，深受年轻人的喜爱，是夏日烟火大会不可或缺的装扮。看烟花是要抽签的，中签方可买票。此时，大家的眼睛都会聚焦到那只手的运气上。OK，小胡的手气壮，抓到上签。他们走过了一座长桥，仿佛来到另一个世界，坐在指定的席子上。烟火大会上，色彩绚丽的烟火竞相燃放，在夏日的夜晚显得非常美丽，真是大饱眼福。

秋田县的温泉也是特别有名，乳头温泉乡至今保留着古色古香的日本情调，这里的温泉水是有微蓝光的乳白色的。特别是对着漫天飞舞的雪花，聆听附近潺潺的流水声，身与心都浸泡在温泉里，非常轻松惬意。鹤之汤温泉坐落于深山怀抱中一个恬静的独栋温泉旅馆里。传说古时当地有一猎人看到一只仙鹤在泡了温泉后身上的伤痉愈了。于是，他盖起了一幢温泉小屋，并取名为“鹤之汤温泉”。

秋田县的安瀑布有一段凄美的传说，一位名叫安的女孩子与一个男青年相恋，却遇到阻碍。为了不让安受到牵连，男青年就让安暂时躲避起来，并让友人代为传话，说他一定会回来。阴差阳错，安没有等到情郎而失望投入瀑布升华了。从此，这里的瀑布就叫安瀑布。

小胡姑娘很有人缘，她与当地居民和谐相处，特别是经常去关照中国留学生，帮助他们解决一些困难。她曾带领一支日本青少年乒乓球队来到中国，进行友谊比赛，加深彼此的了解。

她也很感谢大高老人，在日期间，受到这位老人多方恩惠和面面俱到的照顾，至今想来都觉温暖。

一脉传承的"三连冠"

徐佩，2014年4月来到秋田县，接过小胡的接力棒，开始为期一年的岗位工作。她来到秋田县，感受到当地人热乎乎的暖意。

大高老人亲自开车来接站，一见面就呈上了热情的笑容和友好的话语。后来经常带她出去玩，熟悉环境，结交朋友。有一次在路上，大高老人见到一位老朋友，两人亲热地谈话后，就介绍给徐佩认识。对方听说她是中国派来的，竟然即刻弯腰90度，垂下满头白发深深鞠躬。徐佩忙不迭地赶紧回礼，听到老人自我介绍："我是战后留在中国的日本遗孤，被中国夫妇收养长大，对待我就像他们亲生的孩子那样疼爱。我虽然已经回到了日本，但是养父母的养育之恩终生难忘。"

站在一旁的大高老人连连点头，感同身受地说："是啊，我小时候随父母在中国的大连居住好多年，那里有我好多的小伙伴，我们互相串门，他们的家长对我可好了，丝毫没有隔阂。"原来——原来，随着大高老人的身世揭晓，我们终于明白了他们对中国的热爱，是有着实实在在亲身感受的；对于中国客人的全面照顾，是一种礼尚往来的回报。

有一个在奈良举办的研修庆典活动，徐佩积极参加去了。可是回来时迷路了，在公园里转来转去，看不见有人。正着急时刻，看到一位老爷爷，就马上走到了他跟前问路。老人家一听她是从中国来的女孩，就知道她人生地不熟，于是不辞辛苦地一直把她送到地铁站才回去。

日本秋田县盛产大米和美女,一个养胃,一个养眼。由于地理土质，秋田的米粒整齐、洁白透明,无论香味、白度、光泽还是吃起来的甜度、弹性与黏度，堪称米中之最。米的优质使酿出的日本酒也非常美味。秋田县古代有个美女叫“小野小町”。因为美丽，深得天皇宠幸。但是，小町思家心切，六年后辞别天皇，返回秋田故乡。作为遗迹保留的小町家边上有一座寺院，里面供奉着小町的木雕塑像。

半年后的10月2日，是徐佩的婚期。尽管不久还能回来在一起工作，三个同事还是开了个小型欢送会，既有对她新婚的祝福，也有暂别的恋恋不舍，还送上了“份子钱”。日本朋友特地送来了一大一小的木雕美人，底部标注着“公孙树”(银杏树，因为生长缓慢，十分珍贵)。木雕重量很沉，所含的浓浓情意更沉。如今，徐佩把它们放在迎门处，每天推开家门，第一眼就能

日本秋田景色

看见，由视觉会引发那段绵长的回忆，那些热爱中国的日本朋友就会一一出现在眼前：像久违重逢的亲爷爷一样，关照着每一位天津派员的白神之森的理事长大高一成；负责交流员一切事物的担当佐藤久美子女士，曾经到天津出差，吃过狗不理包子，至今念念不忘；那位苹果园主山田善政，不但让她第一次品尝到糖心苹果和硬柿子，还教会她如何储藏苹果，以及将柿子用塑料袋包好，滴入酒精的去涩方法，送她的水果回宿舍装满一冰箱；给她讲述树木的环保作用，游览森林时做向导的林业工作人员泽田先生、武田先生；还有那位做翻译的日本老太太，说着一口流利标准的汉语……

中日友谊源远流长

贾薇，一直注意聆听着讲述人讲述在秋田县发生的这些故事，李瑞着重介绍了“竿灯节”和“四季歌”，胡雅婕着重介绍了“焰火”和“温泉”；徐佩主要介绍了“大米”和“木雕”。贾薇要介绍的是最激动人心的特产——秋田犬。

打开她保存好的照片，简直就是狗的“豪宅”。特别是她跪地拥抱着秋田犬的合影，狗的可爱又忠厚的模样让人超心动，贾薇不是主人胜似主人的亲热令人感动。

秋田犬是日本的国犬，过去只有皇族和贵族才可以拥有秋田犬。在正式的仪式上，人们会宣布照顾和饲养秋田犬的正确方法。拴犬的皮带不同，代表秋田犬的等级和主人的地位不同。1927年，日本着手保护纯种犬。1931年7月，日本政府将秋田犬定为国家的象征。在世界各地，它现在已经成为家庭犬，并且广泛受到了人们的喜欢。如今，一只刚出生的纯种小秋田犬，市场售价约为20万日元(约合12000元人民币)。

2012年7月28日，日本秋田县政府赠送给俄罗斯总统普京的秋田犬“梦”在运送时受到了VIP待遇。俄方提供客机商务舱，并向机场派出总统警卫。可见，它的身价有多么昂贵。

贾薇是位真正的爱狗人士。多年前，她曾经养过一只狗，从小养到大，投入了颇多情感，但是后来跑丢了，这着实让她痛心。所以在秋田县的街头看见狗，便向主人请求拍一张合影。

她说电影《忠犬八公的故事》就是一个真实的故事。那是1935年发生的真事，1987年拍成日本电影。

1924年，秋田犬八公被它的主人上野秀三郎带到东京，上野秀三郎是东京大学农业系的教授。每天早上，八公都在家门口目送着上野秀三郎出门上班，然后傍晚时分便到附近的涩谷火车站迎接他下班回家。一天晚上，上野秀三郎并没有如常回到家中，他在大学里突然中风，抢救无效去世了。他再也没有回到那个火车站，可是八公依然忠实地等着他。这样一只单纯、不会向人献媚的孤傲犬，给人印象非常深刻，但同时它内心也对主人有着深厚的感情，忠诚！

贾薇当值的这一年，收获颇丰。她曾带领天津市青少年代表团访问秋田；促进秋田县国际课、商业贸易课代表团访问天津。工作中笔译了来自县政府商业贸易课、观光课、港湾空港课、宣传课等部门，以及秋田市政府和其他团体的文件及材料。歌诗达邮轮服务（上海）有限公司负责同志为考察秋田港口及旅游资源访问秋田县，佐竹知事举行了欢迎晚宴时，她担任知事的翻译。另外，为秋田县仙北郡美乡町六乡老人俱乐部和由利本庄尾崎小学进行了国际理解讲座，宣传中国文化。更为特别的是，她参加了秋田朝日电视台《サタナビっ！》节目和秋田广播电视台《北国 TRAVELLERS》节目拍摄，用外国人的视角带日本人了解秋田。

在一年一度的国际交流节上，贾薇站在中国的展位上，就像一道亮丽的风景线——她苗条的身材穿着一袭古香古色的中国古典旗袍极为亮眼，也显示出中华服饰的魅力。展位上有他们自己做的小玩意儿，也有从家乡带来的特色东西，连父母探望她带去的中国月饼、天津麻花也都成了展品。

在她任期满归国前，获得了日本总务省颁发的"JET纽带大使"以及秋田县颁发的"秋田友好亲善大使"称号。这是对她辛勤付出的激励，更是对她工作成绩的肯定。

春种一粒粟，秋收万颗子。我们都期盼着秋天的到来，我们暂且把"天"换成"田"，两地人们播下了友谊的种子，疫情过后，我们期盼着秋田朋友的到来！

6 云开日出　雨过天晴

姜桂荣

天津市与日本四日市市于1980年建立友好城市关系。多年来，两市在高层互访、经贸、环保、文体、教育、城市港口建设、青少年交流等领域开展了卓有成效的交流与合作。2019年8月19日至20日，日本四日市市政策推进部国际秘书课课长一行专程来津，与我市相关部门就2020年两市缔结友城关系四十周年，加强合作交换意见。双方的交谈和谐友爱，谋划着美好的来年欢聚。然而天有不测风云，一场疫情袭来，一切活动都按下了暂停键。

早春二月：来自东瀛的捐助

深厚的友谊总是值得永远铭记，每每提及又总会使人热血沸腾，情意绵长。视频会议上，聆听四日市市国际秘书课课长冈田讲述亲身参与对天津的捐助工作——两地浓情，一衣带水的邻邦；山水相隔，无法阻断的互助。

冈田先生说：本来策划着2020年森智广市长带团来天津访

问，一同庆贺缔结友城四十周年活动。然而年初，森智广市长和他的同事们在新闻和网上看到天津遭到疫情侵袭，已经有120人被感染，并有3人因感染死亡。顿时他们的心被揪了起来，为友邻担心焦虑。四日市方面经过与天津沟通，知道急需口罩、酒精、医用手套等紧缺物资。

四日市市政府立刻做出决定，一定要尽自己最大的努力与友城天津共克时艰，帮助天津抗击新冠肺炎疫情的传播，马上组织力量，凑集救援物资——医用手套。

全体职员投入战斗，医用手套是在医学检查和程序中使用的一次性手套，有助于防止护理人员和患者之间的交叉感染，是当时医院治疗新冠病人的急需物品。医用手套由不同的聚合物制成，包括乳胶、丁腈橡胶、聚氯乙烯和氯丁橡胶，在他们的催办下，厂家开足快马力加工成品。很快他们就凑足了5万副医疗用手套，紧急装箱运往天津。

冈田先生说：对于1300多万人口的中国大城市天津，以四日市人口不足30万的小城市，尽全力凑集的物资也许只是杯水车薪。但是件件物资是颗颗诚心：患难见真情。我们四日市作为天津的友好城市，在第一时间送来问候与祝福，并通过各渠道凑集出医用物资捐赠给了友城天津，表达了深情厚谊。

千纸鹤：载满友谊展翅飞翔

日本民间有个习俗，就是用自己亲手折叠的纸鹤来祈祷，祝愿病人早日痊愈,因此一千只纸鹤承载的是祝福的心愿，是希望的寄托。因此，在这批物资装箱的同时，也装上了四日市人民的良好祝愿——千纸鹤。

千纸鹤，千颗心同翥云霄。森智广市长高大魁梧，是位憨厚的男人。他那粗大的手指却在灵巧地翻动……拿起一张折纸，耐心地对折，对折，再展开……先把纸折成正方形，接下来折成三角形……折折叠叠，折出的纸鹤栩栩如生，呼之欲飞。市长带头，职员们废寝忘食，这是男女老少齐动员的行动，一千种心情，折出一千个纸鹤。把心里的深情，送给远在千里的友人。

1968年10月17日，凭借《千纸鹤》等作品获得诺贝尔文学奖的日本作家川端康成，是历史上第一个获得此奖项的日本人，也是继泰戈尔之后时隔55年第二位获此奖项的东方人。我国著名日本文学翻译家叶渭渠这样评说："自古以来，千只鹤的模样或图案，这是日本美术工艺和服饰方面所喜欢使用的。这是日本美的一种象征。从总体来说，可以称作日本特色艺术。作者的心底，仿佛有一种观赏千只鹤在晨空或暮色之中飞舞的憧憬。"

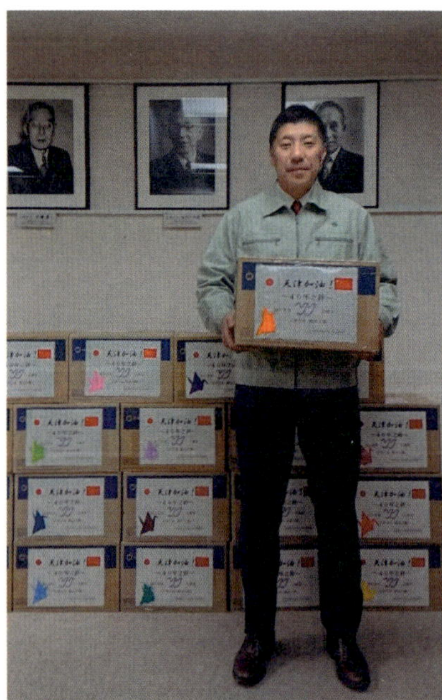

日本四日市市长森智广亲手折叠千纸鹤祝福天津

今天，我们以同样的心情，接受来自日本四日市的

“千纸鹤”，一同“观赏千只鹤在晨空或暮色之中飞舞的”吉祥景色！

2月14日，日本三重县四日市市向中国天津市捐赠医用物资，内附四日市市长森智广给天津市市长的书信，这样精美的包装设计，可是蕴含了四日市市人民的最美好构思：箱体外张贴“40年之伴，天津加油”等标语。两只和平鸽的形象是天津和四日市市的“LOGO”，比翼齐飞，情深无限。

“刘翔”式的百米跨栏冲刺

想当年，刘翔百米跨栏经典一幕,成为无数人永恒闪光的记忆。今天的故事与其相比也毫不逊色。

“第一栏”，本来从四日市市到名古屋机场只需要一小时，可是当时名古屋机场停航。他们只得绕道去大阪机场，多了二百公里的行程，情况更加紧迫，天津市外办帮忙联系了天津航空，免费运送这批物资。由于疫情严重，大量航班熔断，天津与日本的最后航班也提前了一个星期，得知这个消息，四日市市紧急联络进货商和负责去大阪的快递公司，提前交货。市役所职员们紧急加班，装箱包装，他们争分夺秒与时间赛跑，赶上最后一趟航班。

“第二栏”，到达大阪机场，距离飞机起飞只差一个小时。为了赶时间争取速达，天津市外办同天航交涉，达成了支援物资按照旅客托运行李处理，简化了检疫、报关等复杂的手续。后来有些乘客看到行李传送带上的抗疫物资，就用手机拍照，传到网上。日本的一家会送到每家每户的月刊刊物，也对此事予以报道，进行了广泛的宣传。

“第三栏”，根据调查得知，关西机场的天津值机柜台没有收到捐赠物资，于是迅速联络负责送货的快递公司，得知由于安保原因，货物没有办法直接进入天航值机区域，被卸到了日本航空的货物存放柜台。这时距离最后一班天航飞机起飞只剩一小时。

“第四栏”，其实，两地卸货区域只差一百米左右。他们又请天航值机柜台的机场人员帮忙，但是回答：行李太多，人手有限，实在无法成全。此时，大家都心急如焚。平素温文尔雅的市川女士，变成怒目金刚，发出了霹雳吼声：必须及时将这批捐赠物资送到天津人民手中！

“最后冲刺”，正在这焦灼时刻，有人给天津市外办工作人员打电话。市川马上联络了日本航空的工作人员，讲清这批货物的急用性和重要性，日航的工作人员帮忙把20箱货物搬上了机场的手推车。天津航空的侯女士马上放下手头的工作，硬是用推车将20箱货物一车一车地推了过来。终于，完成了“百米冲刺”！

讲到这儿，冈田先生感慨地说：“天津市外办的工作力度，令我们惊羡！”

另外，四日市市商工会议所曾向天津市工商业联合会捐赠了一百瓶酒精除菌喷雾。3月以后，日本疫情日益严峻，天津市也向四日市市捐赠了很多的防疫物资。以此足见，“中日邻里见真情，同舟共济克时艰。”

疫情过后，一定要来天津相聚

提及四日市市与天津市的友好渊源，冈田先生深有感触。他说，五十多年前的四日市市哮喘大流行，原因就是石油工业迅猛发展，大气被污染了。居民长期吸入含有二氧化硫、铅等物质的混合气体，引发了哮喘病。日本的大气污染防治是典型的先污染后治理案例，不断在开发“绿色”能源上下功夫，从源头上掐断了污染源的形成，并取得焕然一新的成效。

如今的四日市市天空是蔚蓝色，草地是碧绿色，空气是新鲜的，人们呼吸甚为舒畅，哮喘病几乎灭绝。

为了把类似的环保先进经验介绍给中国，自1991年起四日

日本四日市市夜景

市市政府开始出资为天津市培训环保人员，并通过研讨会邀请天津的中学生参加学习。回顾四十多年来的交往历史，两市在环境保护领域交流取得的成果尤为显著。缔结友城之后，两市高层互访更加频繁，在经济、文化、港口、环保、青少年交流等领域进行了卓有成效的交流与合作。

这次视频采访的时间是深秋十月，正是“惠兰诗社缘何在？板栗香时好唱酬”的时候。冈田先生可能闻到天津栗子的香味了，说：“我去过中国的北京和上海，最遗憾的是还没有去过天津。不过我早就听说天津的糖炒栗子，那是享誉世界的坚果，特别好吃。”他还说，“我们这里有个‘天津饭店’，挺受欢迎的，经常是食客满座。”中日的饮食文化交流一直很通畅，在天津许多饭馆可以吃到日本的食品：寿司、天妇罗、乌冬面、关东煮……在天津的日式餐厅有吉野家、寿司楼、怀石料理等，最受年轻人的欢迎。

基于这样友好的往来，都希望疫情早些结束，待到“云开日出，雨过天晴”，我们能够线下促膝长谈。冈田先生信誓旦旦地说：“疫情过后，我一定千方百计争取去天津。”当然，天津欢迎所有的四日市人民！但愿寒冬过后春暖花开，但愿疫情过后一切如昨！

7 他乡成故乡——我的第二故乡北九州

曹维玲

四月的日本北九州市正从早春进入春季，这短暂的时光是大自然最微妙的季节，是以日本独特的节奏变幻的季节。从大学时代开始，每年一度的樱花时节，我就会和国际关系学院的同学来到学校附近的颐和园，远远望去，繁花满树，一个粉红色的花海世界——一株株山花灿烂的樱花树，蜂飞蝶舞一片春意盎

日本北九州小仓城

然。那时，我以为日本的樱花大概也如是。可到了北九州，我却发现日本的樱花是那么特别。

世界上的国家都有各自独特的美景。但日本的风景有一种更独特的美，这种美在世界上任何一个国家都是没有的，它只存在于日本这片土地上。随着季节的变换，山野、河流、草木、风雨，整个大自然，就连空气也随之时时变化着自己的表情与模样。曾有人让我说出几处日本印象深刻的景色，一时浮现在脑子里的，就是春寒中的伊豆群山、薄雪纷飞的琵琶湖畔、春昼下的京都街道和北九州樱花掩映下的小仓城。

小仓城是北九州市的地标建筑，离我工作地点——北九州市政府不过一公里。日本各城市的地标性建筑，历史悠久，一般都是城主所居住的地方，兼具军事堡垒的功能。说到日本战国历史，作为日本与中国、韩国之间的交通要道，九州的战略位置不可忽视，因此有不少战国名将被指派前来九州坐镇守护而留有居城。其中，位于南部九州地区的北九州小仓城就是代表之一。日本战国时代末期，毛利氏开始在此筑城，在关原之战结束后，毛利氏因战败被没收领地，日本江户时代首任幕府将军德川家康论功行赏，小仓城被赐予细川忠兴。之后，小仓城改建为广大的居城，西边是忠臣武将的居馆，东边则是村民及下等武士的居所。

中野华是北九州市国际交流员的负责人，年龄四十出头，棕色微卷的短发，亲切真诚的笑容，总是在午饭后陪着我们三个来自新西兰、韩国和中国的国际交流员走在小仓城围墙下，神采飞扬地介绍着这座古城的前世今生。现在我还记得第一天到达北九州市时已是晚上，同事们带着我入住提前租好的公寓，大家都围坐在榻榻米上聊着天，她默默地帮我套起了被子，动作轻柔而自然，让第一次远在异乡的我心里微微一酸。在接下来的日子，中野从怎么办日本手机卡，如何垃圾分类到如何做日本料理、如何化妆，都事无巨细、耐心细致地教我，让第一次到日本的我心里踏实不少。

一天下班后，中野兴奋地过来告诉我，她申请了带交流员去熊本考察一天，还抽中了公务用车。在日本，除了市长、议长外没有专职司机，由于市政府公务用车紧张，在向用车课提交申请后，车辆数往往是不能满足申请要求的。用车课会统一组织申请人员进行抽签，抽中后申请人可以自己开公务车出行，没抽中的职员只能乘坐JR或公交出行。

日本北九州街景

中野华开着公务面包车，载着我们三个国际交流员，到达温泉旅馆时，已经是深夜10点多。旅馆里还点着灯，我听到了溪水“哗哗”流淌的声音。店主是个小老头儿，头发花白，戴着高度近视眼镜。见到我们很是热情，一手帮我们提包，引领到了二楼的客房。整个旅馆静悄悄的。店主与我们告别时，特意关照我们：温泉在一楼，24小时都可以入浴。

换上浴衣，拿一块浴巾到了一楼的转角处，听到了潺潺的流水声，这里就是温泉了吧。温泉分为男浴和女浴，走进女浴，果然只有我们几人。除了流水声，整个温泉的时空只留下我们的呼吸声。温泉用黑色的石块铺就，很有高级感。加上柔和的灯光，演绎出一份绝妙的温柔。第二天早晨，女主人已经在一楼的餐厅准备好丰盛的早餐。有野菜做的沙拉，还有一块红鲑鱼、鸡蛋卷等。女主人告诉我们，野菜是在附近山上采的，果然鲜味十足。我开始和女主人唠嗑。女主人说，她是这座温泉旅馆的第十二代女将（女老板），温泉是江户时代建造起来的。规模不大，只能同时接待三十多位客人，但是泉水很好，所以全国各地的温泉爱好者都会慕名到这儿来住上一个晚上，如果我们早来半个月，还能看到附近漫山遍野的枫叶。昨夜等我们的店主，是这家旅馆的当家，名字叫“伊藤多兵卫”，名片上写着“第十二代当主”。伊藤先生说，这座温泉旅馆是自己祖先创建的，代代相传，已经延续了近三百年。“经济不景气，挣不了多少钱，有时候还亏。”伊藤先生说。既然经营这么艰难，为什么还要坚持呢？伊藤先生回答：“继承家业，是日本人的传统，也是一种荣誉。对于日本人来说，荣誉比金钱重要，守住家业比生命重要。但是，我的孩子选择去了东京，恐怕无法回来继承家业了。”说这话时，伊藤眼里有掩饰不住的落寞。日本人以守护和传承家业为荣，哪怕是一家小小的荞麦面店。中国人“守望家业”是以超越先辈为荣，爸爸是农民的话，孩子最好能出国留学或者成为白领。所以，我们中国人最怕别人说他“一代不如一代”。这，也许就是价值观的不同。

接下来的一年时间，中野华带着我们爬皿仓山看北九州夜景、去门司港吃北九州特色烤芝士饭、去福冈市看烟火大会……周末的时候，还会在家做一桌美食，并且很认真地问我

日本北九州夜景

她做的“天津饭”(天津饭在日本中华料理店是中国美食的代表，在蛋液里加上蟹肉，煎熟后盖在米饭上，再淋上厚厚的甜咸味芡汁)正宗吗?

其中，让我至今印象深刻的是日本的养老服务。近年来，日本居家养老的理念逐渐被中国企业家熟知，每个日本当地城市总能在一年间迎来送往许多个考察养老设施的访问团。据日本相关部门统计，现在日本1.26亿人口中，每六个人中就有一个医疗护理人员。日本的社会养老设施分为多个等级。北九州的向日葵养老院设施与服务等级较高，进院需交300万日元(20万人民币)左右，这部分费用是不退还的，按月支付20万日元(约1.2万人民币)住宿护理费用，每两名老人住一间房，每日三餐都有护理人员送到房门口，每天都有专人给老人洗澡。对于行动不便的老人，护理人员会把老人推到专门洗浴设施处，浴缸内的座椅是可以升降的，洗浴完毕后再送回房间。养老院由两层建筑组成，一层是一个宽敞明亮的大餐厅，老人们可以选择来餐厅吃饭，饭后可回屋午休。午休后，可以来到温泉室泡会儿温泉。二楼则是娱乐区，老人们可以在这里看书、写毛笔字或者喝茶。还有一个花艺室，每周到开课时间，屋子里就坐满了老人等着学习。舒适的环境是一方面，更重要的是人性化的细节设计。整个养老院内，扶手可以说是随处可见，考虑到住进养老院的老人很多都是坐着轮椅的，所以每个台阶都设有滑坡，就连上下楼都是无障碍电梯，避免磕碰。尽管如此，日本老人对于住进养老院，还是抵触的。因为现代日本少子化的突出，以及日本老人与子女多分开居住，老人的孤独死已成为日本社会的严重问题。

回国前夕，中野陪着我办理退租、注销暂住证明、手机卡等手续，时不时地叮嘱我：“这个你带回去要配上电压器，这个记得回去要重新认证一下……”仿佛一位送孩子出远门的母亲。在机场，她陪我办完登记手续后，对我说：“再见不知道要什么时候了，要好好的！”

他乡成故乡。一年后结束国际交流员任期，从福冈机场离开时，我的心情犹如一个离开家乡的游子。在北九州的一年，我看见了故乡青色的山、清澈的水、悠然的云，我看着春来冬去、云起霜落，听着虫儿的呢喃，仿佛回到了魂牵梦萦的故乡。北九州成了我心中的第二故乡，而我又该告别故乡，再次出发了。

8 一个老人的友好情结

李晓楠

处暑时节的天津，夜晚凉爽，游人如织的海河两岸，流光溢彩。在声光电的世界里，蜿蜒的海河像流淌的丝带，就在她的左侧，有一处既繁华又安静的地方——意大利风情街。舒缓的欧式音乐，伴着柔美的灯光，将每一座小洋楼都渲染得无比妖娆。在处暑这一天，第一次见到了，为这个意大利风情街筹划、建设的设计师——天津市原副市长王述祖，一位八旬老人。他对意大利风情区充满着期待，因为在他的眼里，那里是友好交往的“宝地”，也是天津作为友好城市交往的一块可以栖息的交流平台。20世纪初的天津，曾经有许多国家在此设立了租界，因此这里有不少欧式风格的建筑。一百年过去了，现在，如果你来到天津，漫步在海河边上，仍然可以看到这些风格各异的建筑。如何让这些建筑活起来，如何为友好往来做出点贡献，述祖副市长大胆提出建设意大利风情区。他有自己的想法。意大利世界名牌云集，是阿玛尼、范思哲、芬迪、普拉达、古驰、华伦天奴等时尚品牌的诞生地。建立意大利风情区就是吸引各品牌落户天津，在天津建设意大利品牌的生产加工基地，从世界的视角，繁荣天津商品多样化的发展。与此同时，吸引日本、韩国等国家的人来此购物交流，成为一个新的经济增长点。他想让这里成为世界经济、文化交流的地方，可见老人心胸宽广，放眼世界，将友好城市交往当成自己一生的事业来做，让人佩服，受人敬仰。

这是一个有思想的老人，从他洪亮的声音里，散发着联系友好城市、繁荣天津经济发展的那份执着和坚定。他风趣地和大家说，当时为了建设，可是费了很大的心思。老人思路敏捷，对数据至今依然记忆清晰。当时一共有六条街道，六十三栋洋楼，每栋洋楼住着二十多户人家。搬迁之后，邀请意大利设计大师就原貌恢复拿出示范的方案，以旧复旧，然后，参考方案，自己设计、自己施工，将楼与楼之间相连，形成步行街。现在这里已经成为来天津旅游的必去之处。他目光坚定地说："一个小洋楼不是就为了开一个小饭馆。一个小洋楼就是一个剧本，因为背后藏

日本函馆夜景

着很多悲壮的故事。”他的眼神里闪烁着几分激动。“我对天津有感情，我热爱这座城市，我想为她做些事情。天津对外开放比较早，现代文明早早进入天津，天津近代史值得研究。”《近代中国看天津》就是他与著名作家刘航鹰多年潜心研究的成果。他想让更多的世界友人能够全方位地了解天津，加强与天津的合作交流，特别是民间交流要深化，要不断扩充领域，因为天津是世界的。

市外办相关人员不时地向老人汇报天津这些年对外民间友好交往的情况，老人脸上荡漾着满意的微笑，时不时地提起曾经的老同志，充满了关怀并期待相聚的时刻。老人曾经走访六十六个国家，将中国元素、天津元素传播到各大洲，在友好城市留下了深刻的印象，他始终强调的是文化交流。“没有架不上的桥，没有蹚不过的河。我们怀揣着真诚友善，我们就不会缺少朋友。”语言简单，充满感情，让大家对这位老人在推动友好城市合作上做出的贡献纷纷点赞。这就是一位老领导的情怀，这就是一位老市长热爱的事业。

当被问起从事外事工作多年，对哪座城市印象最深刻时，老人不假思索地说，神户，日本的神户。神户是一个位于日本西部近畿地方兵库县的都市，属于日本三大都市圈之一大阪都市圈的重要城市，西枕六甲山，面向大阪湾，是日本国际贸易港口城市。1868年，神户成为日本最早开放对外国通商的五个港口之一。2007年入选福布斯杂志评出的“世界最清洁的25座城市”。2012年瑞士咨询公司ECA国际评选出的世界宜居都市中排名第五，是唯一入选前十位的日本都市。说起神户，老人神采飞扬。“天津与神户是中日第一对友好城市，对推进两国关系发展、维护世界和平发挥了重要作用。友好城市在美国被称为姊妹城（Sister City），在英国与加拿大被称为TWINS（twin city），在德国被称为‘partnerstadt’，日本则既使用‘姊妹城市’也使用‘友好城市’。当年，周恩来总理将其定名为‘友好城市’，深意在于友谊之外，又赋予了平等与尊重，这也是中国在处理国与国关系时一贯的准则。友好城市是对城市间，特别是对两国的城市间交流、合作，建立友好关系的一种表达。在周总理的亲切关怀下，1973年6月24日，在天津人民礼堂，举行了两市结为友好城市的签约仪式。这是两国间的第一对友好城市，也是中国同外国缔结的第一对友好城市。友好城市的缔结开了中日城市间缔结友好城市的先河，在中日友好交往史上可圈可点。”

老人长时间的回忆和讲述，完全没有疲劳的表现，津津乐道。这也许是他对神户印象深刻的原因吧。19世纪30年代日本对中国贸易的30%~40%都是通过神户港出口到中国。另外，神户也是孙中山先生在日本开展革命活动的据点。神户居住着大约万名中国华侨。神户与天津的交往不断深化和深厚。在水上公园西南边缘，有一座日式庭院园林建筑——“神户园”，浓郁的日本民族风情扑面而来。“草木为情友谊无涯 世代流传勒石永存”，园林内，山石砌成的纪念碑上镌刻着这样的题词。天津与神户缔结友好关系后，创造了很多个“第一”：天津港与神户港建立了中外第一对友好港关系；天津广播电台与神户关西广播电台建立了中日第一对友好电台；神户市市长宫崎辰雄成为第一位“天津市荣誉市民”。

天津的“朋友圈”发端于神户，遍布五大洲，天津以“一带一路”沿线港口城市为重点，持续完善友城布局，目前建立了覆盖53个国家的99对国际友城。

窗外的阳光洒进会客室，述祖副市长这位八旬老人，始终神采奕奕。他对意大利米兰这座城市也印象深刻。米兰是世界时尚艺术中心，世界设计之都，世界历史文化名城，是世界半数奢侈品牌的诞生地，它控制着世界4%的艺术珍品。说到米兰，必须要说伦巴第大区，其生产总值占全国超过20%。尤以纺织、塑料、机床、皮革、农业及食品工业著称，是连接欧洲大陆与地中海的枢纽。早在1985年5月，天津市与伦巴第大区正式建交。2019年天津市领导率团访问意大利。之后的几个月内，津意高层实现互访，中意企业跨境对接会等多场次带有意大利元素的活动相继在津举办。2021年10月，米兰至天津间固定航线正式

函馆四天王像

开通。友好传递着友情，更多的是合作交流，促进共同的发展。老人还介绍说，天津市领导就是受意大利广场的启发，组织建设了著名的天津南市食品街，如今依然是天津的著名旅游景点，将天津美食传播、扩散，成为饮食文化的品牌。老人多次访问意大利，对促进友好城市的发展做出了重要的贡献。时任意大利总统为其颁发二级勋章。

在老人的眼里，日本函馆市同样给他留下了美好的回忆。函馆市农业发达，建筑风格具有欧洲的特色，新潮不古旧，风景秀丽，到处遍布着葡萄园、玫瑰园，三步就是一景，两步就是风情。函馆市重视文化教育与人才的培养，其思维方式、教育体系及再教育体系都是值得我们借鉴的。2001年10月17日，述祖副市长会见日本函馆市副市长三谷富夫及其率领的市政府代表团一行35人，双方共同签署了两市建立《友好交流城市关系》协议书。2003年11月，以日本石井直树为团长的代表团访问天津，双方会见并进行了交流。之后友好活动往来频繁，加快了两座城市的深度合作交流。天津市耀华中学、南开大学都有与该市学校之间的友好往来。

在讲述过程中，老人生怕有所遗漏，有时候会停下来凝神思考。在他的述说里有个最难忘的故事。用他的话说，不得不说，一说为快。那是老人参观考察日本秋田县医疗产业的一个洗涤工厂。工厂自动化水平较高，只有几个工人。方圆百里内的医院都将医用服装，包括医生、患者的服装统一送到这里洗涤、消毒，按照不同病室的不同类别分类，按照传染的程度分类，避免交叉感染，同时，明确服装使用年限，到期统一处理。最关键的是在衣服领子的后面加装芯片，能够准确定位到每一个使用者，差错率几乎为零。先进的管理理念和先进的设备，催生了一流的医疗管理体系，而这还是十几年前日本的精益管理。老人强调要与日本、韩国深度交流。天津要发挥好“一带一路”重要起点城市的位置优势，强化横向交流，实现东北亚经济的快速提升。

在谈及天津未来的发展之路时，老人无比激动。他热爱这座城市，天津未来发展要围绕港口，加快高质量发展；以制造业为核心，加快智能产业的发展；积极营造良好的营商环境；进一步开发天津历史文化价值，特别是近代史的开发，价值巨大。

天津这座开放、奋进的城市，在城市的每一处细节都散发着乐观、现代、时尚的气息，大气洋气、清新靓丽、中西合璧、古今交融，一个让人流连忘返的都市。友好城市间友谊的建立正如盛开的花朵，艳丽与芬芳同在，也让更多参与到友好城市联络建设的人，享受过程的美好和付出之后的幸福感、荣誉感，让他们职业生涯中最为浓重的一笔，如同墨色不同的山水画那样持久留香。

夏日的天津，惠风和畅、姹紫嫣红，在这个繁忙的季节，回首往事，心潮澎湃，荡漾着汗水与荣誉、使命与担当。

9 天津你真的很牛

于剑文

在印尼，有很多青年人都知道天津，他们跟天津的渊源，让他们的人生发生了翻天覆地的变化，也彻底改变了他们的命运，他们由衷地赞叹，天津，你真的很牛！

印尼体操运动员Ferrous，经过在天津的训练和培养，回去后在印尼全运会、亚运会等比赛中，拿了很多金奖、银奖等个人的和团体的各种奖项，他的优异成绩给他带来了人生的转折。现在，他已经继承了爸爸的职业生涯，成为一名足以让他自豪的体操教练了。他是怎样走上体操运动员生涯的呢，他的成长经历跟天津又有什么关系呢?

Ferrous不止一次说过,他爸爸告诉他，如果你想学习知识你就应该去中国！ Ferrous的爸爸是名体操教练。因为爸爸的原因，更因为他自身的天赋，让他自然而然地走上了体操这条道路。那时候他刚刚五岁，身为体育老师的爸爸，那时正在帮助学校组织一场乡镇级别的体操比赛，因为忙于体操比赛的原因，爸爸无法送他去幼儿园，干脆就把他带到了学校。爸爸忙着训练时，他就在旁边自己玩耍，慢慢的，就跟着一起练了起来，久而

印尼东爪哇街景

久之他也喜欢上了体操运动。他上小学三年级的时候，参加了小学组的比赛，第一次比赛没有获得奖项，但在四年级和五年级的时候，他就获得了该奖项，后来被选入省体操队，正式走上了体操运动的生涯。

在他来天津之前，并不知道中国有个天津，心里对天津一点儿概念也没有。印尼东爪哇和天津建立了友好城市关系后，友谊的快车给Ferrous带来了到天津的机会！他作为省运动员也是种子选手重点培养对象被东爪哇体育局直接派到了天津。冥冥之中的安排，实现了爸爸希望他到中国的愿望。到了天津他才了解到天津的体操是世界知名的体育项目。自2014年以来，他四次来过天津。

第一次来天津训练，因为心急，训练不得当，Ferrous腰部受伤严重只得回印尼疗养。当时他的教练和印尼办事处的何主任给予他无微不至的照顾，才使他克服了巨大的困难，走出困境。何主任送他到医院治疗，中午还带他去回民餐厅吃饭改善伙食，给他买机票，亲自送他去机场。何主任告诉Ferrous，回去好好养伤，伤好了一定要再来天津啊！何主任信任鼓励的坚定语气，心与心的真诚交流，使原本沮丧、难过、失落的Ferrous增强了信心，他说，我一定重回天津。

转年，2015年2月，Ferrous再次来到天津。当时印尼那边是夏天，天津这边正是冬天，天气太冷了，Ferrous从适应气候开始，很快就爱上了这里，天津人民的热情、健谈，朋友之间见面互相交换礼物等的细节体现，让他感到特别暖心。

一对一专门指导他的吴教练告诉他，在体操训练当中，不是纯靠力气去训练，而是需要技巧。他经常和吴教练沟通自己的想法，告诉教练想达到的目标是什么，要取得的成绩是多少，想在哪方面得到突破，吴教练就根据他自己想要的方向和目标，帮助他制订计划表，告诉他必须在哪些方面要达到一个什么样的程度，才有最终达到这个目标的可能。Ferrous多次说起，训练中吴教练不厌其烦反复指导他，特别有耐心，教导方法十分有效，是他遇见的最好的教练。吴教练潜移默化的教育方式给他日后成为教练提供了楷模样板。

Ferrous感慨地说，在他之前的训练中，从来没有一个教练是这样训练他的，在印尼根本就没办法做得到的动作，在天津做到了，原来不敢想象的金奖银奖拿到了一枚一枚又一枚。在训练当中因为语言不通，场馆还专门为他配备了一名翻译。如果不是在天津遇到这么好的教练，如果不是体育馆有这么好的设备，他怎么能得到这么好的训练，拿到那么好的成绩呢，更别说当上一名教练了。2019年印尼体育局来天津训练基地挑选教练，Ferrous被挑上了，自此Ferrous有了运动员和教练员两个身份。在天津，他同时学习教练的方法和课程，到2021年退役，他就做了一名专职体操教练。

Ferrous说他能取得这么优异的成绩，得益于他在天津的训练，得益于他有一位好的体操教练，也得益于他的爸爸告诉他的“如果你想学习知识你就到中国”在他脑子里种下的根。

他说，与东爪哇的体育设施相比，在参观了天津的体育场馆后，他都挪不动脚了。乒乓球馆新盖的一层楼，从这边到那边都

2021年印尼第二十届全国运动会比赛合影

Ferrous 在2021年印尼第二十届全国运动会比赛中荣获第一名

是通的，两边都是窗户，上边都是空调灯光打着的，乒乓球台整整一百张。更别说那些设备了，健身的或者增加体能的，包括电脑测评的都让他新奇，各个场馆四角全都是摄像头，哪一个角度都能给你拍下来，先进程度是他从来没有见过的，心里面可羡慕了，到了天津他才知道世界上还有这么好的训练场馆。来天津训练的运动员们非常幸运，通过民间交流这个渠道、通过友协这种合作机制，让运动员、老师及各方面的人们有了到天津来学习的机会。他为自己能到天津学习而庆幸，也为自己学成后回印尼做了老师继续传承培养下一代，不仅传承着技术更传承着友谊而骄傲。

欢笑声里谈友谊，成功声里话人生。他把在天津见到的体验到的收获到的，都带回了印尼。天津印象是两个友好城市的扎实根基，天津实力是两个友好城市的坚固堡垒，天津性格是两座友好城市的黏合剂。

天津有那么牛的跳水，那么牛的乒乓球，那么牛的排球，那么牛的武术，那么牛的跆拳道……还有那么多友好城市的桥梁——那些奔波在友好城市的工作者志愿者们。他们辛勤地牵线搭桥，让两个国家两个城市的相互了解更加深刻，友谊更加牢固。良好的信息传播引导了更多的印尼年轻人，“我要到天津去学习！”

当我知道了，Ferrous的父亲说的“如果你想学习知识你就应该去中国”这句话是印尼回教的教义里所写的，我就更可以理解，为什么印尼是中国华人最多的地方，为什么印尼东爪哇愿意与中国天津建立友好城市关系——尊重是友谊的前提，真诚是成功的钥匙。

中国博大精深的文化底蕴和内涵，中国人民的勤劳善良，中国的和平幸福是吸引印尼人民的根本所在。Ferrous在中国交流学习的经历改写了他的人生和事业，做一名光荣的教练使他获得了自豪的人生价值！

现在他已经有了一个三岁的儿子，他说孩子选择什么我都支持，他说感觉他的儿子在体操方面好像也有一定的天赋，如果孩子选择体操运动，他也要把孩子送到天津来训练。如果有机会来天津，他还要带着爱人一起来，一起看看天津的古文化街。

10 选择——带来新的人生高光

于剑文

因为选择来中国天津学习，印尼青年Agus Pariadi，给自己起了一个意义不寻常的中国名字，永骁。

骁：汉语释义，好马！勇猛矫健！

永骁：顾名思义，就是永远勇猛矫健！！

印尼东爪哇景色

从给自己起中国名字的那个时刻开始，永骁就把自己当成了一匹不畏艰难奋勇向前的矫健的好马！！！

原本在中国驻印尼泗水总领馆工作的永骁，在得到一个有奖学金没有负担来中国学习的机会后，毅然辞掉了一份已经相当不错的令人羡慕的工作，选择来到天津学习，那年是2014年，他已经三十五岁，有了一个可爱的女儿。

三十五岁的年龄开始学习一门新的语言，对外国人来讲的确非常艰难。最困难的时候，是2014年7月至2015年3月在天津大学学习语言的那个阶段。中文难学，写字难，说话更难，教中文的女老师教学非常厉害，努力讲，一点一点地讲，还经常带印尼学生去逛菜市场，认识物品，用喜欢的物品进行引导，买东西、算钱等方式进行学习，还用唱中文歌的方式来教他们学习中文。虽然吃了六个月十元一份的牛肉炒饭，但他硬是把中文闯过了关。印尼是个一年四季都穿短袖的国家，没有冬天，那时还不会说中文的永骁不懂得买毛衣防寒服御寒，硬是穿着五层单衣挺过了冬天。但是学中文、冬天寒冷都不算什么，最难的是思念，他怀揣着妻子孩子的照片，常常看着照片释怀相思之苦，想妻子想孩子是他感到最难过的一关。他把自己学会的中文歌曲通过手机教会了妻子，妻子有着非常好听的嗓音，唱的中文歌曲甚至比永骁唱得都好，至今都被人赞誉，“你问我爱你有多深，我爱你有几分，我的情也真，我的爱也真……”深情款款的甜美歌声帮助永骁度过了最艰难的语言学习阶段。《老鼠爱大米》等许多中文歌曲都助力了永骁对中国文字的快速掌握。

2014年9月6日，一个周六的上午十点，永骁在朋友的带领下，第一次来到了位于意式风情街的印尼东爪哇驻天津交流中心办事处，第一次和何奋强主任见了面，从此就成了关系十分密切的好朋友，这个时刻具有非凡的意义，彻底改变了永骁的人生轨迹。如果说，选择来中国天津学习是一次偶然，那与何主任的相识相知就是上天最得意的一个安排了。两颗同样执着同样热爱同样善良的心灵，在那天碰撞后散发出来的磁场，在越来越多的交往中，越来越多地朝着一个目标靠拢吸引。这个日子他们都记忆刻骨，说到第一次见面，两个人异口同声地脱口而出，在他们豪放爽朗的笑声里，流露出的深厚感情令人动容。以后永骁经常去找何主任玩，有了困难也毫不客气地请何主任帮助了，何主任也热情而不厌其烦地给予帮助，两个人成为至交好友。当时有印尼学生140人，何主任带着永骁一起搞各种活动，一起做饭，一起在联欢会尽情高歌中文歌曲，中国文化潜移默化地渗透在永骁的心中。直到如今，他们也是经常用微信交流，用的都是中文。回国已经几年，永骁依然可以用中文和我们交流。中文学得如此扎实，也为永骁后来成为一名鲁班工坊的老师，打下了坚实的基础。

2015至2018年，永骁在天津科技大学学习企业管理。过了语言关的永骁，在专业课程的学习中跟着中国学生一起上课，他自谦自己能听懂80%，毕业论文也是用中文顺利完成的。

2017年12月12日，天津市东丽区职业教育中心学校和印度尼西亚东爪哇省博波诺罗戈第二职业学校合作，成立了印尼鲁班工坊，开设了汽车运用与维修、电子技术的课程。天津从2003年就开始与印尼东爪哇省保持了良好的合作关系，2004年7月，东爪哇省商会驻津办事处成立。天津与印尼东爪哇友好城市的建立，为印尼青年走出国门、了解世界打开了大门。鲁班工坊成立后，在何主任的协调下，永骁有幸到鲁班工坊做翻译。

2018年科技大学毕业后，永骁选择回印尼鲁班工坊工作，幸运地当上了一名引以为豪的老师，并成为印尼鲁班工坊印尼方的主要协调人。

选择在印尼宣传中国文化，讲解天津的优势，是永骁一直努力做的公益活动。视频里，他憨厚爽朗的笑容，有着真诚的感染力。天津有很多让永骁留恋和回忆的东西，爸爸喜欢喝中国茶，每次来天津，他会带很多茶给爸爸，云南普洱、福建白茶、武夷岩茶，还有铁观音，他都要带很多种。坐城际列车到北京，他给孩子买了中国高铁模型，孩子格外喜欢。现在印尼越来越多的青年人开始喜欢学习中文，中国的文化有趣是印尼青年人喜欢中文的一个理由，而且越来越多的中国人到印尼投资公司，会中文就业的机会就又多又好。

中国天津留学生涯，成就了永骁的人生，他对所付出所得到所感悟所体会的都有了一个满意的结果，鲁班工坊成就了他的努力，给了他崭新的人生辉煌。如果没有选择来中国天津，他的人生还是平平淡淡的；如果没有当初的选择，就没有现在做老师的机会，现在他教过的学生已经有两千多人了。

永骁在中国天津收获的友谊和温暖，又传递给了他的学生他的朋友。几年前，天津有十一所院校到印尼去招生，开始印尼的学生还是有顾虑的，关键一点就是民族风俗问题，永骁以过来人的经历现身说法，成了天津老师们的向导翻译和解说公益工作者。对当地的学生、家庭不厌其烦一遍遍介绍天津的情况，将他刚来天津时的往事当故事讲给印尼学生们，天津学校的老师怎么邀请学生到家里包饺子做饭给他吃，怎么带他坐海河游船欣赏天津的美景。他告诉学生，到了天津你们不用担心祷告的问题，天津清真寺很多很多，清真饭店也很多很多。全天津市有几十座清真寺，永骁说我去过九座清真寺，在天津我没有感到不方便，不会中文时，我都能吃到清真饭。到了天津你们不会有任何困难，天津的老师们也会对你们的要求及时给予帮助的。对穆斯林的尊重解开了他们的最大的心结，他会把自己第一次来天津遇到的困难都提前告诉要来天津培训的学生们，提前做好解决预案：清真寺在哪里？怎么坐车？清真饭店在哪里？什么饭好吃？都介绍得清清楚楚。天津漂亮的地方太多了，海河、五大道、滨江道、马场道的外国语学院。夜游海河的场景至今还让永骁激动不已。海河两岸五颜六色的彩灯，旋转的摩天轮，高高的大楼，真是太漂亮了，永骁把用手机照的一张海河夜景照片一直当作手机屏保。说起在天津的一件件亲身经历，永骁依然难掩激动的心情。

永骁在津求学

永骁细心耐心的解说工作，打消了学生和家长的顾虑。有印尼学生第一次到天津，永骁首先做的事情都是给他们购买手机卡，到了天津给家里报平安。现在到天津职业培训的印尼学生越来越多，通过培训，很多的印尼人民认识了天津了解了天津，也同样喜欢上了天津。几年来，永骁一步一步脚踏实地乐此不疲地忙碌在两个友好城市的往来活动中，践行着两个城市友好往来的使命。他让自己骨子里骁勇顽强的精神不断坚韧而果敢地发扬着，为两个友好城市更多的合作成果自觉自愿默默地做着各种具体工作。到印尼的天津人都知道，到了印尼你就找永骁！永骁不知不觉在两个城市的友好往来中做成了一张名片！

现在五件单衣套在身上的故事已经成了一件充满乐趣的笑谈，也是后来印尼学生绝不会再重复的过往，所有生活中会遇到的困难，永骁都会提前给来学习的学生们做好培训，他也会在微信中随时给予指导。永骁和爱人在手机里对唱的中文歌曲《月亮代表我的心》，让他们的爱情历久弥新。选择天津，将永骁带上了鲁班工坊的这辆时代列车，飞速奔驰的时光驿站，打开了永骁的视野和精神境界！永骁是幸运的，他见证了鲁班工坊从种子落地到开花结果的全过程，见证了天津和东爪哇两个友好省市的水乳交融的深厚情谊。何主任这些奔波在天津印尼工作友好列车上的服务人员们，他们穿针引线搭桥铺路，使天津印尼友好城市友谊的事业日益辉煌。天津是永骁做出人生新选择的城市，天津是给永骁带来人生新高光的城市，他说：“选择了天津选择了鲁班工坊，给我带来了荣誉和尊重，我为自己正确的选择充满自豪。”

永骁特别爱吃烤牛肉串，还有麻辣烫，爬过三次中国长城！他说这几年我来过三次天津了，如果不是疫情，我转年就该来了，很快我就要再到天津来，期待天津的美食和美景呢！

11 桃园结义　情深谊长

李文家

当泥人张彩塑《桃园三结义》出现在我的眼前时，我被这三个栩栩如生的人物吸引了。吸引我的主要是泥人张彩塑，它意义非凡，经过180多年发展历史，是中国国家级非物质文化遗产。它将随着天津市与韩国仁川市缔结友城二十周年，走进韩国仁川市政府及仁川市民的视野，并将作为两市友好的见证在仁川市政府一楼大厅展出。

桃园三结义是小说《三国演义》里记载的故事：当年刘备、关羽和张飞三人，志同道合，意气相投，为了共同干一番大事业，在一个桃花盛开的季节，三人举酒结义，对天盟誓，有难同当，有福同享，共同实现远大的志向和美好的理想。作为二十载友谊的见证，这一套沉淀着时光与情谊的泥塑就越发显得弥足珍贵。

可我发愁的是这套纪念品的运输。泥人最大的特点就是脆弱。虽然天津与仁川几乎每天都有航班，而且飞行时间只有一个半小时，但既要出海关，还要走安检，这套脆弱的泥人能不能经过长途跋涉，平稳地出现在两市二十周年的纪念现场，是一个

韩国仁川市风景

严峻的考验。

三个泥人不大，高约30厘米，但很沉。一套纪念品由三个人物和香炉等附件组成，外有精美的包装盒。单位里专门负责纪念品的大姐，看着这套纪念品，语重心长地对我说："只能你和你们处长带着它们上飞机，千万不能托运。如果托运，后果不堪设想。""您会帮我包装好了吗？"我问。"当然，我会尽最大努力给它们'包扎'上。因为泥人最脆弱的是它们的头部和装饰品，比如它们手里的酒杯，张飞的帽子等，我会包装好，力争让它们在仁川安稳落地。”大姐经验丰富，用了一下午的时间，分别对三个泥人和香炉等附件，用厚厚的塑料泡沫膜进行了加固。“包扎”后的三个泥人，比原来的尺寸大出了三圈，抱着感觉厚厚的，但依旧很沉。

出访的行李本来就多，再加上三个厚厚的“包扎”泥人，我和处长的行李一下子剧增。这是我们第一次抱着纪念品出国，可千万不能让泥人有什么闪失。到了机场，我们把自己所有的行李，还有香炉等附件都进行了托运，只留下三个泥人。处长抱着两个，我抱着一个，好不容易登上了飞机。飞机上的行李舱空间不大，我和处长特意找来空姐，左挤右挪，终于放稳了三个泥人。空姐问我好几遍这是什么，我说这是非常重要的泥塑，有着不同寻常的意义。

11日下午，韩国时间下午三点多，飞机平稳地落在了韩国仁川国际机场。机场很大，需要走很远才能出关。我们用手推车推着三个泥人走到安检处，每件行李都要放在传输皮带上通过。处长在前面，把每个泥人都小心翼翼地放在皮带上。前两个泥人顺利通过，正当我推着手推车要去装第三个泥人时，只听“啪嗒”一声第三个泥人从传输皮带的斜坡处滑了下来。斜坡不是很大，但这“啪嗒”声却着实让我吓了一跳，我的心一下子提到了嗓子眼，因为三个泥人都包扎得严严实实，根本分辨不出谁对谁，也不知道这“啪嗒”一下会不会对脆弱的泥人造成“伤害”。在去往仁川市政府的路上我一直提心吊胆，胡思乱想。

到了仁川市政府，我和处长抱着泥人，来不及休息，直奔三楼会议室，和仁川市国际合作室的工作人员一起拆起包来。由于

泥人张彩塑《桃园三结义》

包扎得太严实，里三层外三层，我们一层一层地、小心翼翼地拆开塑料膜。刘备出现了，浑身毫发无损！关羽出现了，一样没有问题！可到了张飞，我立刻发现张飞的帽子上方，最顶尖处的红缨，掉下来一小块。虽然不是很大，但已经露出了里面的白茬。坏了，我担心的事情还是发生了，这可怎么办？！我想这一定是刚才的“啪嗒”一下惹的祸。三个泥人摆在一起，远看还可以，但近看，还是能看出来。这时我真希望自己是一位泥人张高手，瞬间找块泥巴塑一个张飞出来。

就在我们一筹莫展时，仁川市政府的工作人员美善姐姐，突然飞快地从屋里冲了出去。不大一会儿，她手里拿了几粒熟饭粒跑回来，哇，我的眼前顿时一亮！利用米饭的黏性，粘住这小小的红缨，好主意！我们开始小心翼翼地，用熟米粒粘了起来。小小的红缨很听话，不一会儿，就紧紧地粘在了上面，只留下了一条小小的缝隙，如果不仔细看，根本看不出来。我长长地舒了一口气，兴奋地抱住了美善姐姐。

二十周年的庆祝仪式在第二天顺利举行。泥人张彩塑《桃园三结义》威风地出现在仪式现场，得到了大家的广泛赞誉。我的心情如释重负，也感慨良多。

“以利相交，利尽则散；以势相交，势败则倾；以权相交，权失则弃；以情相交，情断则伤；唯以心相交，方能成其久远。”两千年前，刘关张桃园结拜，义薄云天展壮志。两千年后，艺术家们用泥人再现这段美丽的佳话，外事人经历千辛万苦让《桃园三结义》成为两市友好交往的历史见证。所有这些努力，都彰显了天津与仁川携手合作的足迹、民心相通的情谊和共赢未来的企盼。天津与仁川，明天一定会更好！

12 回忆往事是满满的知足

于剑文

视频里，一脸憨憨笑容的尹先生，提起他在仁川市政府工作期间和天津友好城市往来的那些事，自豪的神情一览无余。和市外办的工作人员一连线，两个人都格外激动。我虽然听不懂韩语，但是语气和气氛很快感染了我。市外办工作人员对我说，我们好像有十年没有见了，但是我感觉他一点儿没有变。

仁川的尹先生现在已经退休两年了，老家有一块地，他就回到乡村，日出而作、日落而息，东篱把酒，赏花看月，不亦乐乎！从前尹先生在仁川市政府工作。第一个接待的就是天津市委书记带队的天津代表团访问仁川，整个接待工作都由尹先生安排。尹先生说他对天津市委书记访问仁川的那次印象最深，那是他工作十五年来感觉在韩国最具诚意最让人感动的一次接待。

尹先生很早就学会了汉语，在这些接待工作中，中国、日本、韩国这三个国家，接待方式存在着很大的不同。比如中国人的日程，一般都是以整时间段为基准的粗线条的时间安排，例如10点去哪儿，12点吃饭，下午几点做什么。日本人的日程一般以分钟为计算单位，比如说上车10:25，抵达10:30。韩国人一般是以20分钟到半小时为计算单位。尹先生说，我之前在负责仁川市长代表团访问天津的时候，我的领导比较喜欢问得特别具体，比如说我几点到？谁出来接见？这些问题我往往都回答不上，因为中国负责人给我发过来的是一个相对很简略的日程。但是当时天津市外办负责韩语业务的处长和尹先生沟通时，只给他一句话，而这句话也成为尹先生和天津打交道的过程中，一直信赖的保障。这句话就是：你相信我，来吧！这句话是信赖，是信任，是保证。凭着这一句话，访问团到天津后所有的事，都得到了妥善的安排。“包括下榻酒店房间里摆着的鲜花，希望得到的礼遇及接待的细节，只要我告诉市外办的工作人员，都做到了无可挑剔。”尹先生回忆道。

“你相信我，来吧！”这句话已成为尹先生和天津市政府，以及天津市外办打交道的一句经典语录。“后来我了解到天津市外办做事的方式，就是在正规的代表团来访之前，他们会召集所有相关的部门开会，进行整体布置，所以在时间上存在着一个时间差的问题。这就是我为什么在来之前，日程上还存在不确定性，我可能得不到更加详细的日程，但是我只要相信你，我只要相信天津人，那么来了以后我就会发现我的所有愿望都能实现，这就是一种深厚的信任。后来的青少年交流、足球交流、很多的代表团到天津来，都没有出现任何问题，接待得都非常好，让我们很感动，就是因为有这句话，你相信我，来吧！”

有一年，尹先生带着棒球青少年队到天津来打棒球，当时都是五六年级的小学生，其中有一个小孩子生病了，当时这个孩子腹泻，肚子疼得比较厉害，早上五点多钟就去了天津儿童医院。因为是天津市邀请的体育代表团，所以天津市这边很重视，让他做一个B超或肠镜检查。但是尹先生认为孩子可能是吃了什么东西胃口不适，导致腹泻，吃些药就可以了，不需要折腾得那么大。后来经过沟通咨询了医生后开了一些药，吃了药以后，孩子就没有事了。从这件事上，尹先生感觉到了天津政府对他们的重视。

天津和仁川开展了非常广泛的交流，比如说在学校之间，妇联女性团体之间，还有律师协会。仁川市政府有汉语班，尹先生没有退休以前，曾经早上七点半到那里教汉语，很多人就是通过他的介绍喜欢上了中国，然后去中国旅行、出差，回来以后都和他讲对中国的印象，这些人对中国的评价都很高。所以他每天早上都要提前准备一个小时，七点半准时去上课。他在教汉语的过程当中讲了很多中国和天津的故事，对这些人爱上中国起了很大的作用。

他最后一次来天津是2013年。当时的仁川市长带着一百五十人的仁川大型代表团来天津，这是历史上少有的如此大规模的访问。因为仁川市政府的一些公务员没有经历过这样的大型访问，不知该如何办理，所以就邀请在国际交流中心经验丰富的尹先生。此次代表团包括经贸代表团，文艺代表团，一支四五十人的合唱团，以及市政府的代表团、议会的代表团等，共计一百五十人。到津之后，经贸代表团就与天津市工商联、贸促会举办了经贸座谈会。仁川市立合唱团非常有名，在天津音乐厅举办了一场演出，庆祝天津仁川缔结友城二十周年。两次成功组织一百五十人的大型访问团访问天津，尹先生特别骄傲和自豪，因为这是他履职生涯里的荣耀。

国际交流最重要的就是人，需要负责任的人，热爱工作的

韩国仁川市立合唱团

合唱团剧照

韩国仁川市市长宋永吉接受媒体采访

人，热爱国家的人。尹先生因为热爱，所以在两座城市建立友好城市的工作中无怨无悔地付出和努力着。尹先生从二十世纪九十年代开始到现在走过了将近四十个年头，从二十多岁的小伙子走到了退休，他把所有的青春都奉献在了天津与仁川的交流事业上。

机遇给了尹先生精彩满意的人生答卷，他的满足感洋溢在他那平和而知足的笑容里，显得格外温馨和美好。他说最喜欢天津的酒，帝王津，细长的瓷瓶，酒瓶后面有一个帝王像。他说，他在和天津人交往的过程中没少喝酒，没少交朋友；天津煎饼馃子、狗不理包子都没有少吃。

2003年至2004年他在仁川驻天津办事处待了两年，带了夫人过来，大女儿在新华中学上学，所以他女儿汉语非常好。现在外孙也六岁了。回忆往事，尹先生幸福的笑容里是满满的知足。

13 一个画家的人生片段

——记青年画家傅刚的韩国情

于剑文

关于韩国首尔，我最初的印象跟很多文艺作品有关：韩国的电影、流行音乐，以及常常令我沉迷其中不能自拔的韩剧。而通过绘画认识首尔，了解天津与首尔两座城市之间的情谊，则与一位青年画家有关。他叫傅刚，是个开朗外向、热情洋溢的人，他一边带领我参观他的工作室，一边和我谈起他与首尔的情缘。

韩国首尔市夜景

1978年出生于天津的傅刚是一名专业画家。2006年，团中央在《今晚报》公开招考八名各行各业优秀青年赴韩访问，二十八岁的傅刚当时还是中原百货滨海店的员工，他用小楷书写了一份简历，这份简历是他艺术才华的展示，也开启了他人生列车新的驿站。这份手写的简历被团中央和组委会一眼相中，使他在众多候选人中，一下子脱颖而出，简历也被组委会作为艺术作品留存入档。就在这一年的访韩之旅中，他的国画《春意盎然》代表中国青年代表团赠送给韩国政府、国画《新春芬芳》代表中国政府赠送给韩国政府。两幅画的尺幅都有180×96厘米，很是壮观，彰显着民族风情与两国友好城市的情谊，热烈温暖的情感流淌出画面，超然物外，经典而含蓄，深情而浓烈，看后就会让人眼前一亮，情绪为之一震。

傅刚先生工作照

傅刚先生作品

2006年7月，傅刚随青年代表团赴韩国访问。在半个月里，代表团走访了国立首尔大学，尤其在首尔大学的美术学院参观，跟韩国美术学院的教授们举办了一个论坛，参观了韩国的青瓦台。代表团成员两人一组还在韩国的家庭里吃饭留宿，体验韩国家庭的生活。傅刚去的这一家有四口人，男主人当时是三星的高管，两个儿子，大儿子在服兵役，二儿子正上高中，临走前傅刚给这家人画了一只大公鸡留念。访问团还参观了水原三星，就是LG的三星总部，赠送给三星集团总部书法作品，还参观了浦项制铁。三星总部和浦项制铁是韩国两大知名企业，韩国钢铁当时位于世界第四。访问团还去釜山走访了《大长今》的拍摄地点，成员们坐船到位于韩国最南边的被称为“神话之岛”的济州岛走访了两天。通过走访，体味韩国风土人情，访问团的成员对韩国的文化宗教都有了一些必要的了解。在访问交流期间，傅刚也将自己的多幅书画作品代表中国政府分别送给了韩国国家青少年委员会、中韩文化促进会、韩国前驻华大使权丙铉先生和金夏中先生、韩国国家青少年委员会部长崔英姬女士等韩国政府及相关政府官员等。

参加了财经界、文化界等领域的交流活动后，在中韩代表团联欢晚会上，傅刚当场用中文和韩文两国文字书写了“中韩友谊地久天长”大幅书法作品，在几百多人的晚会上，他大声用韩语朗读出来，迎来掌声如潮，受到了在场几百名中韩代表的高度好评，韩国政府赠送了《大长今》的纪念品作为回馈。傅刚为中韩两国的友谊所做的贡献，刻在了友好城市交往的历史记录簿上。

在欢送中国代表团时，国乐团用国乐演奏《大长今》电视剧主题曲《呼唤》，两国代表团成员用中文和韩文一起动情高唱：“看天空飘的云还有梦，看生命回家路路程漫漫，看明天的岁月越走越远……”人人都被激动的情绪所笼罩，气氛达到了高峰，想起当时的情景，心情依然激荡不已。韩国大使金夏中送给傅刚一本书，书名叫《腾飞的中国》。之前在北京大使馆培训期间，傅刚特意去了韩国大使馆，就是这位大使亲自接待了他。这位韩国大使精通中国文化，当他看了傅刚的画后，便对傅刚的画赞不绝口给予高度肯定。此时大使送给傅刚这本书，是对傅刚真诚的表达，这本书是大使在中国十几年公务期间，对中国文化艺术各个领域的概括的理解认识，其中充满了对中国真挚的情感。同时在出访期间，第一任大使权丙铉从到韩国开始到访问结束的时间里，始终全程陪同，表达出了他对中国的真诚对中国朋友的情谊，傅刚为了表达感激之情，现场给权丙铉书写了小楷《心经》作品，震撼了在场的所有人，受到了大家的高度赞扬。走到哪里傅刚都会给对方留下他的作品，处处表现出一个中国人优良的素质和传播中国文化的使命感，使得他走到哪里都成了一个备受欢迎的人，这份热情亦让他更深刻地感受到了首尔与天津两座城市之间的深厚友谊。

后来他又有两次去韩国的机会，感受到了中韩文化的渊源，韩国有许多文字都是从中国传过去的。特别是2019年参观韩国的孔子学院，里面什么课程都有，茶艺、书法、绘画，中国传统文化都在里面，精益求精，都是最近这些年才有的，这也是中韩两国友好使者来回穿梭培育出来的结果。

傅刚的人生片段里一段段精彩的故事，写满了天津与首尔的深情厚谊，这份友谊如今在他的绘画中还在被尽情地描绘着。

14 熠熠生辉的中东天津友城

刘晓珍

以色列，仿佛是一座被火海包围着的孤岛，连年的战乱蠹虫般啃食着这个古老而孤独的国度。它的祖先从美索不达米亚平原繁衍至今，在乱世中遗世独立，如一座巨大的古旧殿宇，虽常提心吊胆于将要坍塌的可能，但核心依旧无比坚定。里雄莱锡安市——这座城邦中的第四大城市，于1994年与天津结为友好城市。

那是个明媚的9月，以色列里雄莱锡安市市长梅尔·尼赞夫妇访问天津，两个城市共同签署了建立友好交流与合作关系协议书。自协议书签署以来，双方一直保持着高层互访和人员密切往来，10月天津派出工作小组一行赴里雄莱锡安市落实粮食交流项目，签署交流备忘录。1995年5月，天津市代表团一行访问里雄莱锡安市，会见市长梅尔·尼赞并参加中以友协大会，商谈农业合作项目。7月，里雄莱锡安市副市长雅科比率代表团访津，与天津市签署两市交流备忘录。

时事变迁，2001年前后，以色列因战乱、人员更迭等多重因素，和天津市多年的交往中断。但天津市一直惦记着这个远在中东的友城，想着什么时候再续前缘。2009年，中断联系好久的以色列大使馆突然给中国发来信息，说他们一直想念着天津这座美丽友好的姐妹城市，不想和唯一的一个中国友城失去联系。接到这个信息，不仅中国驻以色列大使非常兴奋，天津市的领导也都高兴不已。

在中国驻以色列使馆的协助下，两座城市再次建立起正常交往渠道。这次重新恢复友好城市，里雄莱锡安市也对天津市这个中国唯一的友好城市倍加珍惜，他们告诉中方说他们正在规划建设友好城市公园，其中有中国园，希望中方能赠送中国特色雕塑，摆放在里面，作为永久纪念。秉承着“让中国文化走出去，在他国异乡的祖国园里绽放光芒。一定要把最有中国特色、天津特色、最能长久保持的艺术作品创作出来，摆放在那里，让世界各国的人长久观瞻，了解我们祖国，了解天津”的原则，具有天津元素同时又具有吉祥祝福之意的“娃娃抱鱼”应运而生。雕塑“吉祥娃娃”由天津美院两位艺术家设计、制作完成。造型设计吸纳了天津年画审美表现。用独特的雕塑语言，涵盖了夸张的艺术手法，塑造了一个娃娃抱鲤鱼的造型姿态，寓意吉祥有余、幸福友谊，突出了中国、

娃娃抱鱼雕塑

天津特有的文化特点。雕塑材料用的是细腻的汉白玉，在石材制作过程中作者多次到河北曲阳加工现场，亲自动手深入刻画雕琢而成。雕塑设计制作的完成凝聚了雕塑家的汗水与辛苦，因为他们知道这件雕塑将作为国礼送到国外。要做到一丝不苟、精益求精。垦荒匠人用深夜灯光下的雕琢诠释了这份友谊的重量和意义。

天津美院花费几个月时间，非常具有天津特色的雕塑《娃娃抱鱼》脱颖而出，由顶级汉白玉作为材料打造出的这尊雕塑，又

以色列城市风景

白又胖喜气洋洋的天津娃娃骑在从南运河里蹦出的欢蹦乱跳的大鲤鱼身上，任谁看了都能感受到鲤鱼驮着娃娃要奔向美好生活的意图，感受到天津人民对生活的热爱，感受到中国人民对世界的向往之情。5月，这尊精心创作的汉白玉雕塑由天津市政府赠送给里雄莱锡安市，作为他们友好城市公园的开园礼。6月初，天津市派代表团赴里雄莱锡安市出席“友好城市公园”开园仪式。至此，两个城市再次恢复了友好交往，这座极具象征意义的雕塑就是重建友好关系的使者。光阴荏苒，汉白玉那灵动的光不仅流淌在里雄人的心中，更流淌在世界各地热爱和平友好的人们心里——这是来自一个安宁和谐的国家的馈赠，这是来自一个美丽祥和的城市的祝福。

多少年过去，以色列的战火依旧没有停息，多少人在战争中失去生命，多少新的生命又在战争中诞生，时代更迭，人来人往，经风经雨，雕塑《娃娃抱鱼》至今仍矗立在里雄莱锡安市的友好城市公园内，成为两市再续前缘、共话友好的历史见证，让更多的天津人、中国人了解以色列里雄市，也让更多的里雄人、以色列人了解天津、了解中国！天津和里雄友城的前景肯定会越来越好！

15 绽放的素馨花

李晓楠

如果说一个人的记忆是长久的，那么深深镌刻在内心的那份真诚，则是黏稠的，随着时光的流逝越发明亮，成为自己一生所拥有的财富。其实，卫明就是这样的人，他总是闲不住，喜欢将印象深刻的经历写出来，他和所有市外办的人有同样的感受，那就是越发感到从事的外事工作是一项伟大的事业。他曾三

天津向巴基斯坦捐赠防疫物资

次出访巴基斯坦，三次近距离接近巴基斯坦的国花——素馨花，那种蔓生的藤蔓植物，让出访巴基斯坦的人留在心里的不仅仅是浓郁的芳香，更多的是中国与巴基斯坦的友情，在巴基斯坦的土地上流淌、蔓延，成为永久的记忆和期盼未来的光明之路。

助力职业教育

说起旁遮普省，在卫明的眼里，仿佛昨日的事情就在眼前。在他娓娓道来的描述中，我们仿佛亲临其境，熟知了那里的风景、那里的人文、那里的发展，以及那里热情的人们。因为有印度河的五条支流皆流经此地，它也被称为“五河之地”，是巴基斯坦人口最多的省份，也是巴基斯坦四个省中实力最强的省份。旁遮普省农业产值占全国的70%，工业增加值占全国的60%，

巴基斯坦旁遮普省风景

工业发达，主要产品为纺织品、体育用品、医疗器械、电器、金属制品和食物等。90%的纸张、75%的化肥、70%的食糖、40%的水泥都产自旁遮普省。旁遮普省的主要城市有省会拉合尔、木尔坦、锡亚尔科特、拉瓦尔品第、费萨拉巴德等。这里还是重要的教育基地，在拉合尔、木尔坦和巴哈瓦尔布尔分别有一所综合性大学。此外，拉合尔有一所工科大学，费萨尔堡有一所农业大学。他深邃的眼睛里渗透着对数字的敏感和问题的精准分析。在熟悉了相关数据后，他有了一个方向性的想法，那就是加强与旁遮普省职业教育的深度融合交流，将天津市先进的职业教育理念和成熟的体系，在巴基斯坦推广，也带动当地产业工人的素质提升。

2017年4月，卫明随访问团于10日至15日期间先后访问了巴基斯坦的伊斯兰堡、拉合尔、卡拉奇等主要城市，拜访了巴政府投资促进委员会、纺织工业部、中巴投资有限公司，了解了巴基斯坦经济发展现状、中巴经济走廊进展情况、外商投资政策等情况。旁遮普省首席部长（省长）沙巴兹·谢里夫会见代表团时，明确表示要积极促进两地在纺织产业和职业教育领域的务实合作。这恰恰和卫明的想法不谋而合。

讲到这里，他内心依然难以平静，他说职业教育的务实合作互惠互利，是交流的一个全新的平台。他风趣地说，这个项目的合作，他提前做了调查研究，也查阅了大量的资料，才提出了自己的建议。旁遮普省是巴基斯坦的第一大省，人口超过一亿，是巴基斯坦经济中心，每年初高中毕业生达到320万人，其中多数人需要接受职业教育或技能培训。旁遮普省拥有各类职业技术学校一千所，在他们的规划中，2015—2017年接受职业技能培训的人数达到了二百万人。他们对职业技能培训需求迫切，但是教学设施落后，缺乏高素质的教师队伍及高质量职业技术教育体系标准课程，所以说，这个课题的实现将大大解决他们在发展过程中的瓶颈。这次访问特意促成与旁遮普省职业技术培训中心的专题访问。

明确的目标就是前进的动力和方向。2017年4月27日，受旁遮普省首席部长的指示要求，该省教育部长及职业教育委员会主席一行四人抵达天津。天津市教委在进行充分座谈的基础上，又专程组织了与海河教育园的深度对接。天津市现代职业技术学院承担任务，将友好城市之间的职业教育交流引向深入，落到实处。

直到今天，退休后的卫明依然关心着两个城市的职业教育情况。将一件事做到底，将一件事做好，其实并不是一件简单的事情，需要持之以恒地努力和付出，但是一旦结出果实，那份成就感便会永远留在内心深处，就像素馨花一样简简单单，五个白色的花瓣，却芳香四溢，默默将美好的景象奉献给大自然以及喜欢它的人们，成为一种难得的记忆。或者说，从事外事工作的人就像素馨花一样，默默绽放着美好的年华，将自己坚韧的努力和务实的做法结合起来，受人敬仰，受人爱戴。这是一个个实实在在的管理者，更是友谊桥梁的建设者，奉献着智慧和汗水，收获着今天和明天。

2022年9月初，中国各电视台相继播放了巴基斯坦洪灾的新闻，中国人民牵挂着，伸出援助之手，让灾民远离灾难带来的伤害，让“巴铁”兄弟姐妹尽快恢复重建家园。天津市迅速通过官方和民间渠道筹措救灾物资，全力支援巴基斯坦旁遮普省、卡拉奇市等友好省市抗击灾情。9月15日，天津市援助巴基斯坦友好省市救灾物资启运仪式在救灾物资储备站户外广场举行。一方有难，八方支援。危难之际见真情，关键时刻看真情。中巴两国是患难与共的真朋友，同甘共苦的好兄弟。天津与巴基斯坦一直以来保持着友好交流与合作。巴基斯坦国内发生洪灾后，天津市委、市政府高度重视，短时间内迅速调集帐篷、食品、饲料等救灾物资，并发动民间渠道给予援助。期待灾情过后与巴基斯坦友好省市进一步加强交流，共同推动天津和巴基斯坦取得更多务实合作成果，为构建中巴命运共同体做出积极贡献。

巴基斯坦驻华大使莫因·哈克在启动仪式上深表感动，诚挚

天津向巴基斯坦捐赠防疫物资

感谢天津市政府和天津人民对巴基斯坦的支持帮助。灾害发生以来，中国给予了大量的物资和捐款，充分体现中巴彼此间患难与共、共克时艰的“铁杆”情谊，是两国人民心连心的生动例证。天津市的救援物资将会帮助到巴基斯坦友好省市的灾民，相信风雨之后总会见彩虹，巴基斯坦在大家的帮助下定能战胜灾情。

巴基斯坦友好省市代表、卡拉奇市市长穆尔塔扎·瓦哈卜感谢天津市对卡拉奇所提供的支持和帮助。他说，巴基斯坦正面临史无前例的重大洪灾，三分之一国土淹没在洪水之中，3300万灾民流离失所，等待国际社会救援。卡拉奇所在的信德省是遭受洪灾最严重的省份之一，相信在天津和中国兄弟的帮助下，一定会尽快恢复正常的生产生活，并祝愿巴中友谊万古长青。

这虽然是一个简单的启动仪式，但渗透着天津人民的深厚友情，带着温暖、带着情谊、带着问候、带着关怀，传递的是友善，送去的是真情和爱心。

天津的爱心行动是中巴友谊深厚情谊的缩影，也是地方政府支持参与国家总体外交、推进“一带一路”高质量建设、促进民心相通的最佳实践之一。全国对外友协对于天津市的做法给予高度赞誉。中巴全天候友谊比山高、比海深、比蜜甜，“巴铁”情谊深入人心，家喻户晓。面对数十年不遇的洪灾，天津市政府和民间对巴方抗洪救灾给予充分支持，以实际行动汇聚成中巴友好的磅礴力量和不竭动力，成为新时代构建更加紧密的中巴命运共同体最真实和生动的写照，更将在两国交往历史上书写新的动人佳话。

天津的月季花灿烂芳香，巴基斯坦的素馨花素雅清淡，不同的肤色、不同的语言、不同的花香，但相同的是让世界的每个角落都充满爱，相同的是前进的脚步都不曾停歇；相同的是对未来美好的明天充满期待，相同的是人民幸福安康的誓言永不更改。

魅力伊斯兰堡

说到伊斯兰堡，曾经去过的人，都会用“魅力”这个词来表达心情。那里渗透着文化与自然风景的深度融合，好似天然形成的“美玉”，让人赏心悦目又流连忘返。

伊斯兰堡是巴基斯坦伊斯兰共和国首都，全国政治中心。

那是一个山清水秀的地方。背依高峻的喜马拉雅山，面向

费萨尔清真寺

宽阔的印度河大平原，东侧是秀丽的拉瓦尔湖，西侧是一片开阔的河谷地带。这里群山起伏，湖水清澈，是一个美丽的花园城市。市区的交通干线垂直相交，把整个市区整齐地划分为大小相等的几十个区，有行政区、公共事业区、中央商业区、住宅区、工业区、大专院校区和外国使馆区等。苏拉瓦底大道和克什米尔大道从东到西横贯伊斯兰堡，总长度有25千米，把城市分为南北两部分。住宅区是伊斯兰堡最具特色的建筑区。区内布局合理，生活方便。那里有三、四层的公寓，也有二层楼的别墅。住宅设计讲究，外形美观，各具特色。庭院宽敞，植树栽花，幽雅别致，令人赏心悦目。在住宅区中还设有商店、清真寺和学校。

最特别的还有花枝招展的大篷车。它的身影无处不在，总是张灯结彩，还常常鼓乐喧天。大篷车以大巴和卡车为主，车身上涂满了花鸟、风景和人物等花花绿绿的装饰图案，见缝插针地镶着许多小饰物。车头顶部装饰得高高的，像戴着一个王冠，甚至还加上声、光的“多媒体”效果。这一切挖空心思的装扮既不是行政命令，也不是为艺术而艺术，而是忠实地体现了巴基斯坦人的娱乐精神。

伊斯兰堡是一座年轻的城市。市区内没有文物古迹，但它的自然景色清新优美，建筑富有浓郁的伊斯兰风格。伊斯兰堡南面有一座著名的“玫瑰和茉莉公园”，以栽培玫瑰花、茉莉花而闻名。公园内种有几百种玫瑰和茉莉，花园面积约15公顷，每当鲜花盛开的季节，花香袭人，姹紫嫣红。

素馨花是巴基斯坦的国花，象征着美丽和纯洁。夏克巴利山顶公园是全市最著名的游览胜地，公园里树木葱茏，百花争艳。

中国与巴基斯坦建交七十周年庆祝活动

山顶上有一块专门供来访外国政府首脑植树留念的园地。1964年，周恩来总理曾在这里栽下了象征中巴友谊的乌桕树，这是这块园地上种下的第一棵树。伊斯兰堡如今仍在建设之中，市区正在逐渐扩展，按照总体规划，大首都区总面积达1165.5平方千米，将与古城拉瓦尔品第连成一体。

2021年是中国共产党成立一百周年，适逢中巴建交七十周年。中巴传统友谊深厚，“铁杆”情谊深深扎根两国人民心中。为将天津元素积极融入中巴建交七十周年系列庆祝活动，加强天津与巴基斯坦友好合作，时间定格在9月16日。那是初秋收获的季节，也是难忘的日子。海河蜿蜒，碧波荡漾，蓝天和白云将秋天的景象环绕、舒展。巴基斯坦驻华大使莫因·哈克及夫人受邀访津。在参观天津市规划展览馆时，哈克大使驻足留念，有感而发，用英文在贵宾留言簿留下了长达三页的参观感言：“天津市规划展览馆之行令人印象深刻，天津具有深厚的历史文化底蕴，它的历史建筑以及文化遗产保存完好，我们必须要向天津市领导致敬。得益于他们的远见卓识和智慧，天津已经发展成为一座现代化国际大都市、一座金融工商业中心城市、一座交通枢纽城市、一座教育资源丰富和环境友好的城市。我们非常期待巴基斯坦省市与天津发展友城关系，这将有利于促进双方共同发展，实现互利合作。我们也非常希望能向天津学习在建设现代、高效和绿色城市方面的经验。”

9月17日，所有的参与者和关注者都异常兴奋，满满的喜悦传递在中巴建交七十周年庆祝活动的友谊长跑、风筝展示、美食节等活动中，丰富多彩的环节将天津市与巴基斯坦的友好画面定格在天津，定格在保税区东湖广场。十六岁的伊斯兰堡少年阿里始终微笑着，好像在想尽一切办法，把参与其中的乐趣深

参加活动的选手

藏心里。他告诉大家，他在北京上学，平时喜欢踢球和跑步，这是他第二次来到天津，天津的环境特别好，特别是在今天这样一个风和日丽的日子里参加长跑比赛特别开心。

在不断地沟通与交流中、理解与努力下，友谊的大手越握越紧，情谊更加深厚。2021年9月17日，这是一个具有重要意义的日子，也是填补了天津市与巴基斯坦友好城市的空白，实现天津市国际友城工作新突破的关键时刻。巴基斯坦驻华大使莫因·哈克访津，代表巴基斯坦旁遮普省、伊斯兰堡市和卡拉奇市与天津市签署建立友好城市关系意向书。在经济、贸易、科技、教育、港口、农业、旅游等领域深度合作，增进民间交往，为深化中巴全天候战略合作伙伴关系、服务“一带一路”建设、打造天津市高质量发展勾画出美丽的画卷。

遥望湛蓝的天空，倾听大海的涛声，我们期待在素馨花绽放的季节，再次相聚，相聚在美好的明天。

16 你的风是如此的炫

——天津理工大学武术队风云记

于剑文

如飓风，轻灵的身姿旋转腾挪跳跃，迅捷的动作瞬息万变！

似旋风，刀枪剑戟“唰唰唰”，像卷起落叶无数！

是微风，姿态优雅行云流水，春风拂面，柔美刚劲！

泰国曼谷夜景

踢、打、摔、拿、跌、击、劈、刺，忽而如劲风嗖嗖而来，忽而柔和兼容灵巧变换，招招式式带着风，刚柔并济都是炫，干净利落，有刚有柔，有动有静，动如猛虎下山，静似长老坐禅。视觉冲击力震撼人心，观赏艺术美不胜收，中华武术强大的艺术魅力摄人心魄。在“2019年友好城市周”交流活动中，天津理工大学武术队又获得了掌声赞叹声一片叫好声！

这是天津理工大学武术队应邀参加来自10个国家21个城市代表团在泰国曼谷举办的友好城市周的活动中，表演的《中华武魂》《太极扇》《津门拜师》等中国功夫的又一巨大成功。两天五场精彩的武术表演，武术队员精湛的武技和饱满的状态令观众惊叹不已，炫起来的武术队，将中国传统文化精髓和体育运动的魅力及鲜明的津城背景特色带到了泰国曼谷，精彩的表演赢得了主办方和当地观众的又一次喝彩。

6月27日至7月1日，受市外办委派、应泰国曼谷市政府和

2019年“友好城市周”天津理工大学武术队在曼谷演出

武术队成员合照

城市管理局邀请，天津理工大学武术队代表天津团组参加了泰国曼谷市文化艺术中心举行友好城市周的交流活动，校领导出席了友好城市周开幕式，与参会活动的各城市代表团团组共叙友谊、共话合作。热烈的掌声记录在天津友好城市这个光荣簿的耀眼一页上，余音震荡缭绕不绝。

天津理工大学武术队成立于1996年四校合并时，近三十年意气风发、激情澎湃、拼搏奋斗。武术队自成立始就带着一股威力一种高度一种不断创新的形象，活跃在天津这块沃土上，是津门大地一块耀眼的金字招牌：武术队共获得三百多块金牌，每年全国大学生锦标赛，四年一届的大运会少数民族运动会，2017年世界大学生运动会，都有斩获金牌的骄人成绩。这不只是一个数字的展示，它是无数滴汗水的浇灌，是没有节假日没有下班钟点的时间的堆积，是爱生如子的教练的倾情奉献，让一群优秀的武术生走上了金光大道，实现了理想获得了荣耀，活出了精彩人生。

这些武术学生，从偏僻的山村、遥远的他乡，从全国各地汇聚而来，家境各异，有的是因为父母外出打工顾不上照顾孩子就把孩子扔到了武校，有的是家里有习武之人从小把他们带入了武行。他们大多从五六岁就开始接触武术，都有二级运动员证，经过专业考试和文化课考试，加入了天津理工大学武术队的行列。三百多个冠军金牌的背后，是三百多个感人的故事。

冠军的记录簿上，有一个学生的成长历程令人难忘，“青春”在这个孩子身上绽放绚丽，人生赢家已非一般。但是之前，抉择与斗争，深思与冲动，青春之血气，并有迷茫与怯懦的交织，让这个显得格外成熟的孩子与众不同，他的训练勤奋程度无人能企及，两头起功夫一做能做1000个，裤子都被磨破了。彩桐教练对他格外关注，知道他家是农村的，家庭条件原来挺好的，因为爸爸忽然病故了，家里的经济状况一落千丈，他骨子里也带着自卑，别的孩子隔一段时间或节日在一块儿吃顿饭，因为没有钱他都不去参加，彩桐教练就有意识地安排同学们叫他一起参加活动。他手巧，画画也挺好的，搞联欢活动，就让他发挥长处进行舞台设计和服装上的卡通画设计，大家穿着他设计的服装翻腾跳跃气氛活跃，他自然而然就和大家融合到了一起。彩桐教练给他安排一些课程，可以拿到一些课时费，加上每月给的补助，使生活有了保障。有次回家没有路费，彩桐教练就给他买好火车票，再给他装上500块钱让他给妈妈买吃的。这个孩子就是这样被彩桐教练细心的关照循循善诱的引导，逐渐的思想观念发生了翻天覆地的变化，成为大学生运动会上的冠军得主，在家乡的知名度得到了提升。

有个武术学生，他到武校学习是被父母硬逼着去的，来到理工大学后上了管理专业，他打算一心要好好学习专业课了，再也不想练武术了。彩桐教练没有强迫他非要怎么样，只跟他说，我给你半年的时间，如果半年之后你专业课能名列前茅就不用学武术了。一个月后他找到教练，说："专业课我学不过人家。"教练说："没错，你武功那么棒，这就是你的优势。你放着你的优势不要，非要拿你的劣势跟人家的优势去争，你不就吃亏吗？"他心甘情愿返回武术队，在彩桐教练的指导下，重新做好了规划，学习没有掉队，武术练得更加勤奋，在大运会上武术比赛夺得了冠军。毕业后开了一家武术馆，管理有方，做得风生水起。

武术第一个动作学的是抱拳礼，武术课启示先学抱拳礼，课程结束后还要回到抱拳礼上。礼节贯穿到学武孩子的骨子里，所以学武术的孩子们都懂得礼貌，只要练了武术，那个礼仪就永远浸入到骨子里，行走坐卧，处处都是这种文化的体现，这就是武术精神。武术弘扬的精神是种优秀传统，优秀是传帮带的，武术队有良好的风气，有团结合作的集体荣誉感，有优秀的教练，这样一支队伍才能无往而不胜！

说起泰国友好城市周的访问，彩桐教练还抑制不住激动的情绪。泰国之行武术队员只去了十二个人，却带来全场轰动的效果。

以往每次出访，每个节目都会有一个替补队员，而泰国之行只有十二个名额，没有一个多余的人，就出现了节目编排和临时减员的问题。很多节目都包含故事情节，一减员故事情节也要重新排练。另外情感上也舍不得，这些十八九岁的孩子，雄心勃勃一心准备去泰国参加这次活动，几个月来拼命排练，每天下午三点多就来训练馆，黑白加班，晚上通常练到十点多，不管减掉哪个，教练都不忍心，但孩子们都懂事配合，不让教练为难。能出访的学生更加懂得代表天津友好城市这项光荣的使命而去泰国的意义，也格外珍惜这次机会，个个表现优异，都拿出了最好的状态参加了这次活动。

有这样一支训练有素、技术强悍的武术队伍，泰国之行怎能不格外成功格外顺利呢？武术队员们扎实的功夫贯穿在各个环节中，表演有时在馆里，有时在露天，有时在商场，不论在什么场地，队员们都发挥出了超常的水平。自创节目《津门拜师》将天津的地域文化特色彰显无遗，友好访问将天津人民的友好带到了泰国，演绎着友好城市的华美篇章，每一场演出都饱含用实际行动奉献上的一片真情，此次活动武术表演成了最受欢迎最叫好的节目。节目介绍上都有学生的名字，曼谷政府和城市管理局的负责人在表演结束后，都会走上舞台对演员们亲切慰问。

此次泰国访问，是这支武术队三十多次成功访问中的一次。这一支训练有素的队伍，他们的炫已经成为气场，在津门大地，你只要看过他们的武术表演，同醉的同时，也会跟着炫起来！

17 月饼里的悄悄话

周子妮

虽是一个女孩子，但珊珊心里始终藏着一个武侠梦。生在大侠霍元甲的故乡天津，珊珊觉得自己似乎比任何人都更接近武侠，也似乎比任何人都更容易成为“大侠”。和平安稳的年代，珊珊所面对的江湖不再是“拳打南山猛虎，脚踢北海苍龙”，“东亚病夫”的牌子早就被先师霍元甲踢翻了，在今天的霍元甲文武学校，“爱国、正义、修身、助人”的精武精神成为珊珊心里武侠情结的凝聚。十几年如一日地摸爬滚打，让她在心里坚定了一个信念，要让更多的人了解精武精神，要让更多的人认识霍元甲的故乡天津。

师父常跟她说，走出天津，你的精气神代表的就是天津，走出国门，你的精气神代表的就是中国。十几岁的孩子，正是插科打诨的年纪，珊珊和师父开着玩笑，心里却暗暗地藏了一股气——总有一天要站在世界的舞台上为中国为天津用武术争一口气！那年珊珊十四岁，跟着武术队去泰国曼谷演出，正值春节，珊珊心里有点打退堂鼓。天津的姑娘大多都是这样的，恋家，恋父母，更别提是春节。但这是珊珊第一次将要站在泰国的舞台上将中华武术展示给曼谷的观众看，她还是决定无论如何也要完成好这次演出。临行前，母亲给她的行李中塞了好几包十八街麻花，让她带给曼谷的朋友吃，珊珊抹着眼泪挥别了父母，踏上了前往曼谷的航班。

抵达曼谷已是腊月二十九的深夜，珊珊很想去看一看传说中的大皇宫，拜一拜四面佛，但时间紧任务重，明天就要在曼谷中心公园进行“欢乐春节”的演出，来到宾馆简单收拾好行李就强迫自己赶快入睡，可哪里睡得着？！腊月里的曼谷不似冰天雪地的天津，这里依然释放着本该夏季才有的活力。她想起明天一大早姥姥一定会起个大早给大家做“腊豆”、蒸年糕，晚上大家一起围着桌子边看春晚边包饺子，珊珊的眼泪又流了下来。那是珊珊第一次在异国他乡过年，那一夜她几乎没怎么睡。

早晨起来，她觉得浑身软绵绵的，找不到习武的状态，她反

曼谷夜景

复在心里默念师父说过的话："走出国门，你的精气神代表的就是中国。"她在心里不停地给自己加油打气，曼谷的工作人员为队员们提供了可口的早餐，一个叫May的曼谷姑娘端上盘子来的时候还用不太熟练的中文对珊珊说："中国有一句话，叫吃饱了不想家，希望你们能喜欢我们的食物。"珊珊脸上挂着笑，但身体上还是觉得哪里不太对劲儿。突然一阵强烈的腹痛袭击了珊珊，她恍然大悟赶紧冲进了洗手间，果然是生理期"大驾光临"，可珊珊并没有随身携带女生用品，她一时慌了神儿，站在洗手间门口竟不知如何是好。有人拍了拍她的肩膀，回头一看，是May。

"是要找这个吧？" May笑着问。

"是的，谢谢。"珊珊的脸陡然绯红，心里不住地感激May。

"我准备了热茶给你，一会儿趁热喝了，你会舒服一些的。"

珊珊重新回到餐厅，捧着May送来的甜滋滋暖和和的泰式水果茶，似乎觉得自己没有那么想家了。

中印尼人文交流机制专场联合演出剧照

接下来的时间，珊珊全神贯注地投入训练当中。很快，就到了夜晚，演出马上就要开始了，他们的节目排在第一个。跑过大大小小无数个舞台的珊珊，这一次觉得有点紧张，毕竟是第一次在国外登台演出。她深吸了一口气，想起自己曾经在心里默默立下的誓言，不免又有些激动，为祖国争光的机会来了，为天津争光的机会来了，让曼谷人民领略中国武术风采的机会来了！而这些机会猛地一下，做梦似的一股脑儿在今天，在曼谷的中心公园都落到珊珊身上了。那一瞬间，她忘记了今夕是何夕，忘记了妈妈正在包三鲜馅饺子，忘记了一家人本应该在一起吃团圆饭，她把所有的精气神都集中到了接下来的表演中。一上场一亮相，掌声就如潮水般袭来，他们表演的节目叫《精武百家》，很多观众手中都举着电影霍元甲的巨幅海报来为正在上演的中国功夫喝彩。牧羊鞭、峨眉刺、双钩、双鞭……一项项绝活儿让台下的曼谷观众们叹为观止，队员们一个个精神抖擞，带给了曼谷朋友一场无与伦比的武术飨宴。演出接近尾声，珊珊一个腾身，干净利索地在舞台中央摔了一个竖叉，赢得了观众们的满堂彩。谢幕的时候，珊珊兴奋极了，也快乐极了，她听着如雷贯耳的掌声，觉得自己不负当初的誓言，泪水盈满了眼眶。她看着台下一样兴奋不已的师父，只想飞奔下去，大声地对他说："师父，我做到了！"

下台的时候，珊珊觉得一阵钻心的疼从脚底火辣辣地袭来，原来是她刚刚摔叉的时候太用力，后脚跟直接磕到了坚硬的地板上，几乎要肿出半个脚了。大家都聚在后台拥抱、欢呼，珊珊忍着痛，也想融入这片欢乐的海洋。又是May，轻轻拽了拽她的衣袖，问："你的脚？"

"不要紧，不要紧，"珊珊连忙摆着手，"这是小事儿，我们平常练功总是会有小磕小碰，我都习惯了。"

May 拉着珊珊在凳子上坐下来，拿出提前准备好的冰袋："你们的表演太精彩了，但我依然担心会有人受伤，毕竟我们的舞台和你们国内的不一样。"正说着，一个俊朗的男生朝着她们走了过来，对珊珊说："哎呀，女侠你受伤了？"

May 和珊珊对视了一眼，珊珊问："请问你是谁？"

"我有个中文名字，我的中文名字叫陈真。"

珊珊扑哧一声笑出声，连脚上的疼也暂时忘记了："你可知道陈真是谁？"

"我当然知道，所以我刚才跟工作人员说了半天好话，才能来到后台找你们。女侠你一定要帮我在衣服上签个名。"

明白了对方的来意，May 和珊珊笑得停不下来，珊珊说："我又不是什么明星，我只是天津霍元甲文武学校的学生，签名我可不敢当。"

"陈真"听着瞪大了眼睛："霍元甲？大侠霍元甲？"

"对啊，我们刚刚打的就是霍家拳。"

"女侠，我要拜你为师！"

"好呀，欢迎你来天津找我练武！"

本是一句戏言，没想到一年以后，珊珊正在操场练武，突然保安处的老师对她说，门口有一个叫"陈真"的小伙子来找她，听口音不太像是本地人。珊珊震惊极了，连忙来到学校门口，"陈真"似乎比一年前更加英气逼人了。

“我来北京语言大学学中文，趁着休息时间来找你，没想到真让我找到了！”看到了珊珊，他的脸上露出了微笑，“一年不见，女侠长高了，也长胖了。”

“别乱喊，得叫师父。”珊珊故作严肃地开着玩笑。

原来“陈真”是柬埔寨金边人，来曼谷旅行，偶然看到了珊珊他们的表演。一心热爱中国文化，尤其热爱中国功夫的他早就想要来中国拜师学艺。

“丑话说在前头，想要习武，就不能怕吃苦。”

“陈真”又笑了：“你都不怕苦，我一个‘陈真’能怕苦吗？”

珊珊又佯装生气地说：“中国话没学利索就不要乱开口，小心挨揍，见到我要叫师父。”

“都听师父的。”说着“陈真”还行了个抱拳礼。

寒来暑往，每逢休息时间，“陈真”都会来到天津找珊珊习武，有时“陈真”犯懒，珊珊真的会拿出师父的威严训斥他。两年过去了，“陈真”在中国的学习结束了，他回到了自己的故乡柬埔寨金边市。他走的那一天，珊珊去机场送他，飞机在天上划出一道好看的弧线，珊珊强忍着眼泪告诉自己不要哭。她想，她和“陈真”大概再也不会见面了。

三年过去了，她与“陈真”真的失去了联系，倒是与May还会时不时地联系，过春节的时候，May还与珊珊通了视频电话，向她拜年。珊珊不禁赌气地想，还是女孩子的情谊更真挚。一天，珊珊接到学校的通知，安排她带队赴柬埔寨金边市进行武术演出。这时的珊珊已经不是多年前那个一出远门就会抹眼泪的小

天津霍元甲文武学校武术队演出合影

“中拉文化交流年”哈瓦那之夜演出合影

女孩了，如今她已经成为学校的领队，带领同学们一起为国争光。她的心里有一点儿浅浅的欢喜，但她不愿承认，这点欢喜与“陈真”有关。

出发到了柬埔寨，她心里还是含着几分期待，“陈真”会不会像上次一样突然出现在后台呢?

一天过去了。

两天过去了。

三天过去了……

眼看为期七天的演出将要结束，珊珊心里的火苗慢慢燃尽了，或许“陈真”又去出国旅游了，或许他根本不在金边市了，或许，或许……

演出的最后一天，恰巧是中秋节，大家都在整理着行李，准备演出结束后早点儿返程。突然有工作人员告知，说组织本次演出的公司高层，特意为大家准备了一份特殊的晚餐，来感谢大家这一周来的辛苦付出。

珊珊听到这个消息，心跳不由得又快了起来，从曼谷到金边，她感觉武术仿佛是一条线，把May、把“陈真”这些本来并不相干的人如珍珠般串联到自己的生命里。而“陈真”……她想罢又摇摇头，怕自己再次失望。

那是一场异常丰盛的晚宴，一看就是花费心思烹饪的天津菜：八珍豆腐、独面筋，竟然还有耳朵眼炸糕！最后一道菜尤其神秘，只见一个西装革履的身影从暗处推着餐车走来，同时还吟诵着中国的诗句：“独在异乡为异客，每逢佳节倍思亲。”珊珊的泪水涌了出来，那熟悉的声音正是“陈真”！

大家纷纷探出头来看，原来餐车上是一块块精致的月饼，月饼上还用中文写着“友谊”两个字。有芝麻馅、豆沙馅、莲蓉馅……珊珊的目光始终停留在“陈真”的身上，“陈真”朝她颔首微笑，并亲自端了一盘月饼放到了她的面前：“珊珊领队，请品尝我们的月饼，说不定有惊喜哟。”

听完后，珊珊拿起月饼，轻咬了一口，月饼里竟藏着一张字条，上面用稚气的汉字写道：“师父，感谢您！”

18 照片深化了“海河丝路情”

姜桂荣

2021年是中国与土耳其建交五十周年，也是天津市与土耳其伊兹密尔市缔结友城关系三十周年。为搭建中国和土耳其两国之间文化艺术交流的桥梁，推动“一带一路”人文交流与合作有序发展，“海河丝路情”之天津—伊兹密尔摄影图片交流展于2021年12月2日下午在市外办一楼大厅隆重开幕。

一位天津的摄影爱好者说：此次摄影图片展的举办恰逢其时，目的是希望通过摄影家的镜头来展示两国和两市的自然美景和人文风情，用这种方式进一步拉近我们之间的距离，增进彼此之间的了解和友谊。“海河丝路情”是面向“一带一路”国家，加强人文领域交流与合作所打造的一个品牌。未来，天津市将推动与土耳其在内的所有的“一带一路”沿线国家在各领域开展广泛的交流合作，共同讲好共建“一带一路”的故事，促进共同的发展，实现互利共赢。

伊兹密尔市是土耳其重要的经济中心和港口城市，与天津有着良好的合作基础和广阔的合作前景，1991年两市建立了友好交流关系，双方在经贸、医疗及青少年等领域开展了卓有成效的活动。这次活动让更多人了解了土耳其国家丰富的文化底蕴和悠久的历史故事，推动丝绸之路从文化创新到艺术传播，从文化交流到文化融合，让天津市与伊兹密尔市的友城关系更加巩固，让中土两国之间的友谊更加源远流长。

开幕式上播放了土耳其伊兹密尔市的宣传片和伊兹密尔市对外关系部部长赛琳·索拉克女士的祝贺视频。现场还连线了土耳其驻华使馆文化旅游参赞苏迪雅女士。她说：土耳其有独特的地标、美妙的自然景观、历史遗产和丰富的文化，让我们一起努力使两国人民通过这种文化外交更好地相互了解和理解。

土耳其伊兹密尔

当然，为办展不辞辛劳的还有一群热衷于中外友好活动的摄影家。他们从一千多幅投稿作品中精选了来自天津及其他地区摄影家的100幅作品，其中土耳其伊兹密尔等城市50幅，天津市50幅。摄影家们以摄影图片的形式，向中土两国人民展示了彼此的文化历史和城市发展，以光影形式记录中土两国的自然纯美和人文魅力。内容涵盖了城市风貌、自然风光、古堡建筑、社会纪实、体育摄影、肖像摄影、观念摄影等。无论是人物、风景，还是街景、静物都体现了摄影家独特的视角与创意。充分展示了中土两国社会经济发展新气象，展现绿水青山、冰天雪

土耳其伊兹密尔

地的自然风光之美，和文化交融、情感沟通的人文社会之美。

当天很多参加活动的摄影艺术家们都表示这次活动非常有意义，艺术家们的作品沿着“一带一路”不仅将真挚的情谊带给了友城，也让情谊在照片中升温，在“一带一路”中酝酿出一种独属于天津与伊兹密尔的情怀。通过摄影家们的镜头，我们看到了不一样的天津，不一样的伊兹密尔，不一样的“一带一路”，看到了在时代进程中的友谊镜像。

以摄影的形式呈现深厚友谊的还有艺术家铁军。酷爱草原风光和人文景观的铁军曾多次在蒙古拍摄到奇异的自然景观、市井百态和美丽的“风吹草低见牛羊”的生态画面。

由乌兰巴托中国文化中心和天津市相关部门联合举办的“蒙古国摄影家眼中的中国天津”优秀作品展开展仪式于2011年8月25日在蒙古国乌兰巴托市举行。这些优秀作品是从蒙古

乌兰巴托风景

铁军与其他摄影师留念

摄影家赴天津采风拍摄的两千多个镜头中精选出的94幅。同时，精选出中国天津摄影家的作品45幅交流参展，主题是美丽天津。此任务交给了铁军。他作为摄影方面的带队人，提前赴蒙做开幕式的准备工作，受到蒙古政府和人民的热烈欢迎。

工作之余，他想到蒙古是一个具有浓郁民族特色的草原风情旅游胜地，乌兰巴托周边都是风景，就向翻译提出派辆车，到市郊区拍摄些自然风景。一早来到大自然的怀抱，置身其中，铁军感觉自己的心境亦随之变得豁然开朗，与自然融为一体。相机似个道具，随灿烂的阳光相映、和连绵的青山呼应、同流淌的河水相视、与和煦的清风相拥，心中一片荡然空旷，沉积多日的劳累疲倦，都在顷刻间化为乌有，真像一首歌里唱的那样："把寂寞和忧伤都赶到天上。"

他全神贯注地投身于美景之中，越走越深入……突然，一阵厉声响起，两辆警车开来，高大剽悍的军人把他们拦住，满脸严厉地用枪对着他们。两个人被带到市警察厅，又听军人联系国家安全部……直到晚上十点多钟，大使馆的人和乌市警察闻讯赶来说明情况，才把他们接回去。通过这一乌龙事件他才知道，自己闯入了当地的水自然保护区。为了维护森林生态系统以及保护野生动物，这里禁止人员随便进入，以防对自然环境造成污染。蒙古国专门划出自然保护区，其内不准有任何生产活动。

在乌兰巴托的中国首届摄影展览开展。蒙古国教文科副部长库兰达在开幕式上致辞：“以此次活动为契机，进一步推动两国文化关系向更加广阔而深远的前景迈进。”

在此期间，参观的人们络绎不绝，铁军始终被热烈的情绪包围着。

“好美的中国，好美的天津，我一定要去看看！”几位年轻人坚定地说。

一位老者眯着眼睛凑近仔细端详：“这就是美丽的天津呀，我可开眼啦！”

人群中有一位干部模样的人说：“我是干商贸的，我国每次的进出口货物都是由中国的天津口岸转运（蒙古国是内陆国家）。所以我到过天津，实际就是这样漂亮。”

“……”

铁军不但要为来参观的人们讲解，还要接受蒙古国电台记者的采访、同行摄影家的艺术交流……真是忙得不亦乐乎。然而用一句时髦话说：“忙，却快乐着！”

有良驹不怕路远，有益友不畏艰难。此次中国的摄影展览，在乌兰巴托圆满地完成了。虽然时间很短，但是留在蒙古人民心中的天津印象美丽而又深刻。

同时，善于捕捉民俗的铁军将蒙古人的衣、食、住、行都收进镜头：穿着各式各样的蒙古袍的男女老少，在放牧、开车、挤奶、闲聊；与牧民围坐着吃手抓羊肉，喝香醇的奶茶；别具特色的蒙古包，甚至雨天蒙古包顶的缝隙处漏水，孩子们用脸盆接水的样子也不放过；蒙古族是马背上的民族，似乎每个人都是好骑手，连几岁的孩子也会跃马扬鞭……这些景象常常让他魂牵梦萦，于是由天津人民出版社出品—— 一本装帧精美、铜版纸、大度开本的《蒙古国风情》炫然出炉！这里凝聚着铁军的心血，更展现中蒙两国的民间深厚友谊。其中的每一张照片都满载着天津与乌兰巴托的深情厚谊。“远亲不如近邻”，摄影的交流、照片的留存仿佛一颗颗珍珠闪耀在海河之畔，无论是乌兰巴托，还是伊兹密尔，捡拾起一颗就能洞察到其中的友谊之光，是那么美，那么亮……

19 南浦的记忆

李文家

文虎，个子不高，黑黝黝的皮肤，身着灰色的西装，左胸的前襟上赫然别着一枚金日成像章。这样的穿搭在2007年前后，是朝鲜人的标配。他是朝鲜南浦市对外事业局局长，是南浦市开展对外国际交流合作的政府官员，相当于我国一个省或直辖市的外办主任。每当提起南浦，我汹涌的记忆浪潮就会卷起那朵叫文虎的浪花。

那是一个明媚的四月，朝鲜南浦市人民委员会副委员长（相当于我国的副省长）率团访问天津。文虎，作为代表团中的一员，之前一直负责与我对接来访的日程安排。代表团主要是参加“中国·天津第十四届商品交易投资洽谈会”，代表团中有南浦市南山贸易公司的总经理和相关人员，他们参会的主要目的是寻求洽谈与合作。18日上午，代表团用一上午的时间参加了开幕式，并仔细地观看了展览。文虎手里拿着一个数码相机，在展览内每个展位前都要不停地拍照。他说，要留下很多资料，回去给领导汇报，他希望今后每年都能来参展，他说南浦太需要开展更多的国际合作了。我看到他眸子里闪闪的光。

南浦市位于朝鲜西海岸，是朝鲜三个直辖市之一，也是朝鲜第二大城市，人口70多万。南浦市濒临首都平壤，是朝鲜西海岸最大的天然良港和创汇基地。经济主要以物流、来料加工、矿石出口为主。有著名的西海闸门，并建有海滨浴场，旅游资源丰富。

当天下午，代表团参观了天津港五洲国际集装箱码头。巨大的起重机正在吊运集装箱，忙碌的码头一片欣欣向荣的景象。湛蓝的天空、平静的海面，在遥远的天际边交汇，文虎一边陪着副委员长认真地聆听讲解员的讲解，一边拿起手中的相机，拍拍这拍拍那，时不时还激动地和我说："你知道吗？南浦有个西海闸门，有机会你一定要去看看，也很壮观。"我点了点头，脑海里想象着南浦和西海闸门的样子。天津市与南浦市在2002年就缔结了友好交流与合作关系意向书，两市均是港口城市，均

朝鲜平壤千里马铜像

是直辖市，功能和定位有很多相似之处。我曾有机会去平壤，但一直未能去南浦看看。

令我没有想到的是，文虎一行回到南浦后，立即向我们发出了邀请。同年8月，我们组成了天津市代表团对南浦进行了回访。那一次我们是从陆路出发，乘坐国际列车，经过辽宁丹东跨海大桥，由朝鲜新义州入境，坐火车抵达平壤。文虎带着外事局的同志在新义州火车站迎接我们，老朋友再次相见，大家都感到激动万分。

朝鲜的自然风光十分秀美，文虎在路上不停地向我们介绍朝鲜的山山水水和城市景观。这里的城市还在建设中，文虎介绍的语气，句句都透着自信与自豪。抵达平壤后的第二天，我们乘汽车到达南浦。南浦距离平壤很近，当日即可往返。我们去南浦的那天，天气晴好。从市区出发，经过约一个小时的路程，我们

辽宁丹东鸭绿江大桥

抵达了文虎曾和我说过的南浦市西海闸门。西海闸门，又称西海水闸，位于朝鲜西海大同江汇入黄海处，是为拦截海水而建的。水闸大坝长八千米，有三间闸室，三十六个闸门。水闸既可防止海水倒灌，还可储存十亿立方米的淡水，灌溉平安南道和黄海南道的土地，解决大同江下游地区和村庄用水及南浦、大安等地区的工业用水，是世界上有名的拦海大坝之一。

文虎在大坝前，自豪地向我们介绍情况。我也不停地和团长及其他成员翻译着西海闸门的情况。它是如何修建的，花费了多少人力物力等。闸门附近有一个海水浴场，我们参观时，正值正午时分。夏日骄阳似火，蓝天碧空如洗。海水浴场里，有一群正在嬉戏的孩子们。时不时传来阵阵欢笑，海水泼在他们身上，泛着粼粼的水光。我和文虎一起望着海水浴场，一向自豪善谈的文虎突然陷入沉默。过了一会儿，他缓缓地对我说："文家，你知道，我们国家还不发达。这是一群可爱的孩子。我有一个梦想，我想让这些孩子，还有我的孩子，过上幸福的生活，过上安全的生活。我们需要贸易，我们需要经济，我们需要发展。可是我们经验不足，我们有时候甚至不知道方向。我们希望你们可以帮助我们，我们很羡慕中国，羡慕天津，我真的希望我们可以开展更多的合作。"文虎望着我的眼神充满了真诚，透过这扇心灵的窗户，我看到了他内心对发展的强烈渴望和对未来的美好憧憬。我和他一起看着那群孩子，我说道："天津和南浦就像两个亲兄弟，中国有句古话，一家人不说两家话。我们一定可以开展更多的合作，我们一起加油！"文虎脸上泛起了笑容，他用深邃的目光望向远方。

结束了访朝日程，文虎的话一直响在我耳畔。我对国际合作有了更深一层的认识。虽然我们身处不同的国家，不同的民族，不同的人群，但爱好和平和共促发展的愿望却是高度的契合与一致。而交流合作的根本目的和意义就在于互相学习更好的经验和做法，共同促进更多的交流与合作，互相实现更大的利益互惠与共赢。推动国际交流合作的使者就是要在不同的国家和民族之间架起沟通的桥梁，成为连接合作的纽带，还要克服各种交流中的困难和障碍，以更强的责任感和包容心共促不同文明之间的交流与互鉴，文虎如是，吾亦如是。

20 海防——“越南的天津”

李晓楠

越南与我国广西、云南接壤。提起唇齿相连的越南海防市，很多人都不陌生，海防市有长度125公里的海岸，吉婆岛是海防市的宝贵岛屿，其包括360个大小岛屿，同时相连下龙湾。海防

越南海防市吉婆岛

有古老的传统与历史文化，最早可追溯至4000-6000年前的下龙文化，海防市境内出土多个史前遗址。在一百多年前，海防市还只是一个居住着数十户人家的小渔村。1888年在法国殖民政府之下升格为市，以“港口城市”发展。她就像一朵盛开的白昼花，每每有一丝阳光，她都会绽放美丽。让与其近距离接触的人都能感受到不一样的风景，不一样的心境。

旅游让海防走向世界

旅游资源是越南海防市独特的宝贵资源，凡是去过海防市的游客都会在不知不觉中，推介这座美丽的城市，那特有的魅力让人沉淀心里，颇有一番再度重游的期盼。众多名胜古迹是这座现代化旅游城市的瑰宝，避暑胜地涂山、国家森林公园吉婆岛和著名古刹仁寿祠等大部分名胜古迹都坐落在郊区。法式建筑比较普遍。城区建筑基本以法国园林式为主，楼房一般以三四层楼的建筑居多，外墙颜色以黄白相间为特色，街道两旁绿树成荫，街心花园比比皆是。海防市大剧院就是一座不可错过的法式古典建筑，典雅高贵、建筑风格显著，保存完好。海防市有100多公里长的海岸线，气候宜人，风景美丽。海防市东面是吉婆岛（也称婆湾岛），与吉婆岛遥遥相对的是另一风景秀丽的避暑胜地，距市区20公里的涂山半岛，它拥有迷人的海滨风光，每年夏天都有大批国内外游客来此游览度假。

作为海防市所辖的海岛中最大的岛，吉婆岛的面积有146平方公里，岛上大部分为石山。它是北部湾的一颗明珠，也是越南北方一个较大的渔业中心。有轮渡过海，退潮时可涉水来往。吉婆岛上的耕地仅有270公顷，岛上居民主要从事渔业。岛上有一大片原始森林，为国家级自然保护区。保护区内生长着众多的珍贵树木，森林里繁殖栖息着多种珍禽异兽，是一座巨大的天然动植物园。吉婆岛上群山起伏，周围是曲折的海岸线和一个个波平浪静的海湾，在海滨石山之间，有不少天然海滨浴场，每年夏天，这里便成为人们欢乐的天堂。在距吉婆镇5公里的山上，有个名为“中庄”的山洞，横穿石山，洞中有新石器时代的遗迹。

越南乡村

另外，喜欢吃海鲜的游客在这里可以一饱口福，有海虾、鲍鱼、海参、鱿鱼、沙丁鱼、俄清等，而此海域盛产的是墨鱼。海鲜被当地居民做成一道道美食，其独特的烹饪手法，让游客流连忘返，和天津的蒸汽海鲜相比，具有独特的口感和视觉冲击力。

炎炎夏日，游客自然喜欢到避暑的地方。涂山气候宜人，风光秀丽。据史料记载，在涂山半岛海边的一座山头上，越南末代皇帝保大建有避暑行宫，如今称为“万花宾馆”，它耸立在半岛的最高处，成为涂山风景区的标志。著名的涂山赌场在涂山半岛尽头，是一座独立的法式建筑。据传这是一位名叫Stone的法国女人当年中了印度支那彩票头等奖后投资兴建的，它是如今越南一个合法经营博彩业的场所。赌场中除了工作人员，越南本国人是不允许进入赌场的。赌场三面皆为陡峭的悬崖，悬崖下怒潮汹涌、惊涛拍岸，就如同赌场里的博弈，让人心情跌宕起伏，有喜有忧。

节日文化让海防绽放异彩

海防市善于将传统文化维护与旅游发展相结合，这座城市的节日颇具特色，延续着传统文化的气息和现代文明的融合。这些节日如湛蓝的海水，天海相连，绵延不断。让我们以游客的视角，进入其中，在千里之外，如临其境。

盂兰盆会是越南佛教的传统节日，每年农历7月15日举行。这是佛教徒为超度祖先亡灵和祭祀亡故亲人所举行的仪式，在盂兰盆会，海防市的僧尼信众以及各阶层人民诚心诚意参加这一非常重要的节日，期间，主题为“父母之恩”的文艺节目吸引了众多歌星和佛教徒参加表演。同时也是提醒人们应该珍惜现有的一切，尽心奉养父母，顺从父母的意志，也在一定程度上体现出民族的文化之美。

摔跤大赛的时间是农历正月初六，海防市所属的建瑞县、新朝乡、金山村百姓都要隆重举行摔跤大赛。这是当地百姓的独特文化。相传，金山村摔跤大赛由陈朝将军范五老创始，旨在训练士兵。从1997年起，金山村摔跤大赛按传统仪式每三年举行一次。摔跤大赛的恢复加强了村民团结、保存了传统文化之韵，作为海防市延续恢复的独特旅游服务，在2013年海防红河平原国家旅游之年营造了诱人的文化气息。

图山郡岛盛会是海防市具有地域特色的活动。图山郡岛盛会在农历2月8日至10日举行。这是沿海地区渔民的独特盛会之

越南海防市

一，吸引大量游客参加，祈求新的一年风调雨顺。

涂山斗牛节日在李朝出现，于1990年正式恢复。作为当地渔民的独特文化信仰及吸引众多国内外游客的旅游产品，沿海渔民对自己的斗牛节充满自豪感，充分体现了他们尚武的精神。涂山斗牛节日还与渔民祭祀水神以祈祷风平浪静、一帆风顺的信仰有关。

旅游的开发与繁荣，与这些节日密不可分，让世界各地的游人感受到不同文化所带来的对世界的认识和和平友好相处的重要意义。

“最像城市”让海防结下友谊

如果说中越两国有一对“最像的城市”，那就是越南的海防市和中国的天津市。海防市位于越南北部红河三角洲地区，其面积1527平方公里，人口大约是235万。海防市是越南的直辖市，也是全越南的第三大城市，首都的东大门。早在20世纪的1955年，海防市就已经被定位为越南的中央直辖市。它不仅是一个港口城市，也是距离越南首都很近的大城市。

很多资料都有显示，海防市被称为“越南的天津”，它与中国的天津市有着多处的相似。海防市在快速发展的过程中，虽然相比天津市要略逊一筹，但本身已经具有了比较强大的实力，社会经济发展突飞猛进。从城区规模上面看，海防市比天津市小不少，但是从发展趋势上看，海防市发展比较顺畅，明显属于首都河内市的“副手”。相关资料显示，越南海防市与中国天津市的相似点很多，大体归纳起来主要有七个方面：一是海防市是越南的直辖市，天津市是中国的直辖市；二是海防市和天津市都是港口城市，且都位于北方；三是海防市紧邻越南首都河内市，天津市紧邻中国首都北京市；四是以主城区人口的标准，二者同为本国第三大城市；五是二者行政区划非常类似，管辖15—16个下级行政区；六是越南海防市与中国天津市互为友好城市。虽然说这是大体的相似点，但在越南和中国的“最像城市”中已经成为大家的共识。这对姐妹花在友好城市建设中都发挥了积极的作用，文化交流频繁，也势必成为未来发展的典范。

提起海防，最让人难忘的是天津市足球队与越南海防市足球队的一次友好比赛。民间交流是友好城市之间交流的一项重要内容。绿茵场上，天津的足球队员刚刚踏入场地，热情奔放的越南观众便报以热烈的掌声，那份惊涛拍岸的气魄和火热奔放的欢呼，让所有在场的中国人都为之震撼而终生难忘。更让大家没有想到的是他们竟然大声喊着天津球员的名字。这是一种对天津的热爱，对天津的信任，对天津的崇敬。没有人会在意比分的多少，没有人过多在意球技的精彩，在沸腾的体育场，畅想着和谐、友好和共同起航未来的愿景。

21 朋友，请听好

周子妮

“听众朋友们，大家晚上好，这里是准时与您见面的釜山华语知音，我是主持人龙悦。”

华灯初上，龙悦又一次坐在直播间里。每当夜幕降临，万家灯火在一瞬间点燃整个釜山，龙悦都觉得自己仿佛可以听到这座城市的心跳。龙悦常常有一种很奇妙的心电感应，似乎搭乘着电波的光梯，自己可以瞬间穿越回故乡天津。三年了，由于疫情的原因，龙悦已经三年没有回家，幸好有了釜山华语知音连线天津，让他即使身在异国他乡也仿佛身在故乡一般。三年来，他的思绪随着电波频率仿佛走完了故乡的大街小巷，品遍了故乡的美食，在耳朵中，在味蕾上，在内心深处。每周三的傍晚，黄昏的余晖浅吻着釜山每一座建筑的屋脊，来自天津的电波就会与釜山华语知音接轨，天津经济广播频道的主播薇薇准时将关于天津最新鲜、最有趣的新闻传递给釜山的听众朋友。不久前，薇薇与龙悦在釜山华语知音的电台广播中热聊天津年货节的新闻。龙悦的眼眶一下子热了起来，那是年的气息、家的气息，釜山有他所热爱追求的美好，而家的温暖始终在电波的另一端。

而此次的连线让龙悦仿佛和薇薇一起置身于人声鼎沸的年货市场，红的福字、黄的腊梅、热的年糕、甜的糖堆儿，龙嘴大茶壶倒出一碗热气腾腾的茶汤，油锅里新鲜出炉的耳朵眼儿炸糕，小孩儿手里举着的糖画……天津人民喜迎春节的欢乐氛围因为有了釜山华语知音顺利地传播到大洋彼岸。

韩国釜山华语知音演播室

龙悦常常会在下播之后，阅读来自听众的信件。这一次的节目又一次让釜山的听众对天津充满了向往与好奇。有一个叫甜甜的小听众，每周都会写信给他。甜甜的妈妈是天津人，爸爸是釜山人，如今他们一家定居在釜山，随着年龄的增长她很想了解、走进妈妈的家乡，感悟天津的文化，领略天津生活的魅力。釜山华语知音连线天津让甜甜的憧憬变为现实，从牙牙学语时只能草草讲一两句中文，到现在可以流畅地用中文对话，釜山华语知音连线天津让甜甜不仅学会了流利的中文，还变成一个小小的天津通。甜甜的小伙伴们也经常听她说起天津，友谊的种子在小朋友们的心里萌芽，天津的金刚桥、瓷房子，天津的小朋友们放寒假有什么有趣的活动，天津的海洋馆里有什么新奇的海洋生物，天津的煎饼馃子是什么味？一颗颗稚嫩的心田里，友谊的草木不断拔节。大家太想去天津了，太羡慕甜甜有一个天津妈妈了。

每每读到甜甜的来信，龙悦总会很欣慰，因为在釜山有千千万万个守在收音机前的朋友和他一起听天津故事。大家通过电波架起的友谊之桥同频共振，通过釜山华语知音，很多釜山的朋友提起天津都像提起老朋友一样亲切。而在一来一往的连线中，龙悦也和薇薇成为好朋友。每周三，龙悦和釜山的听众一起听薇薇介绍天津的情况，同时龙悦也把釜山的见闻分享给天津的听众。在那一刻，天津与釜山两座城市在共同的频率上听得到彼此的心跳，每周三的连线，让两座城市就像一对老友在互相问候，倾诉彼此的心事。我听听你最近过得好不好，你看看我最近有没有新的成长。

韩国釜山市景色

在天津生活的千昌宁就是天津经济广播的忠实听众，每周三他必定准时守在收音机前听连线釜山的节目。从釜山来到中国，千昌宁走过了中国的许多名山大川，看遍了清丽的风景，最终他选择来天津定居。如今的千昌宁已经可以说一口地道的天津话，显然已把天津当成了家，用他的话说，留在天津是因为这里有他的“最爱”。很多釜山人都和他一样，非常喜欢天津，因此他们愿意留在这片沃土上，耕耘自己精彩的人生。每次回国前，千昌宁都会精心挑选天津的特产送给釜山的家人，有一回在薇薇的陪伴下，千昌宁还驱车前往天津西青，采摘到一种特殊的茶叶，制作成了精致的茶饼。似乎这样就可以把自己对天津的情谊沉淀到茶香中，经时光的潮水烹煮，此去经年，无论何时何

韩国釜山市

地，品尝一杯来自天津的香茗，都能品味到在天津生活的岁月回甘。

满载着清香扑鼻的茶饼，千昌宁回到韩国，在驱车赶往釜山的路上又一次打开了电台广播，龙悦与薇薇的声音如清澈的山涧水，汩汩流进了他的双耳——惊喜的是，在釜山竟然听到了自己在天津的生活故事！一瞬间，千昌宁竟觉得眼前的景象让他有了片刻的恍惚，在釜山华语知音广播中，他好像遇见了另一个平行世界中的自己，那个自己正穿梭在天津的五大道、劝业场、剧院、酒吧……而真实的自己，此刻正行驶在釜山的公路上，看着往来的车辆，看着川流不息的人群，一时间竟不知今夕何夕。

从天津到釜山，从釜山到天津，在不间断的电流中，友谊的频率在两座城市之间感动着生活在两地的人民，电波里的声音传递的不仅是烟火味十足的市井生活、人间百态，更有爱与希望。

“听众朋友们大家好，这里是釜山华语知音连线天津。朋友，请听好……”

22 苹果树下

李晓楠

哈萨克斯坦外伊犁阿拉套山脉的众多山溪成为天然的灌溉水源，这独特的自然环境，让哈萨克斯坦最大的城市阿拉木图郊区土地肥沃，果园绵延无尽。这里的苹果树最多，郁郁葱葱的。秋天的阿拉木图漫山遍野红彤彤的苹果，因此阿拉木图有“苹果之城”的美誉。阿拉木图在哈萨克语中的意思就是“盛产苹果的地方”。漫步城市，你会发现各个角落都能看到与苹果有关的建筑、雕塑，也有人称其为苹果树下的城市。

渤海之滨的中国天津与阿拉木图有着多年的交往。早在2002年11月22日，两座城市就签订了《友好交流与合作意向书》，将彼此的距离拉近的是更多的文化交流与民间的合作。翻阅历史的宗卷，我们发现阿拉木图地区原为中国领土，清朝时为伊犁将军管辖，当时名为古尔班阿里玛图。这也为这座城市标注了特殊的符号。

阿尔波特苹果是阿拉木图市的象征和名片

哈萨克斯坦的前首都阿拉木图曾名韦尔内，1921年改成了现在的名字。阿拉木图三面环山，地势南高北低，海拔600到900米，属于温带大陆性气候，这种气候最适于苹果生长。阿拉木图土地肥沃，苹果园彼此相连，丰收时节，红灿灿的果树漫山遍野，成为一年当中最美的风景。那里还生长着许多野生苹果树，苹果保持着原有的口味，也深受欢迎。

阿拉木图最有名的是一种叫“阿尔波特”的苹果。它表面光滑，色泽鲜艳，果香诱人，甜美多汁，最为出名的还是其个头大，果实成熟后重量可达500克左右，甚至有的重达900克。其生长的纬度较高，昼夜温差大，果实饱满，口感极佳，也便于储藏。正是由于其独特性，1900年，在巴黎博览会上一举成名，此后在英国博览会上再次获得金奖。在20世纪50年代到80年代期间，阿尔波特苹果一直是克里姆林宫宴会上的专用果品。如今阿尔波特苹果已经成为到阿拉木图旅行者必须

哈萨克斯坦阿拉木图苹果树

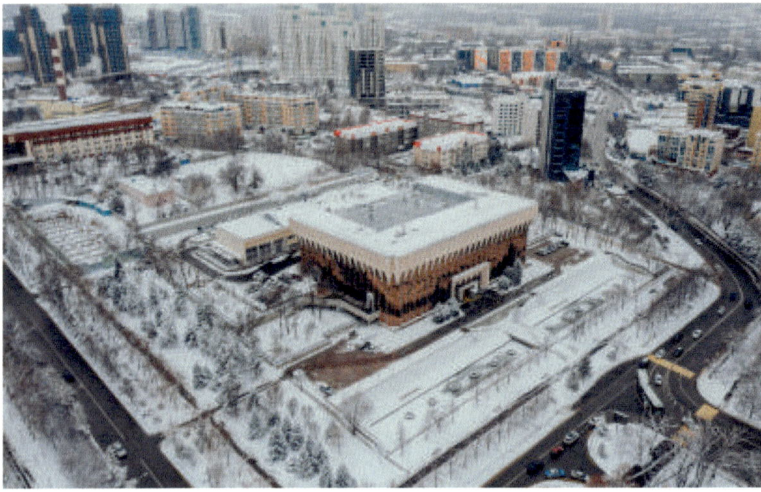

哈萨克斯坦阿拉木图

要品尝的水果，常常托运回家给家人品尝。它不仅是阿拉木图市的象征和名片，也是哈萨克斯坦人的骄傲。

流连在阿拉木图城市的大街小巷，随处都能看见与苹果有关的各种各样的城市元素。在城市最高建筑—— 位于果珂秋别山上的电视塔脚下有一个喷泉，正中间是大理石做的苹果，它已成为阿拉木图的城市标志。苹果形状的石雕钟、以“苹果”为标志的超市等，苹果已经将这座城市装点得温馨、祥和。与此同时“苹果节”应运而生，在时间的隧道与时空中，讲述着城市的历史，闪耀着城市的荣耀，同时也宣扬着阿拉木图市的苹果文化，激发那里的人们爱国爱乡的热情。

在斯拉夫神话中，苹果是丰收、健康、美丽的象征，是男女联姻的标志。在阿拉木图人的婚礼中苹果是重要角色。小伙儿和姑娘之间交换苹果意味着相互爱慕。姑娘接受求婚小伙儿的苹果，就意味着愿做他的新娘。“苹果”也是俄语文学艺术中颇受欢迎的元素。苹果也曾在普希金的童话《忧伤的公主和七个勇士》里成为永远年轻的象征。一个名为“天堂的苹果”的歌唱组合在阿拉木图颇受欢迎。

一次难忘的出访

天津市外办积极促进友城之间的合作交流，每一项工作都是为了让世界更好体味天津，让天津更好地融入世界。让世界理解天津，向世界爱上天津，让世界宣介天津。这也成为天津外办每次出国交流的光荣使命。在与哈萨克斯坦阿拉木图的交往中，体现得更为深刻和具有突出的意义。

哈萨克斯坦阿拉木图风景

为了深化两座城市的深度对接，以及两个国家合作项目的落地，2012年8月，天津市外办领导率团前往阿拉木图。那是一次十分难忘的出行，外事工作人员心里强烈的责任感和使命感，将亲邻、爱邻、睦邻、安邻的使命在实践中得到落实。在哈萨克斯坦首都阿斯塔纳作短暂的停留，完成活动交流，随即由公路前往阿拉木图，由于修建时间较久，公路破损严重，一路颠簸，大家深感疲惫。但是外事人员在阿拉木图受到了热情的接待，暂时忘记一路的疲劳，急忙投入到当地组织的活动当中。在深入交往中，对阿拉木图的历史有了更深的了解。

1997年12月10日，时任哈萨克斯坦总统纳扎尔巴耶夫郑重宣布，阿斯塔纳成为哈萨克斯坦“永久性首都”，从此阿斯塔纳取代阿拉木图成为哈萨克斯坦新的首都和政治中心。但是阿拉木图依然在政治、经济、文化交流方面具有重要的地位。阿拉木图是哈萨克斯坦的公路枢纽、航空要站，铁路通西伯利亚、乌拉尔、中亚和中国新疆，是重要公路运输中心和国内国际航空港。有铁路支线与土西铁路相连，输气管道从布哈拉通此。阿拉木图国际机场是哈萨克斯坦最大的国际机场，距市中心18公里（11英里），承载了哈萨克斯坦一半的旅客交通和68%的货物交通。另外，阿拉木图已经与中国新疆乌鲁木齐等十二个城市建立了友城关系，文化交流与合作活动频繁。随团来访的人能够感受到阿拉木图经济发展的成就。

阿拉木图的街道是笔直的，壮丽的外伊犁河套天山就在城市的边缘。由于这里人口密度过高，加上地震频密，又距离邻国边境太近，发展空间受到了局限，因此哈萨克斯坦才将首都改址。阿拉木图居民中以哈萨克族人居多，占全市人口的60%。阿拉木图是一个信仰和习俗混杂的城市，哈萨克人是温和的穆斯林，自然吃牛羊肉，但是他们也是草原游牧民，所以也爱吃马肉，在接待晚宴上自然少不了烤马肉。阿拉木图与中国新疆的饮食极为相似，所以人在国外，却有一种在国内的亲近感。活动结束后，依然是从陆路返回国内，由新疆乌鲁木齐入境，在霍尔果斯口岸办理入境手续。在那里最引人注目的是4平方千米的自由贸易区，这里是两国丰富物资产品交流的集散地，物品丰富，贸易频繁，每个人的脸上都荡漾着经济繁荣的喜悦。这也加速了两国贸易交流的不断升级改善。踏上国土，面对着迎风飘扬的五星红旗，心潮澎湃，那种幸福与甜蜜的情愫油然而生，为自己成功完成一次交流活动感到骄傲与自豪。

这次交流时间长，交通多以陆路为主，他们辛苦的背后是一

哈萨克斯坦阿拉木图

种责任的担当与使命的荣光。树华主任一再强调要努力做好外事活动，加快友城之间的交流。从他坚毅的目光中，能够感受到天津市外办每一个人都把工作当成事业，既辛勤耕耘，又努力创新。他说，从事外事工作同样需要创新的意识和超前的谋划。善于发现友城关键的文化特色和关键人物的重要性，将未来友好发展的走势分析清楚，就能有效地为未来的交流打下坚实的基础。

做外事工作就是做人的工作。地域不同、文化不同，侧重点也会有所不同，就要用心去经营，将温暖传递给对方，将真诚融入到每一次的活动中，这样友谊的双手会越握越紧，友谊之花必将常开不败。

做外事的人还需要有不怕辛苦的品质。到天津来交流的客人都是我们的朋友，我们要以天津人的热情和真诚，融入活动的每一个细节。一个分别的拥抱是下次开始的新起点，一个微笑让彼此的心灵悄悄打开友善的那扇窗，前面定会风光无限。如果说未来可期，那么在友好城市工作中，就要做好长远规划、做好年度规划、做好活动策划，让迈出的每一步都铿锵有力、稳步前行。

如今，回望阿拉木图，那里的街上依然可以看见大量苏联时期留下的建筑，许多建筑都诉说着浓厚的历史感，散发着淡淡的芳香。在一片祥和中，每一滴汗水都化作五彩的景物，无论多少年以后，你都会为了曾经的付出而自豪、沉醉。

23 友城发展的“高铁速度”

李文家

2007年金秋十月，当我向宋副主任建议我们可以从韩国首尔乘坐地铁去京畿道的首府水原时，他满脸诧异地问我：“你确认我们可以坐地铁去京畿道政府吗？”我微笑着回答：“那当然了，我在这里留学这么多年，您还不相信我吗？！韩国把首尔市、仁川市和京畿道地区统称为首都圈，在首都圈范围内，乘坐地铁都是可以到达的。我们还可以乘坐地铁去仁川国际机场呢！大概一个小时左右，我们就可以到达京畿道政府啦！”尽管宋副主任的脸上充满了疑惑的神情，但他还是和我一起坐上了地铁。我们此行拜会京畿道政府的主要目的，是代表天津市外办和韩国京畿道政府国际通商课签署《中华人民共和国天津市与韩国京畿道建立交流与合作关系意向书》，这是今年四月，韩国京畿道知事金文洙率团访问天津期间，与天津市领导达成的一致意向，双方将进一步在高科技、物流、人员往来等领域加强合作。此次是天津市外办对京畿道的回访。

一个小时之后，地铁果然把我和宋副主任送到了京畿道政府，国际通商课的负责同志给予热情接待，双方顺利地签署了意向书，并商议于2008年继续推动高层互访。

其实第一次见到金文洙知事，是在2007年4月他率30人的代表团首次访津之时。那时，我有幸担任市领导的翻译。记得会见开始前，他对着天津的三岔河口图，看了很久。市领导同志向他介绍说，三岔河口是天津市的发祥地，是子牙河、南运河、北运河三河的交汇之处，是海河的起点，曾是天津最早的居民点、最早的水旱码头、最早的商品集散地，故有“天津摇篮”的美称。天津在历史上漕运发达，是中国北方水运的交通枢纽。天津简称津，意为天子渡河的地方，别名津沽、津门等。金知事着急地看着我，非常迫切地想知道市领导同志介绍的内容。我迅速查找大脑里储存的各种词汇，不断用手比画着翻译，金知事频频点头，还不时提出各种问题，我尽力做到用最短的时间翻译出最多的信息，终于让他明白了天津的这段历史。后来回想，我当时的

“和谐号”电力动车组

表情一定很夸张，否则他不会在之后的访问中，一眼就能认出我来。

会见期间，市领导同志向金知事广泛地介绍了天津发展的情况和未来发展的规划，特别向他介绍了计划于2008年开通的天津与北京之间的京津城际高速列车。这是一条连接北京和天津之间的重要城际铁路，最高时速可达到350千米，只需要半小时就可以从天津到达北京。"时速是350千米吗？这么快吗？"金知事疑惑地问道。"是的，京津城际高铁可以达到这样的速度。我们做过这样的实验，列车上放一杯水，当列车开到350千米的速度时，杯子里的水一点儿都不会洒出来，不受任何影响。""这很厉害啊！""而且我们的列车采用的是全自动电子控制驾驶系统，在恶劣的气候条件下，依然可以安全地运行。我们的最小发车间隔是3分钟，开通运营后，可以大大便利北京和天津之间的交通往来。"

"很了不起！在韩国，我们经常说一个词，叫'一日生活圈'，就是在首都圈范围内，可以实现一日往返，工作生活都很便利。我觉得天津和北京之间的京津城际高铁就可以实现'一日生活圈'，太方便了，如果开通，我真的希望可以来感受一下。"

"我们现在很多人在北京上班，在天津居住，就是您说的'一日生活圈'。真诚欢迎您亲自体验我们的京津城际高铁啊！"

在天津市和京畿道政府的共同努力下，2008年，金文洙知事再次率大型代表团访津，与我市正式签署了《中华人民共和国天津市与韩国京畿道建立交流与合作关系协议书》，双方正式建立了交流与合作关系。同时，我市滨海新区与京畿道都市公社签署了《天津滨海新区与京畿道都市公社建立交流与合作关系协议书》，天津社会科学院与韩国京畿道开发研究院签署了《天津社会科学院与韩国京畿道开发研究院学术交流及研究合作协议书》，双方在城市建设、文旅、教育、科技、智库等领域将开展全方位的合作。

我们在金知事来访的行程里，特意安排了他及代表团成员试乘京津城际高铁。这既是履行市领导同志当年的承诺，也是加强双方合作的重要一环。金知事非常开心，试乘高铁时，一边认真听专业人员详细的讲解，一边不时提出问题，努力寻找答案。讲解过后，他望向高铁窗外，似乎在思考。过了一会儿，他转过头对我说：“文家在韩国留学，对韩国应该十分了解。我们的首都圈目前实现了地铁联通，但天津和北京之间正在实现‘一日生活圈’。交通的便利是经济发展的结果，也会为经济发展做出更大的贡献。天津从一个漕运发达的城市发展到今天，真的十分了不起。我真心地希望天津和京畿道之间能够开展更多的合作，京

韩国京畿道北汉山

畿道要向天津学习的东西真的很多。”我微笑着回答说：“感谢您对天津的喜爱，您在一年内两次率大型代表团访问天津，我们的市领导和相关部门也多次去京畿道访问，我想两个城市频繁的交往一定会带来更好的合作前景。希望您多多来天津啊！”金知事点了点头，说道：“但愿天津和京畿道之间的合作就像这高铁一样飞快，这应该叫‘友城发展的高铁速度’！”我立刻竖起了大拇指，好一个友城发展地“高铁速度”！

高铁窗外，阳光明媚。列车在平稳飞快地运行。世界各国紧密相连，利益交融。共促合作，共谋发展，符合各国人民的根本利益和长远发展。友好城市以友好为前提，以发展为基础。未来，天津将与全世界友城一道，共享机遇，共迎挑战，实现共同发展、互利共赢的“高铁速度”！

24 你的名字

周子妮

我一直害怕回来，如今过去这么多年，我以为我更坚强了，我已经忘掉了很多事情，结果我发现我只是回到原点，仿佛从没有离开过，但我看看四周，却什么都认不出来。

——天堂电影院

那时云飞还是鲜衣怒马的少年郎，正是“自诩人间第一流”的年纪，接到了承建天津意式风情区的项目，自是意气风发。他满腔抱负，欲在家乡大展拳脚，将所学报效故土。保罗亦是在彼时抵达中国，作为土生土长的意大利建筑师，将要在这个东方

意式风情区旧照

的美丽国度建造母国的风情街，他同样踌躇满志。风华正茂，少年裘马，云飞与保罗一见如故。年少的好处在于对万事万物都抱有最饱满的热情与勇气，因此他们可以在深夜里在面对着堆积如山的建筑设计图时如战友般惺惺相惜，也会在施工现场因为意见不合而针尖儿对麦芒。保罗的中文说得还算流利，云飞的英文自然说得也不赖，因此他们吵起嘴来一会儿从英文切换成中文，一会儿又从中文换回英文，据理力争，互不相让。保罗说："我们要尊重艺术本身，现在我们要建的这座雕塑是一比一复制的。这都是我们意大利文艺复兴时期大师们的杰作，不可以改变，改变就意味着颠覆我作为建筑师的信仰。"云飞怒而起身："你说得都对，但有一点我实在不能苟同，原版的雕塑本身手持一柄长剑。这地方过去是租界，你让天津的市民在曾经的租界里看到一个女神像挥着剑，会怎么想？我第一个在情感上就不能接受！""云飞，我们讨论的是艺术，无关政治。""不！我首先是一个中国人，然后才是一个建筑师。"云飞转头就走，保罗愣了一会儿，朝着相反的方向走远了。

那是20世纪90年代的天津，手机还没能成为生活中的必需品。一对好朋友在互相撂过狠话后，都有点后悔，通讯条件有限造成的窘境让他们无法用几条短信冰释前嫌。约莫过了几个钟头，天已擦黑，云飞拎着一兜新出锅的耳朵眼炸糕重新回到了工地，他在刚刚离开的雕塑下面看到了徘徊已久的保罗。云飞觉得有点尴尬，咽了咽口水，话都堵在了嗓子眼儿。保罗从身后拿出一瓶红酒，从随身夹着的包里掏出两只高脚杯，说："听说你们中国人有句话叫'都在酒里了'。"说着他自顾自地倒了两杯酒。云飞把手中的纸袋递过去："喏，你爱吃的，耳朵眼现出锅的炸糕，我排了十多分钟队呢。"保罗接过炸糕，坐在雕塑前大快朵颐，吃得油手油嘴巴，还不忘笑嘻嘻地问："那句话叫炸糕就酒，越喝越有对不对？"云飞也笑了起来："看你，会说几句中国话都给记拧了，那句话是饺子就酒越喝越有。"保罗笑着揩了揩手和嘴，端起酒杯说："炸糕就酒，天长地久，这句话是我保罗说的。"云飞愣了一下，也端起了酒杯。"云飞，你不要在意，刚才是我只顾着我们国家的艺术传统，没有考虑到天津市民的情感，我向你道歉。"水晶杯在黑夜里碰撞出了风铃般的乐音。云飞说："可是施工还得继续，这个设计到底怎么改才好？"保罗放下酒杯，若有所思，倏地又转头郑重地看着云飞说："我的朋友，你说把长剑改成橄榄枝好不好？"云飞眉宇间的愁云顿时烟消云散。他重新斟满了酒，郑重地端起酒杯说："谢谢你我的朋友，祝我们的友谊天长地久！"

一晃数月，意式风情区在天津隆重落成。保罗早已归国，云飞每次来到意风区欣赏自己的作品，总能想起那夜在雕塑下与保罗的对话。云飞的心中好像藏了一头小兽，忙完了手头的工作，他急不可耐地接受了保罗的邀请，前往意大利，保罗说要给他准备一份巨大的惊喜。

飞机抵达意大利伦巴第大区，从前云飞只是前来游学、访问、考察，似乎从没有全身心放松地深入伦巴第大区腹地。清晨，云飞在保罗的陪同下第一次抱着一颗观赏的心，用眼睛触摸米兰的街道。天空的颜色像是淡蓝的水彩被不小心打翻，刚刚下过雨的小路上弥漫着潮湿而清新的青草香。错综复杂的车轨在草地里曲折蜿蜒，偶尔会有一辆有轨电车叮叮当当地经过。越往城市深处走，越像是走进中世纪的电影画布中。穿过恢宏的维托里奥·埃马努埃莱二世长廊，米兰大教堂便一览无余了，那是一瞬间眼睛被点亮的感觉。鬼斧神工的哥特式建筑在阳光下熠熠生辉，鸽群围着教堂不知疲倦地翩跹。登上塔顶，在屹立的群神之间俯瞰整个米兰，才有了更加真切的观感。那些高耸入云的神像是那样神圣庄严，让人望而生畏，禁不住屏息凝神，他们站在城市的制高点，吸收日月光辉来守望着城池中的子民。在这里，几乎人人都有信仰，人性在神灵面前变得渺小而可救赎。愈往伦巴第大区的深处走，欧洲童话般的风景愈明显——若隐若现的山脉在苍穹间惊鸿一瞥，群岚起伏的青翠原野上错落着一间又一间小房子和古堡，说不准哪间的拱形窗子会被围着围裙的金发少女打开，然后一只小精灵煽动着翅膀飞到她的窗前。

果然，在旅程中还有一份巨大的惊喜在等着云飞。那是一个上午，碧空中流动着棉花糖似的云，保罗驱车带着云飞来到了一座花园别墅前。保罗示意云飞敲门，云飞不解，只好按保罗说的做。门内很快有人应声，打开门一看，原来是云飞最喜欢的意大利电影导演朱塞佩·托纳托雷，云飞惊喜地跳了起来……那次见面后，云飞的心中埋下了一颗种子——要在意风区建造一座如朱塞佩·托纳托雷电影中一般的“天堂电影院”。说干就干，回国后的云飞又一头扎进了设计图纸中，又比照着电影中的场景反复地画、反复地看。“天堂电影院”迎宾纳客的时候，保罗和朱塞佩·托纳托雷亲临现场。当日的意大利风情区衣香鬓影，红男绿女，一回眸就能邂逅一场精彩绝伦的盛景。海明威曾说巴黎是“流动的飨宴”，用来形容当日的意大利风情区也毫不为过。晚霞浅吻着巴洛克式楼群的背脊，给舞池中忘情歌舞的人们打了一束蜜色的追光，光影流转间，云飞邀请嘉宾们坐在餐厅里享用正宗地道的意式美食——鲜嫩的帕尔玛火腿佐蜜瓜，那不勒斯风味的披萨，来自托斯卡纳大区的醇厚葡萄酒。保罗举起酒杯在云飞耳边说：“我的朋友，我就要结婚了，我的婚礼你一定要来。”暮色斜阳将一对友人的身影拉得很长很长。

三个月后，保罗的婚礼如期在意大利伦巴第大区的古堡前举行，云飞的航班晚点，赶到时婚礼已接近尾声。英俊的保罗正和美丽的新娘在一块巨大的天幕下深情拥吻，天幕上正播放着电影《天堂电影院》中一帧又一帧恋人亲吻的画面。斑斓的烟花在古堡前闪烁着瑰丽的光，光影闪烁中，云飞的眼角竟有泪光在闪。保罗走过来紧紧地抱住了云飞说：“你能来我真高兴，我生怕你赶不上，就放了你最喜欢的《天堂电影院》的片段，这样就好像你一直在现场一样。”璀璨的烟花在他们头顶盛放，那时云飞还不知道他与保罗的这份兄弟情亦像如梦似幻的烟花般转瞬即逝。

2020年，新冠肺炎疫情席卷全球，本就罹患癌症的保罗不幸感染，使他的病情雪上加霜。云飞在中国万分焦急，他在与保罗的视频通话中，眼见着自己昔日俊朗的伙伴逐渐萎靡消瘦。不能再等了，云飞火速筹集了一批防疫医疗物资捐往保罗所在的伦巴第大区，他的心早就随着物资一起飞往了意大利。他多么多么想伸手紧紧握住保罗的手——那个曾经和他插科打诨，和他在工地上喝酒聊天，在旅行中给他准备惊喜的朋友的手！然而，保罗的生命仿若手中的细沙，愈想抓紧，就流逝得愈快。在疫情最艰难的时刻，在意大利的伦巴第大区，保罗永远地闭上了那双蓝宝石般迷人的眼睛。

保罗刚走的那段时间，云飞在出门的时候常常要绕道而行，他怕会不小心经过意式风情区，他怕看到那个手持橄榄枝的雕像，他怕看到那座静默矗立在风情区深处的“天堂电影院”。仿佛是受了重创的人行动起来要更加谨慎地做事，生怕一不小心

意式风情区今照

意式风情区老街景

会让痛彻心扉的伤口再度开裂。也仿佛是只要云飞不去细想，不去回顾过去他曾经和保罗经历的一点一滴，保罗就还健康安宁地生活在风光迷人的伦巴第大区。

2021年10月，米兰至天津的固定航线正式开通，云飞再次登上了前往伦巴第大区的航班，随行的还有他年幼的小儿子。他常听爸爸讲伦巴第大区的故事，哭着闹着一定要跟爸爸一起去那里寻找童话。欧洲已是深秋，被风撕碎的云朵，散落在碧蓝的天际。云飞带着儿子来到了伦巴第大区一座古老的小镇，石头砌成的老房子安详地矗立在运河两边，似乎每一块墙砖、每一片瓦砾都藏匿着一个沧桑的故事。间或有一群白鸽被行人惊起，扑棱着灰色的翅膀，咕咕咕地回到它们筑在老城墙上的巢穴中，高低起伏的小丘上镶嵌着红玛瑙般古老的城堡。云飞跟儿子说，这里就是伦巴第，历史面目恢宏，近在眼前却又容颜温柔，整座城市在黄昏中，美得令人心惊，美得竟有些伤感。云飞牵着儿子的小手在一座雕像前驻足，儿子好奇地问："爸爸，这座雕塑和意风区里的那座好像啊，只不过这一座手里拿着的是一把长剑。"云飞蹲下来摸摸儿子的头说："宝贝，一会儿爸爸要见一个朋友，你要乖。""是那个金头发的阿姨吗？"云飞站起身子，看到保罗的爱人玛利亚已在远远地朝他招手了，她脸上浮起的笑意如远处明媚的晚云。

玛利亚亲切地捏了捏云飞儿子的小脸，笑着问："Hi, Could I have you name？"

小男孩抬头看了看爸爸，弯起嘴角说："Of course.You can call me Paul."

25 和合共生　美美与共

李兰芳

王晶是这样介绍留尼汪的——那是一座美得一塌糊涂的火山岛。它地处印度洋西南部，是法国的海外省，也是绝美的旅游度假胜地。1999年王晶出国读书，硕士毕业后的第一份工作在爱尔兰。不久，她跟朋友们到留尼汪去旅游度假，立即被那里的美景和风土人情吸引，于是就辞去工作，在留尼汪开始创业并定居下来。这里的温度常年在20℃左右，社会和人文氛围也非常好，它是一个多民族融合的地方，有着文化的包容性，社会安定，民众友好，各方面都让人觉得很舒服。

目前，留尼汪的当地华人基本上都是生活了三四代甚至是四五代的老华裔，会说中文的很少，特别是像她这样出生在中国，然后到那里定居的华人更少。这些人的祖辈，大都是19世纪初甚至18世纪来到这里的华工，干着最苦最累的活儿，靠着自己的打拼生存下来。老一辈华人华裔多数经营零售业，以油盐柴米为主。安定以后，他们特别想让子女融入当地社会，因此比较关注子女的教育，希望孩子们学法语。包括此后在子女就业方面，也不愿意自己的子女从事农业或者商业，而是希望他们做

法国留尼汪

公务员、医生、律师这类白领工作。因为最初进岛的华人不论是经商还是务农，都做得比较辛苦，好不容易生活好了，就希望自己的孩子能够找个更轻松体面一点儿的工作，所以很多当地的华人不是公务员，就是白领人士，法语说得流利，中文却一句不会。

但是，近几年，特别是近十多年，留尼汪与中国的交往逐渐多起来，包括天津和留尼汪友城的工作，让他们觉得学好中文，会有机会和中国合作，到中国去工作，所以学习中文的热情又高涨起来。当地的华人父母也积极地努力，希望自己的孩子学好中文。

2014年，王晶受留尼汪官方派遣，随大区议会主席来到天津，参加了两地的友城活动。此时的王晶在留尼汪已经打拼出一席之地，有了自己的公司，并从2004年就和天津的多家企业有了经济往来。

2015年6月，她的公司——领杰国际成为留尼汪大区议会的中国事务独家顾问公司，作为负责人，她专门做留尼汪大区与中国尤其是天津交流合作的工作，重点在经济、旅游、文化等方面拓展业务。之后，因为工作需要，领杰国际公司需要在国内开设分公司，就自然而然地把分公司落在了天津，除了继续为留尼汪大区议会和天津的交往服务以外，也和天津的机构、企业开展其他合作。比如协助留尼汪企业和天津高新区海泰集团合作，使其产品进入中国市场；协助天津职业商业学院在摩洛哥建立鲁班工坊；和天津的环保企业进行交流合作等。目前她的公司仍在和法国环境与能源署及法国可持续时尚品牌携手，在服装纺织行业的可持续生产和发展方面与天津机构和企业商谈进一步的合作。

疫情之前，王晶每年都要来天津，经常来。有了两地友城合作这层关系后，她的天津行更加频繁，几年间前前后后总有几十次吧，除了陪同高层互访，还要协助留尼汪大区议会在天津落地一些项目，每年至少三四次。从2015年到2019年，两地的沟通、高层互访及合作都有王晶的身影，她像候鸟一般不停地往返于两地之间，为天津与留尼汪的合作与交流做了大量的工作，也组织了很多活动。

王晶说，留尼汪曾派代表团来天津参加旅游博览会，并设立了300多平方米的留尼汪展厅，专门展示留尼汪丰富的旅游资源；每年留尼汪都会带团参加天津举办的友城圆桌会；参加天津举办的达沃斯论坛；天津派代表团参加留尼汪文化节时，霍元甲母校的老师和学生、天津非遗传承手工艺代表人也都前去助阵；还有天津芭蕾舞团、天津交响乐团到留尼汪演出等。

她说，她对天津有感情，也有渊源。虽然没有在天津的生活经历，但是因为姥姥家在天津，她在天津有很多朋友，也有很多业务伙伴和客户。她自己特别喜欢天津这座城市。天津这个地方很平和，有很好的文化氛围，同时传统和现代的气氛都有，结合得非常好，再加上有海河，她觉得有水的地方特别有灵气，所以自己每次来天津都觉得像回家了一样，感觉特别舒服。

王晶喜欢水，她说有水的地方就有灵气。天津起于漕运，位于九河下梢，海河是天津的母亲河，她一路向东而行，穿过市区，直奔渤海湾。水的流动性赋予了这座城市海纳百川的开放性、包容性和多元性。而留尼汪是从印度洋中长出的火山海岛，它四面环海，火山熔岩形成的地形地貌令人震撼，不仅植被丰富，景色绚丽，还汇聚了欧亚非三大洲的人种和文化，成为多元文化交融的绝世天堂。这两地都是她不可割舍的美丽家园。她不停地为两地间的合作交流奔走呼吁，希望两地的友谊之花绽放得更加绚丽。

王晶说，记得第一次和留尼汪大区议会主席来天津参加达沃斯论坛的时候，当时留尼汪大区议会主席要在达沃斯论坛和友城圆桌会上发言，并在天津举办留尼汪招商引资推介会。这些都要在会前和天津市的一些领导进行沟通，沟通中她就觉得天津市的这些领导特别务实，沟通得特别顺畅，很自然的就有种特别友好的感情在里面。

会议期间，天津市这边安排了一个夜游海河的活动，很多参会的代表都去了。她和大区议会主席在海河游船上感触颇多。那天，大区议会主席对她说：看了天津的夜景，感觉特别好，似乎不像是出国访问，就好像到了自己家一样，特别自然。天津也是一个现代和传统结合得特别好的地方，海河有点像巴黎的塞纳河，在这里感觉特别亲切。

而这何尝不是王晶的感受？从2015年开始，她作为留尼汪大区议会的中国事务独家顾问负责人，亲历了许多友城合作方面的交流工作，目睹并感受了两地情深似海的友谊。回忆起这些往事，件件都是那么令人难忘。

还是这次会议期间，她和留尼汪代表团的同事们去狗不理餐厅吃饭，带大家体验天津的美食。大家吃着包子，喝着王朝葡萄酒，很是开心快乐。吃完饭以后，结账时因为卡不好用，出了点小状况，服务员找来了狗不理店的老板娘，她说，那个老板娘特别好，一边帮她们想办法，一边与她们聊天。听说她们是来天津开会的客人，就给她们免了好多酒水钱，临走时每人还送了一个狗不理包子形状的小钥匙扣，白色的软软的包子，可以按捏的那种。当时，大家可开心了。第二天，代表团的成员们专门买了鲜花去那家餐厅，感谢那位老板娘。这件经历给她留下了特别欢乐的记忆。

2016年9月，留尼汪派出阵容强大的代表团参加天津的旅游博览会，300多平方米的留尼汪展厅挤满了咨询的人们，大家对这个神秘的火山岛有着强烈的好奇心。留尼汪丰富的旅游资源也引起天津市旅游局的关注，双方都有签约合作的意向。但是，在细节的沟通方面，因为语言表达上的局限，文化的差异，还有对国情政策的解读，导致双方的协议文稿迟迟不能定稿，甚至就在签约仪式的前几分钟，双方还在沟通协议的细节，直到最终版本在现场被争分夺秒地打印出来。当时，领导们上台签约的那一刻，两地的工作人员都在台下激动地拥抱，庆祝这来之不易的签约仪式。

2018年3月，留尼汪大区议会驻天津经济代表处在天津高新区落地。这件事前前后后经过了大半年的筹备，为了促成经济代表处的落成，王晶和顾问公司协调了多个部门，进行了大量的信息沟通和文案修订整理工作，包括寻找法律和财务方面的解决方案等。她深切感受到为了维系和促进友好城市的发展，有多少人要为此付出努力和心血！

因为国情、体制、政策的差异形成的沟通困境在两地的高层互访和项目合作中经常遇到。而民间的、文化的交流却总能给人带来意外惊喜。

2016年11月天津交响乐团来留尼汪演出，受到当地人的热烈追捧，演出期间，场场爆满，非常成功，观众的热情让演员们忍不住热泪盈眶。转年，天津歌舞剧院芭蕾舞团受留尼汪大区议会邀请，带着新版《天鹅湖》来到留尼汪，这是新版《天鹅湖》首次在国外亮相。在留尼汪圣但尼剧场演出时，观众们被诙谐的剧情和精湛的舞艺打动，完全沉浸在艺术的享受中，直到演出结束，全场掌声雷动，谢幕足足持续了四分钟。退场后，还有法国人带着孩子在门口等候，只为向演员们当面说一声感谢。这场演出在留尼汪至今热度犹存，每每提及，依旧津津乐道，

法国留尼汪

赞不绝口。

2017年5月，天津市旅游局组织了旅游考察团到留尼汪考察。腾邦旅游公司的李总在考察中，惊叹于留尼汪的美，像一颗璀璨的海上明珠，就写了一首诗，来记录他们在留尼汪访问时的感触。回到天津后，王晶的父亲，书法很有功力的老人，把这首诗写出来，并装裱成一幅书法作品。当年7月，大区议会主席再次访问天津，便将这幅书法作品带回了留尼汪，挂在自己的办公室里。

天津著名画家王明亮老先生也曾挥毫绘制了一幅水墨画《和合共生》来寄托中法两国“和合共生，美美与共”的美好愿景。这位朴实无华、不善言谈的耄耋老人，用自己最熟悉、最擅长，也最能抒发情感的方式，表达着对留尼汪友人的祝福，对中

留尼汪夜景

西文化交流碰撞的期待。只见墨分五色的荷叶下，鱼儿欢快地畅游，清新淡雅的荷花含苞待放，中通外直的莲蓬亭亭玉立。“荷”有“和”“合”的音韵，“莲”有“联”的内涵，中华精神以“和合”当先。留尼汪在法语中亦有“联合”之义。这幅作品既体现了留尼汪华人根在中国的牵挂，也寄托了对中法两国深厚友谊的祝福和期待。寓意美好，内涵深刻，让我们深切地感受到中西文明交融互鉴所散发的无限魅力。

如王晶所言，这幅《和合共生》图已被中国驻圣但尼总领馆永久收藏，更是天津与留尼汪之间友好情谊的永久见证。

26 穿越百年的漂流瓶

周子妮

巴黎，仿佛是浪漫的一个代名词。弥漫着咖啡与香水味的香榭丽舍大街，蜿蜒的塞纳河，埃菲尔铁塔一入夜就绽放的璀璨灯光，还有卢浮宫、凯旋门、雨果笔下的《巴黎圣母院》。几个世纪前，海明威称巴黎为“流动的飨宴”，Maxim’s餐厅里高更和德加在这里讨论雕塑和绘画；热闹的沙龙上，科尔·波特在这里边弹边唱《Let’s do it》；加布里埃·香奈儿在裁缝店里叼着烟斗帮顾客量尺寸；达利在转角的咖啡店里画着犀牛；布努埃尔在一条又一条小巷中驻足徘徊，那时他还没有拍《一条叫安达鲁的狗》……

那是巴黎过去的风景。

一个世纪前，南开大学之父张伯苓校长前往巴黎，在巴黎高等师范学院慷慨陈词。可惜那一纸鸿文却迷失在历史的烟雾中，在光阴的尘埃里如丢入岁月长河中的漂流瓶，只能在时间的洪荒里怅然若失地凭吊。他口中的南开大学是吃百家饭，穿百家衣长大的，为了在当时风雨如晦的环境下匡扶教育，他几乎顾不得体面，四处化缘，筹措办学经费。

如今的南开风光旖旎地坐落于渤海之滨，广纳天下英才，名流、学者争相来这里访问，不负伯苓校长当年所愿。他那句爱国三问，至今仍然振聋发聩：“你是中国人吗？你爱中国吗？你愿意中国好吗？”

张伯苓校长不会知道，一个世纪后，巴黎高等师范学院附近一个叫鲁昂的美丽小镇，那里的一位叫法比尤斯的绅士正跨越千山万水，跨越六个时区，一步一步朝着南开大学走来。

对于南开人来说，“法比尤斯”这个名字并不陌生。近年来，这位以分钟计算行程时间的国际政要，访问中国时只要一有时间，就会来到南开，与师生们聊聊他所亲历的那些国际大事。法比尤斯与南开结缘自2009年4月，当时在天津出席第八届中欧论坛的他应邀“初访”南开，做客“南开名家讲坛”，为南开师生带来题为“今日欧盟”的讲座，就欧盟发展现状、面临问题及未来发展趋势等内容阐述看法。

《十二珍品阁》封面

2011年3月，法比尤斯先生“二访”南开，与校方商讨如何推进南开与法国高校之间的紧密合作，特别提出希望帮助推动南开与法国最大最古老的商学院之一——法国鲁昂高等商学院(后与兰斯商学院合并，更名为诺欧商学院)建立友好合作关系。在演讲中，南开师生再次领略到法比尤斯广博的全球视野与睿智的战略判断力。他告诉师生，21世纪再也不会是某一个大国的“独角戏”，全球合作、共同发展才是趋势。如果说19世纪是欧洲的世纪，20世纪是美国的世纪，那么21世纪将会由英美经济主体向中国、印度等发展中国家“转舵”。两次访问中，南开师生的热情、对国际事务的熟谙给法比尤斯留下了深刻的印象。2013年，担任了法国外长的法比尤斯特意致信南开，表示“2009年、2011年两次访问，与南开师生的面对面交流给自己留下了美好的印象。如果条件允许，希望每次访问中国都有这样见面交流的机会”。2014年2月，法比尤斯“三访”南开，正式受聘为南开大学国际关系与全球治理首席教授，并以“21世纪全球治理”为题发表演讲。他向同学们坦言，他非常愿意和南开学子交流，也非常愿意接受这个首席教授的头衔，因为“我们在寻求建设对中法两国人民来说可能最好的未来，以及对世界来说可能最好的未来。这一未来归根到底属于年轻一代”，“中法友谊将在你们手中发扬光大”。

几次访问过后，法比尤斯先生已成为南开人的老朋友。法比尤斯出身于艺术世家，尤爱绘画。为了回馈老朋友的珍重，中法建交五十周年之际，南开大学决定肩负起光荣的重任，将法比尤斯先生在法国出版发行的绘画研究著作《十二珍品阁》翻译成中文，在中国出版发行。而出版法文版《十二珍品阁》的出版社转让给南开大学出版社的仅仅是文字版权，书中涉及的80余幅美术作品有的是几幅画凑成一组属于一个版权，有的是一幅画就是一个版权。这些画作分属于不同国家、不同博物馆、不同画廊或个人。这让南开大学的工作人员一下子犯了难。但工作人员也深深地认识到这项工作的分量及背后的意义——这本书不仅仅是一本简单的艺术著作，更是一座沟通中法文化的桥梁，通过这本书可以让塞纳河水融入海河，让两个国家、两座城市、两条河水流淌出高山流水的交响。在无数个不眠的夜晚过后，精装版的《十二珍品阁》终于由南开大学出版社顺利出版。在该书的中文首发仪式上，法比尤斯先生深情地说："感谢南开大学，是她让我的著作有了中国读者。我希望这本书将有助于我们两个社会之间的相互了解，促进两国之间的友谊。"

念念不忘，必有回响。

被南开大学授予名誉博士学位的法比尤斯先生于2016年第五次访问南开，这次他为南开送来了一份巨大的惊喜。那是一个早春，阳光在那个清晨格外的好，迎春花已经早早地开了，像一张张兴奋的脸。张伯苓校长的雕像在花丛中慈祥安然地微笑着，他仿佛感知到了一切，因此当有几片花瓣飞落在他头顶的时候，他的笑容显得比平日更生动几分。因为他知道，那份他曾经抛进历史洪流中的漂流瓶，漂过了巴黎，漂过了鲁昂，漂过了塞纳河，漂过了大西洋，经历了约莫一个世纪的漫长漂流，终于，漂到了海河，漂到了他心心念念的南开。

当法比尤斯先生双手呈上那份张伯苓校长在巴黎高等师范学校所做演讲的档案时，所有南开人的眼睛都是湿润的，如早春三月的鲜花带给大家的感动一般，润物无声。那是张伯苓校长诞辰140周年前夕，那份在巴黎高等师范学院所做的关于中国国民教育的演讲稿终于在一个世纪以后通过一位叫法比尤斯的法国先生找回了它的主人。而今天南开的莘莘学子亦早已走出天津，走出中国，他们犹如南开向世界伸出的一个个触角在感知着当今时代的脉搏。而包括法比尤斯先生在内的无数南开校友亦如张伯苓校长一直牵在手里的风筝，无论走得多远，无论过了多久，都永远不会忘却他们心底的那份南开情怀。法比尤斯先生虽然不是中国人，但他和许多中国人一样爱中国，一样希望中国好，这份千金难换的情谊无疑是给新时代天津与鲁昂的友谊投下了新的漂流瓶，需经大浪淘沙，一代又一代的天津青年、鲁昂青年去打捞、去淘洗。

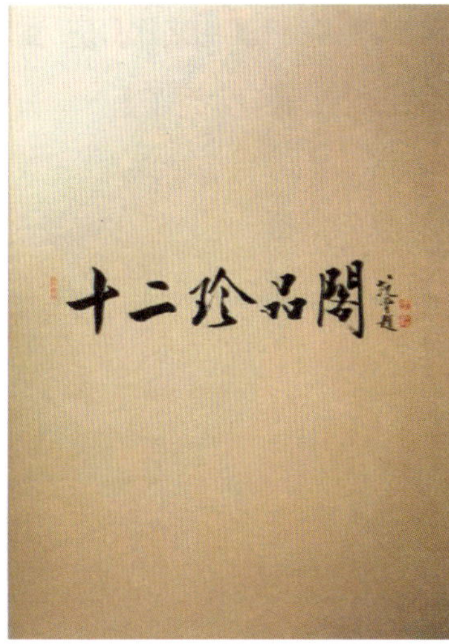

《十二珍品阁》首页

昔日张伯苓校长在巴黎高等师范学院所做的演讲，今天法比尤斯先生在中国出版发行的《十二珍品阁》。鲁昂与天津友谊的故事还在继续，友谊的漂流瓶还在不断抛出……

27 我的朋友Lucas

周子妮

陆止于此，海始于斯。在欧洲大陆的最西方，白天总是那么长，直至戌时，星辰才坠浮海面，一荡一漾地淹了暗处。我们从机场往外走，扑面而来是大西洋咸湿的海风，雾一般轻轻然地浮在肌肤的表面。Lucas已早早地候在机场外了，他的卷发被夜风揉得很乱，脸上的笑容却依旧规整得很——那是典型的葡式笑容，一如他们的饮食一般热辣有余，糖分爆表。我通过翻译告诉他，我们中国有句古诗叫："暖风熏得游人醉，直把杭州作汴州。"看到Lucas亲自第一时间迎候于此，即使身在异国亦让我深感宾至如归。

我与Lucas相识于一年前。彼时我正在实验室的操作台前，领着同学们一起为新的项目做研讨。那是一个北方最常见的夏天，白杨树的叶子哗啦啦啦地流动着一地浓绿，蝉声聒噪的声浪在盛夏溽热的空气里惊起一阵又一阵涟漪。一切并没有什么特别，直到Lucas出现在实验室中。一早就知道我们要与葡萄牙合作筹建鲁班工坊，心中的期待就如夏日蓊郁的山野，连绵不绝。直到见到了出现在实验室中的Lucas，一切似乎才变得真实可感，像山野中的花一下子就盛放在眼前。即便夏日炎炎，Lucas依旧穿着笔挺的咖色西装，举手投足间散发出淡淡的香水味。起初他的眼角眉梢总是带着笑意，谈中国的风景、谈中国的美食，时不时爆发出一阵爽朗的笑声。当我们谈论到机器设备，他脸上的笑容便如夏末敛起的莲，幽微地香气还在，却又是换了一番风景。他眉头渐渐蹙起，神情逐渐肃穆而庄重，时而颔首，时而深思，且不时询问技术的细。待他的眉目重新舒展，伴随着的一阵阵惊叹。他不时地通过翻译传达对中国技术的赞美。

我与Lucas一见如故，接下来的一段时间，我们在实验室里共同学习和工作。工作之余，他偶尔会跟我分享葡萄牙著名诗人费尔南多·佩索阿的诗句。那是Lucas将要回国的前一天，我们结束研讨，一轮孤月已沉入云端。仲夏夜，月亮本并不常见，而那一晚月色却出奇的好，想到即将要到来的离别，大家不免都

2018年11月卢卡斯教授首次带学生来津学访交流

有几分伤感，Lucas用葡萄牙语轻轻地念着诗歌。我偶尔能辨出几个单词，那大概是一首说月亮的诗。我跟他说我们中国也有一首说月亮的诗："人有悲欢离合，月有阴晴圆缺。此事古难全，但愿人长久，千里共婵娟。"我与Lucas紧紧地拥抱在一起，希望不久的将来，我们依然能在一起合作共事。事后，我经过查阅，发现那天Lucas吟诵的是一首极美的诗："明月高悬夜空，眼下是春天。我想起了你，内心是完整的。一股轻风穿过空旷的田野向我吹拂。我想起了你，轻唤你的名字。我不是我了：我很幸福。明天你会来和我一起去田野里采花，我会和你一起穿过田野，看你采花。我已经看到你明天和我一起在田野里采花，但是，当你明天来到并真的和我一起采花时，对我来说，那将是真实的快乐，也是全新的事情。"自那一刻起，我亦深深感受到Lucas原来和我们一样，期待着来年再相逢。

斗转星移，白云苍狗，时间的候鸟站在岁月的肩头，倏的一下就飞走了很多个日夜。期间我们一直通过视频等方式"鸿雁传书"。此时相见，更觉亲切。Lucas带我们下榻酒店，意外地在酒店的橱窗里，我看到了很多精美的瓷器，上面描绘着波西米亚风格的花纹——原来葡萄牙人与我们一样热爱瓷器。我躺在酒店的床上，许是因为时差的原因，久久不能入眠，心中反复思考着"鲁班工坊"的事。鲁班精神代表着中国的工匠精神，此次赴葡萄牙，肩负着如此重大的使命，让我的心情如奔涌的海水一般久久不能停息。

第二天一早，我们来到了塞图巴尔理工学院，发现在Lucas的协调下，我们得以在宽敞明亮的图书馆里办公试验。我们一行的到来，受到了校方的热烈欢迎，其中一个帅气的葡萄牙少年还带我们游览葡萄牙的老街旧巷。我们如步入欧洲老电影的布景当中，细碎的石板路，教堂的钟声，不时飞过的海鸥和鸽群……少年带我们品尝传统的葡萄牙甜品，那丝丝缕缕的甜蜜如美丽的葡萄牙女郎嘴边若隐若现的酒窝，一切都让人如坠梦中。而筹建“鲁班工坊”不是葡萄牙街头巷尾的风花雪月，需要真刀真枪，拿出真功夫，毕竟我们代表的是中国职业精神的名片，须得使出最硬的本领不辜负Lucas的一片盛情。夏日的深夜，在葡萄牙听不到蝉鸣，只有间或响起的鸟鸣为夜色增添些许浪漫。而我顾不得欣赏这份浪漫，因为我们的设备在调试过程中有重要原件在运输途中破损，这让我在异国他乡伤透了脑筋。首先语言不是很精通，另一方面连手机的充电插头都不能跨国通用，更何况是机器的原件呢？那天来为我送夜宵的Lucas了解到我的难

塞图巴尔企业参观鲁班工坊

处，当即就与我约定好翌日与我共同出发寻找合适的原件。

在Lucas的陪伴下，我的心绪平稳了许多。第二天一早我们驱车前往葡萄牙大大小小的工厂、器件厂，Lucas与我一样废寝忘食，在黄昏到来之前，我终于找到了合适的替代品。中国常讲锦上添花易，雪中送炭难，Lucas的出现仿若一阵及时雨。Lucas不明所以，问我为什么一会是送炭？一会是下雨？我笑着拍着他的肩膀，用英语说："兄弟，我们的友谊之路还长得很，像天津和塞图巴尔一样，有足够的时间让我们加深理解。"

"鲁班工坊"在我们的共同努力下顺利筹建，眼见着中国的职业模式在葡萄牙熠熠生辉，不由得眼眶发热。让我落泪的不仅是为"鲁班工坊"而激动，更有对葡萄牙朋友的不舍，对Lucas的不舍。我对Lucas说："上次你送我一首诗，我也再送你一首'海内存知己，天涯若比邻。'从渤海湾到大西洋，愿我们的情谊也能如碧波一般永续长存。"自此一别，我与Lucas至今再没相见，当我听闻Lucas罹患新冠肺炎，马上打通了他的视频电话。Lucas在大洋彼岸反复叮嘱我们不用担心。挂了电话，我来到海河旁散步，不知这海河水能否曲折蜿蜒的通过渤海湾与大西洋相遇，但我相信我心中的牵挂一定能乘着四季的风漂洋过海吹至Lucas身边，如天津与塞图巴尔一般友谊地久天长。

28 有温度的“情怀”

李兰芳

中秋前夕，我在天津见到了王雪，她是天津与曼彻斯特缔结友好城市的联络人。

初见王雪，她身着简洁合身的服饰，优雅恬静，呈现出大方自信的美丽，自带一种自然、含蓄、高贵的英伦气度。

王雪自我介绍说：她是土生土长的天津人，师大法律系毕业，毕业后她想干律师，曾在法院实习两年，后来有些出国的资源，她就到了英国。她在英国待了大半年，本想去英国考研究生，去后才发现，法律这个专业没办法在英国考，因为法系不同，基础知识完全不一样，只好打道回府，留学不成，于是开始创业。她的家人都是公务员，她在政府机关长大。她笑称“改行是这辈子最后悔的事”。

她的第一个公司是文化传播公司，做一些商业会晤，包括给政府做一些宣传资料制作、宣传设计和国际合作交流工作；还跟电视台合作做活动。而跟曼大的合作是她想要长远做下去的一个项目。

她说：我们跟英国产业之间的合作，不仅限于曼城，还会有一些其他合作。石墨烯方面，我自己做的业务分三层：第一层是跟英国整体的合作和联系；第二层是能沉淀出一些重点产业，和天津市的重点区域做一些互动，促成一些产业的提升；第三层是能够落地一个纯粹的项目，这个项目将是石墨烯创新能力最大或者最完整的一个。这番话思路清晰，目标明确，大致设定了公司的未来走向，也展示出她的商务运作能力。

2015年，石墨烯技术应用在国内升温，这一项目也引起王雪的关注。她收集了解石墨烯的进展情况，试图跟曼大的核心人士取得联系。2016年10月，上海举行浦东论坛，英国是主宾国，英国的诺奖得主——康斯坦丁，包括石墨烯研究院派了三四个人过来。王雪说："这真是天赐良机。"

他们的正式见面在上海，是跟石墨烯研究院的人和康斯坦

天津石墨烯工程创新中心

丁谈。见面之后，她发现这些人很不了解天津。她就把天津的整体情况，包括产业布局简单介绍了一下。天津和曼城其实从历史根源上看很像，都是工业制造业，都有一定的区域优势。她说：听了我的介绍，他们好像眼前一亮，突然发现还有一个像上海一样有区域优势，像东北一样有制造业基础，而且离北京很近的地方，天津让他们产生了新鲜感。

紧接着，王雪又马不停蹄地联系了滨海新区，并在当月，跟曼大做了一次视频连线，初步达成一些合作意向。

她说，那段时间我基本上是每月飞一次英国，主要是建立联系，建立沟通渠道，一定要常见面，就怕人家把我们忘了。他们发来的邮件，不管半夜几点我都回，让他们感受到我的诚意。因为当时多个城市都签了合作意向，过后却联系不到人。经过一年

王雪工作照

的交往，曼大觉得天津很真诚，也靠谱，便签了一个合作备忘录，达成了两地在石墨烯领域的共建。

在这几年的交往中，有两个人对王雪的事业影响比较大，让她印象深刻。

一个是曼大石墨烯研究院的商务经理，他叫伊万，爱尔兰人，1962年出生的资深教授，做商务很有经验。当时，他是石墨烯研究院的二把手，住在伯明翰，每周一到周三在曼大上班，然后周四、周五回家办公，负责商务对接，商务洽谈，是个主导做事情的人。当时曼大把他请过来，是希望他能够把整个研究院建起来。

王雪说："我们的相识很有意思。那年，我去英国第一次跟石墨烯研究院的人约谈，见的是一个中国的负责人。他是曼大毕业后留在那里工作的人。那次，我跟这个负责人坐在曼大校园的一张咖啡桌边。伊万刚好经过这里。他留着大胡子，回头正好看见我们，就过来跟这个负责人聊了两句，可能就是想了解情况吧，然后就坐下来跟我聊。

"后来，我们就很熟了。他在这里就任之前也是在一个很大的研究院工作，相当有经验，可以说是我的老师。从他身上，我真的学了很多东西。面对商机，他有自己的判断。能从自己的角度判断怎么合作？这个政府靠不靠谱？这些产业合不合规？或者符不符合他们的一些标准？他还很讲信用，绝对为自己说过的话负责。那会儿，我每月飞英国，都会跟他见面，对接一些事情，他会给我一些建议。我回国后，再跟政府和一些区域领导对接，促成一些工作进展，然后再往前推进。"

王雪还告诉我说："他对中国很感兴趣，喜欢吃中国菜，喜欢宫保鸡丁。他跟他夫人也多次来中国玩。把中国的很多客户直接放到天津对接，这里已经成为他在中国的一个窗口了。

"2017年8月，曼大派多名专家和诺奖的人来天津做了一个论坛，这是具有里程碑意义的一件事。一般说来，在没有正式给曼大付款之前，他们是不会这样做的，这也说明了他们对我们的信任。中英石墨烯论坛，由滨海新区主办、高新区承办。当时还没有发生疫情，上海、江苏、北京，全国各省市都有人来，会场来了将近百人，整整一天的会，对接的企业有力神、十八所和国能汽车等。这是曼大跟天津第一个真正落地的合作。他们的化学学院、物理学院、曼彻斯特石墨烯研究院，包括诺奖得主之一都过来了，这次的论坛非常有影响力。"

之后，王雪飞曼城的时候，又认识了一个很核心很重要的人物。他就是曼城负责与中国合作的曼彻斯特中国论坛的负责人瑞斯，中文名叫申瑞，通过他的工作，正式开启了天津和曼城的合作。

王雪说："和这个人的见面也很神奇。2017年10月13日，我记得很清楚。因为我生日是10月11日，他的生日是10月16日，见面那天正好在两个人的生日中间，我俩都是天秤星座。我那个生日是曼大的人陪我过的，他就觉得天津跟曼大的关系已经很深入了。申瑞是主动跟进，因为他觉得跟中国的合作没有他参与，他很被动。

"申瑞是英国人，曼彻斯特政府事务的负责人。在中国待了十年左右。他太太是中国人，在诺丁汉大学读国际关系，然后两个人认识，毕业后，他跟着夫人回到了中国。说起来申瑞很有点中国情结，他跟北京的一些机构，包括一些央企有联系，实际上是把中国的一些资源带到英国，做变相的招商引资。当时央企或国企在曼城不管是购地，还是建产业园，都通过他来做，曼城一些中国的合作事务也放他这边做。是他最后促成了天津和曼彻斯特友城的建立。”

成为“友城”之后，天津与曼彻斯特市进行了多方面的交流合作，并于2020年10月，在双方相关部门的共同推动下，天津石墨烯工程创新中心正式揭牌落户天津滨海新区。该中心将联合曼彻斯特大学在新材料领域的科研优势，致力于石墨烯及其他二维材料的研究和技术开发。

但是，持续不断的疫情，让正在进行和将要进行的工作停滞下来。王雪说：“中心落成之后，我很感慨。能把这个事坚持下来，靠的是一种‘情怀’。不管是曼大的人，还是我们，包括曼城政府，都觉得要把这个事坚持做下去，可能没有预期的收益，但还是想把这个事做成。真的是一种‘情怀’让我们把这个项目，从2015年开始，不计得失地坚持下来。”

虽然石墨烯的巨大市场前景和商业价值有很强的吸引力，但如何实现工业化的大规模生产目前仍在探索中。石墨烯不可能很快走向市场，这个项目也不可能一年之内做成。

但是，在这个过程中，他们彼此成了好朋友，都想着要对对方负责，所以再难也不能放弃，多难也要坚持走下去。

英国曼彻斯特市与天津的友城签署是2019年12月，正是新冠疫情初起之时，虽然两件事看似风马牛不相及，但疫情带来的影响让人始料未及。疫情三年，交通阻断，两城“志同道合”的人们仍旧守望相助，努力拓展石墨烯新材料在更多领域的应用。如此不离不弃，实在是一种“情怀”的激励。英国曼彻斯特市是世界上第一个现代化工业城市和英国第二大经济体。曼大是曼彻斯特大学的简称，这是一所国人并不陌生的百年世界名校，还是石墨烯诺奖的诞生地。早在1986年，曼城就与中国武汉签订了友城。此后，多次婉拒国内各个城市伸向曼城的橄榄枝。三十多年之后，曼城接纳天津与之缔结友城，重要的原因就是源于共同推进一个崭新的项目——石墨烯的创新与应用。

2010年诺贝尔奖颁给了石墨烯的研究和制备。英国曼彻斯特大学的物理学家安德烈·海姆和他的学生康斯坦丁·诺沃肖洛夫一同获得这年的诺贝尔物理学奖。他们于2004年在实验室中成功地从石墨中分离出石墨烯，从而证实它可以单独稳定存在。当时，给大家留下最深印象的是石墨烯是用透明胶带一层一层从石墨上撕下来的。石墨烯具有优异的光学、电学、力学特性，在材料学、微纳加工、能源、生物医学和药物传递等方面具有重要的应用前景，被认为是一种未来革命性的材料。作为石墨烯的发现国，英国将其确定为国家创新战略的重要新兴技术之一，多次重金拨款支持石墨烯研究、建立国家石墨烯研究院、成立石墨烯工程创新中心等，可以想见，英国致力于石墨烯研发及商业化的决心和力度。

王雪说：“通过进一步的交往，我发现中国、天津对英国人很有魅力，也很有吸引力。中国有文化，天津也有文化，我们有很多故事可以讲，他们也爱听。英国人对文化、生活这些东西更有兴趣，更有心情去享受这些。他们来天津时，入住丽思卡尔顿、利顺德。利顺德房间结构跟现代的宾馆不一样，他们觉得很好玩。我带他们参观利顺德里面的博物馆，他们觉得特别神奇。”

在王雪的细心安排下，这些英国人觉得跟天津打交道很舒服，在生活上，中西结合很紧密，有无缝对接的感觉，所以很亲切。王雪说：“他们来中国吃海底捞，吃天津的肘子、狗不理包子。我们去英国，他们带着我们去吃中国人在曼城开的杨氏餐厅，吃他们的烤鸭，因为他们不吃鸭皮，所以把鸭皮夹走，鸭肉撕成条卷在饼里。他们都觉得特别好吃，特别地道。因为喜欢中国菜而喜欢中国，这其实就是一种文化的交流。”

多次往返于英国曼城，王雪觉得曼城的生活氛围也很暖心。她说：“每次从机场出来，有时候拎着两个箱子，一定会有人冒出来帮你拎一个，帮你放上车，或者是帮你往前推一推。这个国家给人的感觉就是挺有温度的，而且曼城的中国气息很浓。曼城有中国城，曼城的中餐厅叫红辣椒。那个餐厅的饭，比好多中国餐厅的川菜都地道，特别好吃，是中国人在那边经营的。还有那边的粤菜。记得有一次，我们在中餐厅里看到摆着两瓶中国茅台，绝对保真，但不卖只作为装饰摆放。那种生活气息，中国元素很多，曼城也是中国人很多的一个城市，在曼城生活没有违和感。”

王雪的事业能发展到今天，很感激市政府，特别是外办的支持。她说：“天津的营商环境很好，政府对企业的帮扶力度很大。像我们跟曼大的合作，如果没有政府的鼎力支持，靠一己之力很难达成这样的进展，这也是曼城能够选择天津的一个原因吧。”

听着王雪的讲述，我们知道她的公司没有停摆，还在加紧工作，并且有了一些新的进展。虽然石墨烯的发展是个慢工细活，但他们用行动表明了，企业坚守的信心还在，与企业一起“志同道合”的朋友们仍在努力。天津与曼城的友谊更不会降温。

29 盛开在保加利亚的友谊之花

李恩红

2014年1月，天津食品集团派人进驻保加利亚，在异国他乡开始了前所未有的创业历程。

保加利亚是一个历史悠久的国度，风俗习惯独特多样。为了尽快熟悉当地习俗，融入当地人的生活，他们通过查资料、请翻译介绍等方式，了解保加利亚人的风俗礼仪。从日常生活中他们发现，保加利亚人爽快、幽默、乐观、实在，非常讲究长幼尊卑和日常礼仪，年轻人在长辈和客人面前要守规矩，长辈说话时年轻人不可随意插言。保加利亚人的生活比较简朴，穿戴也不十分讲究，强调内外有别，在家更随便一些，外出则庄重一些。另外，保加利亚人流行OK手势和V手势，前者是用大拇指和食指构成一个圆圈，再伸出其他三指，表示赞扬和允诺之意。他们对于一些事情的表达，与中国人习俗相反，摇头表示“是”。点头表示“不是”。作为中国人，他们初来乍到，一时不能改变这一习惯，干脆“梗着脖子”，不能乱摇头、乱点头，怕搞错了闹出笑话。

俗话说，入乡随俗。春节是中国人阖家团圆的日子，虽然公司成员远离家乡，身边没有亲人，但是没有一个要求回国度假的，都留在保加利亚过春节。当地人为了不让中国朋友感到孤独，他们就给中国朋友发邮件，送拜年的祝福。有的当地朋友还特意来到公司驻地陪着中国人一起过新年。中方人员按照保加利亚习俗，午夜12点把灯熄灭3分钟，然后再开灯，意思是重放光明。然后按照中国习俗包饺子，煮饺子，一起分享新年的快乐。开始用餐时，一位中方人员忍不住捂住鼻子打了个喷嚏，觉得很不礼貌，一下子红了脸。哪知道却赢得几个当地人赞许的目光，因为在保加利亚有个说法，吃年夜饭时，谁打喷嚏，谁就会给全家人带来吉祥和幸福。

基地附近有个村长跟中国朋友的关系很好，他经常把自家酿造的红酒，亲手做的糕点，还有他们过节的香肠，送给中国朋友品尝。有一回，村长家孩子过十八岁成人礼，特意邀请中国朋友到他家做客。中国朋友就按照当地习俗，带着鲜花、糖果和酒

保加利亚历史建筑

水来到主人家里。在保加利亚，成人礼很隆重，中国朋友被让到靠近火炉的位置落座，原来当地人用餐一般用活动的或一边固定在墙上的折叠桌，就餐座位有严格规定，靠火炉最里边的位置为上座，其他人按顺序就座。因为靠火炉的座位是家中长者之位，长者旁是其妻子座位，然后才是儿子、儿媳的座位。大家落座后，一边说笑，一边品尝着保加利亚的红酒，吃着保加利亚面包和烤饼，听着当地艺人的演奏，体味着黑海之滨的文化和风情。

有一次，一位保加利亚员工请假，说他母亲去世了。公司领导知道后，按照中国传统，亲自到员工家里慰问，还送去慰问金，这位保籍员工非常感动，几次表达谢意。不久，那位员工又发来邀请，说是孩子要结婚了。保加利亚人把结婚看作是人生的重大转折，是家庭中的一件大事，举办的仪式名目繁多，是一场别致且风格独特的婚礼。婚礼的前一天，一位腰扎三角巾，身后背着一个长脖子酒壶的人来到基地发邀请，为了表示对外籍员工的关心和尊重，董事长很爽快地答应了邀请，并按照当地习俗和在场的员工一起，分别对着长脖子酒壶喝一口酒，然后掏腰包随份子，并派代表到场参加婚礼，使这位员工感到一种特别的荣耀。婚礼上，新郎穿着一般，脖子上却挂满了钱币。化妆师将白色颜料抹在新娘脸上，用口红在新娘脸颊两边和眉心处画上三个红点，再用各色亮片在脸上贴出花瓣和绿叶，最后才给新娘包上围巾，披上彩色大披肩，由众人簇拥着走进婚礼现场。人们开始尽情跳舞，享受美食，表达对新人的万千祝福，沉浸在幸福里的新人手挽手庄重地迈入婚姻殿堂，喜庆热烈的婚礼达到

保加利亚普罗夫迪夫街景

高潮。保加利亚婚礼和中国不同，他们会持续三天，婚礼仪式一个接一个，真是喜气洋洋。婚宴排场，歌舞热闹，最后在激烈热闹的摔跤比赛中结束。

2016年8月的一个周末，公司中方人员到附近五一镇市的一个足球场踢足球，到球场后发现一名十二三岁的小男孩儿正在踢球，他们通过翻译问小男孩愿不愿意跟中国人一起踢，小男孩儿没有一点儿羞涩，很从容地说："我知道你们是中国人，也知道附近有一家中国企业。我非常喜欢中国文化。我知道中国的北京，北京有故宫、鸟巢、长城，2008年北京举办了奥运会，我将来有机会一定要去中国。"踢完足球，小男孩儿拉住中国人不让走，非要和几位中国人拍照留念，说要把今天和中国人一起踢足球的事带到学校去，讲给他的老师和同学听。

麦收是最紧张的时候，每天早晨8点半上班，一干就是一整天。为了调动保籍员工的积极性，中方领导用心了解当地人的生活习惯，听说他们喜欢喝可乐，吃烤肉，就经常把可乐、巧克力和面包等送到田间地头，公司还会出钱给员工们买一两只羊，让他们美餐一顿。这一举动很受当地员工的认可和欢迎，不断表示благодаря（谢谢）。为了更好地开展基地工作，公司曾多次派人到附近村庄和学校捐助资金，与基地周边及其他团队关系处得也很融洽。由于中国人的真诚友好，博得了当地人的好评。

2018年初，保加利亚公司境外生产基地办公楼装修改造，公司中方员工临时租住在基地附近的深井村（音译），房东对中国企业能租用他的房子非常高兴，对待中国人非常友好、热情。期间，公司员工参加了房东搬新家庆祝活动（类似于中国的温居

普罗夫迪夫风景

活动），搬家当天，房东一家一大早就开始忙碌，摆放餐桌，支起烤炉，装点布置，现场喜庆氛围浓郁。上午10点，保加利亚民族音乐响起，房东家人及亲朋好友盛装出席。通过公司翻译人员了解到，房东将现场的贵宾席位留给了董事长和其他受邀人员。房东深情地说，公司在当地经营给他们带来了就业岗位，为当地经济发展起到了促进作用，中方人员能参加他们的庆祝活动，他觉得非常自豪，在亲朋好友面前非常有面子。宴会的形式是自助餐，房东及其家人拉着董事长的手向亲朋好友进行介绍，董事长也向当地人讲述中国乔迁习俗，现场气氛融洽，庆祝活动达到高潮，大家跳起保加利亚民族舞蹈。

2019年11月，公司选派乔治（音译）、芒秋（音译）两名基地经理来中国交流学习。飞机在北京落地后，特地安排两名基地经理参观北京故宫博物院和长城，让他们了解中国的历史，再让他们从北京到天津乘坐高铁，感受中国高铁速度。在他们的概念中，中国非常落后，结果到北京、天津一看，大大吃了一惊。乔治不无遗憾地说："在保加利亚，从多布里奇市到索菲亚500多公里的路程，需要坐12小时的火车，可是在中国坐高铁2小时就可以到达，真了不起！"两名基地经理参观了天津食品集团所属的利达粮油公司、王朝酒业、渤海农业集团、嘉立荷牧业等公司后感慨良多，表示不虚此行，在中国学到了很多农业技术和企业管理经验。

天津农垦集团保加利亚公司就是盛开在"上帝的后花园"的友谊之花，让我们为中保友谊祝福，为"一带一路"祝福。

30 多彩的生命维度

李兰芳

冰雪聪明的媛媛在天津读本科，后到荷兰，在格罗宁根大学读研。毕业后她在鹿特丹工作了三年后回国，在北京工作了一段时间。后来，她又来到荷兰，在格罗宁根大学下属的中欧医学创新合作基金会工作。回忆起这段经历，王媛媛说："我要感谢一个人，就是这个基金会的主席——屈宁教授。

"屈宁教授和他的夫人都是中国人，都是1999年来荷兰读书的，我们算是校友吧。他们两个是来读博士的。屈宁教授自己是心脏外科医生，做心肺移植的，从上海胸科医院出来，到格罗宁根大学读博，后来就留在了格罗宁根大学医学院。

"这是一个有爱国情怀的人，他想为自己的国家做些事情，特别想在专科学术方面搭建一个平台，和国内有更多的交流与合作。当时他找到我，说：'媛媛，你想不想做一些中国和荷兰之间的交流项目。'我说：'挺好的呀！'他说：'你是从天津出来的，应该对天津比较熟悉，也有一些朋友，咱们先试着做一做工作吧。'

"当然，选择天津，也是因为天津早就与格罗宁根结为友好城市。而且，有很多学者都去过天津。我们第一个想到的就是天津。所以，基金会一成立，就开始和天津的医院、大学进行了接触。其实跟天津合作，并没有特别多的资源，只能从屈宁教授擅长的医学学术入手，想着再慢慢地渗透到其他领域。”

这也是一种机缘巧合吧。她说：“我之所以能够参与后续的合作与交流，从事这种我比较喜欢的、比较有挑战性的工作，真应该感谢屈宁教授。”

由此，自2012年开始，他们借助中欧医学创新合作基金会这一平台，和天津的医院、大学建立了广泛的联系。同年，媛媛还接手了天津与格罗宁根友城的联络工作。随着工作的开展，官方互访、项目对接和商务考察接踵而至，媛媛的工作越来越忙，她频繁地穿梭于荷兰格罗宁根市、中国天津市，还有中国河北省唐山市，那里是她的家，她的出生地。十年间，她忙的时候几乎每个月都要飞来飞去，忙前跑后，频繁而又辛苦，直到疫情暴发。

荷兰格罗宁根风景

一场疫情，让媛媛的生活节奏慢了下来。接连不断的疫情危机，让人与人之间的交往、国与国之间的互访变得非常困难。而回国要办各种手续，国内还要进行隔离，时间长，而且烦琐。这段时间很多工作只能在网上沟通。

格罗宁根驻津代表处刚刚成立不久的时候经历这样一件事，两位刚参加工作的荷兰人，联系到了媛媛。他们准备从格罗宁根市出发，骑行上万里，最后一站到达天津，目的是给荷兰贫穷的孩子们募捐自行车，希望驻津代表处能帮助他们对接进入中国后的行程安排，并能募集一些必要的资金。当时，他们已经通过荷

荷兰格罗宁根风景

兰企业，包括社会机构赞助，获得了启动资金，而且出发在即。

“万里骑行”，真是敢想、敢干、敢于冒险。媛媛虽然很惊讶，还是答应了他们的请求，帮助他们做好在中国沿途的沟通工作，并在天津准备了对接活动和媒体宣传。

媛媛向我们介绍说：“格罗宁根是一个非常年轻化的城市，那里的人平均年龄只有三十五岁，还有两所大学，是一座典型的大学城，因为城市面积不大，人们出行大都骑自行车，所以，它又是一座自行车之城。”她还记得天津也曾是自行车之城，天津的“飞鸽”自行车很有名。

两个年轻人，也知道天津是自行车之城，希望借自行车为使者，增进两地自行车方面的交流，所以将天津定为目的地。当时，这是一件很轰动的事。最终，他们顺利抵达天津。这其中有驻津代表处的努力。当然，最主要是两位年轻人的坚持。四个多月的骑行，确实很辛苦。他们进入西藏的时候，通行签证很难办。因此，他们还在当地滞留了一段时间。抵达天津后，他们与天大的学生们举行了“公益骑行　筑梦之旅”的分享活动。

这次骑行虽然是个人行为，却展示了一种精神和力量，传播了积极向上的生活态度。天津市政府、格罗宁根市政府包括驻津代表处都非常支持和关心，认为两位年轻人的勇敢举动挺有意义，体现了荷兰人的冒险精神，并希望他们全程安全，顺利归来。

媛媛说：“说实话，这么长的路途，我们都很担心，怕路上遇到各种各样的困难。当他们一切顺利地回到格罗宁根后，也确实得到了一些企业和相关产业的捐赠，给一些贫困的孩子们购置了自行车。”

两位骑手是2019年5月23日进入天津，他们穿越了若干国家，最后在天津圆满收官。这两位骑手是荷兰格罗宁根市的市民马丁和马丽乐。

2018年9月，夏季达沃斯论坛在津开幕。这期间，格罗宁根驻津代表处也获批正式成立，并准备举行揭牌仪式。当时，格罗宁根市市长彼得·奥德森先生、副市长和市政府秘书长均来到天津，说是要为担任格罗宁根常驻天津代表的媛媛站台。这是格罗宁根市有史以来最权威的出访团队，正、副市长和市政府秘书长，三位市政府的重要人物全部出访，可见其重视程度。

媛媛说：“在欧洲，正、副市长一般不会同时出访，这次是破例了，并得到了荷兰格罗宁根省政府的允许，因为他们递交请示时说，这是和天津合作过程中重要的一个里程碑，所以都要去参加揭牌庆典。”她还记得回城的时候，彼得市长非常激动，认为这是他任期内做成的最大一件事。“因为体量不同，所以感触也不一样。”媛媛跟我们解释。

荷兰和中国比，其国土面积仅有重庆的一半。格罗宁根市占地面积仅相当于天津市区内天大和南大两所学校的面积。但荷兰称得上是世界强国。格罗宁根市是荷兰北部经济贸易和文化教育中心，格罗宁根大学是欧洲最古老的大学之一，也是处于教育前沿的国际化大学，更是排名世界前一百的名校。

因为体量小，所以，格罗宁根市政府非常看重与天津的合作。格罗宁根市前任市长彼得·奥德森先生在任四年，三次到访天津，对天津感情深厚，为促成天津设立格罗宁根驻津代表处做了很多努力。媛媛自己也与彼得市长建立了深厚的友谊。

媛媛说："虽然格罗宁根市的年轻人居多，但彼得市长却是一位年逾六十的老人。他为人和善，工作严谨，比较关注细节。"不管是和谁会面，是市长、大学校长、医院院长，还是某个公司的负责人，彼得市长每次都会在途中与媛媛沟通行程，讲一下他要发言的重点，问一下要见的这个人的年龄、背景和喜欢谈什么。

每次出访天津，他会让媛媛准备很多资料，比如天津的背景，包括去狗不理吃饭，他会要狗不理餐厅的背景资料。他认为了解对方就是尊重对方，了解对方的文化背景，跟人家交流才不会显得生硬，知道对方的情况，谈话才会引起对方的兴趣。

彼得市长三次来访天津，每次都住在利顺德。他喜欢喝咖啡，喜欢散步、聊天。每次来天津都希望安排出时间，到五大道走一走，喝一喝咖啡，聊一聊生活。这些事年轻人一般都没兴趣，没人陪他去，细心的媛媛就主动留下来陪他。他对媛媛说，他喜欢天津，喜欢这种氛围，没有大都市的嘈杂，五大道让他感受到西方文化的遗存。

除了工作之外，彼得市长很关心她。媛媛说："在津期间，我们常去五大道喝咖啡。平时也会聊一些生活中的困扰，他比较关心我的生活状态，会问我，这么奔波的生活状态会不会影响到家庭和孩子，他也会聊一聊自己的过往。我父亲去世的时候，他特意以市长的名义写了慰问函……"言语中媛媛对这份友谊既重视又感激。这种交往就像长者对晚辈的呵护，也像同事之间的友情，这是对彼此的尊重。

时光飞逝，如白驹过隙，十年的时间一晃而过。起步于2012年的基金会，让屈宁教授的报国之志得到了很好的发挥。这十年，屈宁教授的事业做得风生水起。他本人著书立说，事业有成，名满天下。他与他的夫人任艺谨教授先后被天津大学、南开大学、天津医科大学、天津胸科医院、天津安定医院等多家单位聘为客座教授。

借助中欧医学创新与合作基金会这一平台，屈宁教授的团队先后与天津市多家单位和机构签署了合作意向书，并从2016年至2019年，先后组织了四批天津医疗卫生领域的专家、学者近百余人，到格罗宁根进行专项学习和培训。为天津市医疗卫生行业，尤其是在住院医师培训、三明治博士生联合培养项目、老年病研究、康复医学以及精神卫生领域的发展，提供了很多值得参考、学习和借鉴的经验。

屈宁教授致力于推动格罗宁根与天津两市在医疗、教育和科技创新领域的全面合作。他曾组织和携同格罗宁根大学、格罗宁根大学医院及格罗宁根创新型企业代表团数次访问天津，为两地的双边合作搭建了重要的桥梁与纽带。

2015年，三明治博士研究生联合培养项目开始实施。五位来自天津医疗卫生领域的专家、学者在格罗宁根大学医院进修。安定医院有一位第一个完成学业，顺利毕业的博士生。2020年，中医药大学的一名博士也顺利毕业了。在疫情肆虐时，他克服重重困难来到荷兰，顺利地完成了论文答辩，现在已回到天津，在医科大学工作。

媛媛说：“因为疫情，双边互访的难度加大了，但是，这个项目没有停，还在进行中。

“三明治博士研究生联合培养项目的实施得到了市卫健委、市外专局、市安定医院及格罗宁根大学医学院、大学附属医院的多方支持。尤其是天津市安定医院的教授与格罗宁根大学附属医院精神科的教授，为了这个项目，先后五年多次两地互访，从了解情况，到确定课题，然后挑选学生，最后再把学生带到荷兰，事无巨细，件件都亲力亲为。不仅在专业培训方面，也在临床科研方面，给两城精神卫生领域的合作和交流打下良好基础。”

疫情三年，对格罗宁根驻津代表处的工作影响很大，很多的想法、做法都不得不停顿下来。媛媛说：“驻津代表处也想在文化领域，包括体育领域做一些交流。格罗宁根也算是荷兰足球活跃的地方。我们一直想推进足球方面的交流。当时，我们联系过天津的泰达，以及后来的松江，想做一场友谊赛。但是，一直定不下来，最后也没有成行。包括篮球队。当时天津青年篮球队想到访荷兰，参加荷兰青年篮球联赛。体育局也联系过我。后来，疫情来了，就没了下文。希望疫情过后，这些工作还能对接起来。”

听媛媛这么说，我们都深有同感。在情况特殊的日子，只能静候佳音。

媛媛回味着那些人和事，都是她的亲历，都是一群有着不同年龄、不同阅历和不同追求的人，他们努力着，奋斗着，在这个世界上，为我们展现了多彩的生命维度。

31 遥远的北欧友城——延雪平

刘晓珍

熟悉天津对外交往、结交国际友城的朋友可能知道，2023年是天津和第一个友城神户结好五十周年，但可能没多少人知道，2023年还是天津和远在北欧的瑞典城市延雪平结好三十周年。而现在南开大学任教的崔连广副教授，正是天津和延雪平结好的使者。祖籍天津的连广出生于深圳这片改革开放的热土，从小就被浓厚商业氛围感染，他读大学时有幸结识瑞典哥德堡大学来校任教的教授，老师很喜欢这个勤奋聪颖的小伙子，毕业时推荐他去瑞典深造。2003年至2005年，连广在瑞典哥德堡大学读硕士，出国前他就定下决心，学成回国报效祖国。本着这样的初心，他在当地边读书边想方设法了解当地商业情况，寻找机会为两国的商贸文化交往做贡献。为了更好地在当地读书生活工作，连广不但能流利使用英语，还自学了瑞典语。他和瑞典同学合写的硕士毕业论文，既结合了学科研究物流、供应链、工商管理和贸易的所学知识，也切合了中瑞商业活动的实际，大力支持的导师还为他们申请了研究经费，连广得以不断走访当地政府部门、企业和相关人士。这篇极具学术、借鉴价值的论文被中瑞高层看中，当时瑞典驻华大使为论文写了序言，论文后来还被收藏在瑞典哥德堡大学图书馆里。

连广在哥德堡时看到上海赠送给哥德堡市的木船，从上海一路开过来，作为友谊象征摆放在市中心的重要地段。他因此得知上海和哥德堡结为友城，瑞典市民路过此地就会想起中国上海这个国际友城。哥德堡是北欧最大的港口城市，历史上著名的哥德堡号曾经巡航时来过上海和广州，这条船要复航时瑞典政府特意邀请我国领导人出席，正式拉开哥德堡号重走航线的序幕，由此也可以看出瑞典政府对中瑞关系的重视。不仅是中瑞政府间的友好合作往来多，就是企业间的合作也很多，著名的吉利汽车集团兼并瑞典知名汽车品牌沃尔沃轿车就是一个例子。

得知中瑞之间这些往来交流，“友城”这个概念在连广年轻的脑海留下深刻印象，想着什么时候有机会也要为中瑞之间结

瑞典延雪平

瑞典乡村

友城、扩大交流合作做贡献。

瑞典是最早和我国建交的西方国家，早在1950年就和我国建立了外交关系。瑞典人口约有900万，非常重视国际交流。瑞典政府设立很多资金支持本国人“走出去”，也邀请外国人“走进来”，他们邀请世界各地的专家学者、企业家、学生来瑞交流，感受国际化水平，中国留学生连广就深切感受到了。连广是在2006年到延雪平省大学攻读博士的，他得知早在1993年天津市就与延雪平市缔结为友城，但当地人并不了解中国的行政区划，疑惑天津是一个怎样的城市，和天津交往会有什么收益。连广热情地给当地人宣讲天津虽然只是一个市，但不是普通意义上的市，是直辖市，比省的地位还高，当地人这才对和天津的贸易文化往来产生了热情。2006年暑假快到了，准备回国的连广想自己作为天津老乡，该为两座城市之间做点实质性的工作，他去

瑞典风景

到延雪平市政府找到负责人谈了自己的想法，延雪平市政府负责人也很高兴，立即草拟了给天津市政府的公函，表达了愿意继续推进双方友好关系的愿望。连广回国后第一时间就把这封函件亲手递交给天津市政府。在天津市政府和外事部门的大力推动下，天津与延雪平有了更多实质性的往来

说起向瑞典人推介天津，连广的眼睛立刻亮了起来。他说向瑞典人介绍天津时，以问题的形式推介深圳、上海和天津三个重要城市。第一个问题是深圳从渔村发展成GDP年均增长率超过20%的城市，你们听说过这么高的发展速度吗？这样一下子就吸引了瑞典人的注意；然后第二步，他列举了上海浦东的发展数据；第三步，他推介了天津的滨海新区，于2006年升格为国家级新区，新区具有什么优势等，瑞典人能不抓住这个重要的历史机遇吗？！连广的介绍为两市开展更多经贸合作打下了

良好的基础。同时，他还推进教育领域的合作。连广读博时还在延雪平大学里担任讲师，2007年获得了瑞典对外友好往来基金委的支持，利用这笔资金，连广推动延雪平大学的师生与南开大学师生进行互换交流学习。五年间双方共有16名教师和10名学生实现了互访。连广回国后，在南开大学商学院第一个开设了针对外国人的全英文教学课程，大幅提升了世界各国留学生来南大的学习热情，提升南大的国际化水平。全英文课程吸引来了全世界很多国家的留学生，这里面就有来自延雪平的学生。每每遇到这样的学生，连广都格外开心，不辞辛劳地向他们推介天津，推动天津与延雪平开展更多务实的合作。

要说与延雪平记忆中的小故事，连广说数不胜数。但最让人感动的还是2011年，瑞典延雪平市市长在津接受医疗救治的故事。那是2011年，延雪平省省长亲自带队，由地区委员会主席和当地市长组成的代表团来天津访问，天津市政府非常重视，接待规格很高。为推动教育往来，天津市政府安排代表团官员到天津医科大学、天津中医药大学等地参观，在天津中医药大学，瑞典官员体验了中国特色的针灸拔罐刮痧，当即表示希望和他们开展合作。瑞典官员和企业家们还参观了天津港，兴奋地表示双方在物流供应链领域可以开展更多的合作。一天的工作结束后，延雪平市长回到酒店后突然晕倒，连广得知消息后，立即赶到酒店，并第一时间联系到市一中心医院派急救车和首诊大夫迅速赶到现场进行施救。市长被抬上救护车后，连广不停地和他说话，避免他昏睡过去。由于抢救及时，市长脱离了危险，慢慢苏醒过来。他醒来后，看着围绕在他身边的满屋子的天津人，第一句话是友好城市在方方面面都是友好的，我感受到了天津友城的温暖。市长的双眼里满是感动。结束访问回国后的市长先生，始终将天津的温暖放在心间，即使工作岗位有所变动，他依旧牵挂着延雪平与天津的友好合作，在推进两个城市交流合作的方方面面依旧发挥着重要的作用。

此后，天津与延雪平在各领域里开展了广泛的合作。在教育方面，延雪平大学和南开大学在物流与供应链管理、创新与创业、工商管理等领域进行卓有成效的合作，为双方国际化发展战略的具体实施做出贡献。延雪平大学与天津医科大学于2018年签订校际合作协议，重点在护理领域开展合作。在政治方面，两市高层领导互访频繁，延雪平市政府召开友好城市圆桌会，芬兰图尔库市和荷兰格罗宁根市等天津友好城市代表受邀参会，共同商讨与天津的友好合作交流。在环保方面，天津市水务局与延雪平市水务局开展互派人员的交流。在文化艺术领域，天津市华夏未来少儿艺术团赴瑞典演出，瑞典艺术团也来津演出，双方开展了丰富多彩的交流活动。在经济方面，以富士华为代表的多家瑞典企业来津投资，推动经贸领域深化合作。未来，两市还将在自行车等领域继续开展合作。

2019年后由于疫情的原因，天津和延雪平双方往来停止下来；如今疫情过去，中瑞关系、天津和延雪平之间的友好往来也该重新启动了！天津在做，瑞典方面也在做，盼望着两个城市间的友好往来继续结出丰硕成果！

32 友谊的纽带

李兰芳

深秋时节，我与长居在安特卫普的成刚连线，听他讲述在安特卫普工作近二十年的经历。

成刚今年六十二岁，天津人。2003年1月外派到比利时安特卫普工作，到2023年1月正好二十年。他最后一次回国是2019年3月。此后，因为疫情暴发，交通不畅，快四年了都没有回国。原本2020年就到了退休年龄的他，办理了延期。他说："因为疫情的暴发，来往很不方便，接替我工作的人选也因为疫情的原因无法到任，想到我对这里的情况还熟悉，也没有什么牵挂，所以公司考虑让我再坚持一段时间。"

他刚到安特卫普时，主要工作是采购欧洲各国再生金属材料及皮革材料，以后陆续开发了出口食品业务。每年都有十几二十个集装箱的货物，从比利时安特卫普港运往天津，包括比利时的牛奶、啤酒、巧克力、饼干、麦片及法国的葡萄酒等。那时，他差不多是每年回国一两次。因为家在天津，老父亲在天津。

2007年，他参与了天津利和集团的重组，在原中国欧洲分拨中心的基础上，投资兴建中欧贸易中心。他说：“当时从国内发来的展材、展品，有两三个集装箱，展厅是工人们花了好几个月建成的，启动前还搞了一个盛大的启动仪式。当时天津市领导带团参加，中国驻比利时大使，比利时安特卫普省副省长海尔森、沃姆根市市长万德波雷森都前来致辞表示祝贺。来自中比两国的350多位企业家参加了启动仪式，参观了布满天津名优商品的展厅。当地政府专门派出交警为大会保驾护航。”

回忆那段经历，他讲起一件往事。他说：“我们在建设展厅时，还真遇到了一件棘手的问题。因为任务急、工期短、用工难，为保证工期，特地从国内找了些临时工，办的是短期签证。可比利时规定短期签证不能超过90天，超过90天必须得回去重新签，这样一来一往，不仅花销大，而且会耽误工期。于是，我们去找中国大使馆，希望当地政府能给予支持。大使和参赞都觉得不太好办，因为没有先例。大使说：‘这事成不成我都去给你们

比利时安特卫普

协调下。’后来，我们还写了一份情况说明，交给大使代转。没想到当地市政府反应很快，没过多久就通知我们说：‘你们来吧，上次提的那件事，可以延期。’我们也没想到，他们是当成特例来办，效率也挺快，给我们的支持很大。通过这件事，我觉得比利时政府对中国真是很友好。”

2010年，他们协助天津市相关部门举办了“国企走进欧洲对话会”，反响强烈，影响很大。成刚说：“在这个活动之前，我们搞了一个初访。先来了十家天津企业跟这边的企业对接，虽然规模不大，企业人数也不多，但是活动比较丰富。当时还采访了比利时安特卫普省政府，他们对天津的印象特别好。后面就搞了个大规模的、有44家国资企业参加的对话会，活动非常成功，收获也很大。”这一年，虽然经历了席卷全球的金融危机，但是安特卫普同中国的经贸往来有增无减，安特卫普港的货运量更

天津与安特卫普经贸合作签约仪式

是有了长足的发展。

2014年随着“一带一路”国家倡议的提出，他们跟天津一家公司合作，建立了自己的“海外仓”。就是把货品前移，从以往的“先下单再出口”改为“先出口等订单”，具体来说就是提前运输、提前通关，把一些热销产品提前运送到安特卫普港，放在自己的仓库里，等待欧洲客户下单。这样以安特卫普为中心，方圆500公里以内的英国、德国、荷兰等欧洲各国消费者都可以在两到三天内便捷快速地购买到来自中国的商品，从而打开了巨大的欧洲市场。

随着海外仓发货量的增长，每天都有集装箱轮船往返于天津港与安特卫普港之间，两地的货物量已超过100万吨，这其中有75%的货物是天津向欧洲出口的贸易。过去很多中小企业的产品苦于运费及各种出口手续，无法把产品卖到国外，现在通过“海外仓”这个平台，越来越多质优价廉的商品，走入欧洲寻常百姓家。

“海外仓”运营了六年，很快形成了规模。但没有想到，一场突如其来的疫情，使国内的供应链受到影响，以前常规来货，一年有上百个集装箱，疫情出现后，国内生产供应跟不上了。等到国内疫情稍稍缓解，欧洲疫情又大规模地暴发，比国内还厉害，导致整个系统不能正常地进货、发货，仓库处于停滞状态。由于维持“海外仓”的成本太高了，所以2020年只好停了这项业务。

“海外仓”停了，中欧贸易中心的面积这么大，总不能就这么放着。那段时间他们吃不下，睡不着。经过多方努力，最终跟比利时的保时捷经销商达成了协议，从那年开始大部分面积都租给了保时捷的销售中心。

成刚说："现在我的工作侧重于物业管理，虽然大部分面积租给了保时捷，但还有另外一家企业，我们也要提供服务，这里都是我一人临时负责。像租给保时捷的这栋大楼，安保问题困难重重。把这座楼看好，资产不出问题，就是我的主要工作。"

他接着说："现在好多了，保时捷接手以后，卖的都是高档车，保险公司对他们有要求，必须要达到什么程度的安保才给承保。所以，他们重新进行了内部装修。说实话他们还是比较有实力的，因为是常年租赁，除了房租以外，他们的改造费用也投入不少。以前房间也有监控，也有防火，但对他们来说，都已经老化不达标了，现在所有的地方都重装了联网探头，整个院墙

安特卫普火车站

都建起来弄上电网，这点确实太省心了。以前那个监控因为年久失修，极易发生故障。有时苍蝇在探头上飞过就会触发警报，夜里一有警报，我就要起身查看，几点响就几点去，就怕万一出了问题。所以那时候比较辛苦，特别是夜里，家人也跟着害怕，怕遇上什么危险。现在这个问题已经解决了，我们跟比利时的公司都有联网，通过互联网上的动态管理，大楼的安全保障做到了万无一失。”

在我们的询问下，成刚讲了他的工作和生活状况。他说：“安特卫普这边以前常驻的工作人员平时有两到三人，忙不过来或是有人休假，集团就会派人临时轮换。2016年和我一起长期工作的同事退休后，就只有我自己了。我现在家都在这边了，以前父亲在的时候，还要惦记着回去看看，现在不在了，爱人退休后，也来这边陪我。所以集团想要做什么事，不管是贸易的，还是其他的，都是交给我来做。以前还有其他同事可以分分工，这两年，就我一个人，包括宿舍的剪草也是自己做，当然，弄不了的活儿，还得另外找人，一般的维护就都是自己做。”

因为疫情，人们的交往很少。他们平时也很少出门。他一般在家或在单位，出门就是去一趟超市。他的爱人每天早上会出门沿着街道散散步。

成刚还对我们说：“中欧贸易中心成立后，还是长兴国际贸易公司那几个人，机构没有变，只是增加了工作内容，不仅做进出口贸易，还有了宣传扩大天津企业和名优商品影响力的任务。为了加深中比、中欧企业间的经贸交流、双向投资牵线搭桥，我们也结交了很多投资者和企业家，并多次举办商品洽谈会和企业对话会。安特卫普的政府人士也多次到过天津，当时两地政府间的互访、交流也有很多。”

安特卫普与天津的经贸往来由来已久，两地最为相似的区位优势就是港口。安特卫普港是比利时最大的海港，也是欧洲重要的枢纽港之一，对于许多欧洲企业而言，安特卫普港是出入其他大陆的纽带，而对于远在欧洲之外的其他企业，则是进入欧洲的门户。20世纪80年代初，为加强国内和欧洲的经贸合作，当时的国家外贸部在安特卫普建立了中国欧洲分拨中心。1994年天津市政府在安特卫普注册组建了比利时长兴国际贸易公司，以两地港口为依托开展中欧进出口贸易。2007年天津利和集团重组了在安特卫普的分拨中心和比利时长兴国际贸易公司，并投资建立商贸展一体化的中国欧洲贸易中心。贸易中心占地16550平方米，展厅建筑面积8115平方米，常年开展天津品牌商品的展示活动，邀请欧洲客商前来参观，看样选货，并通过不定期的活动推荐天津企业和天津品牌商品，是集进出口贸易、招商引资、物流、研发、展览展示为一体的综合性国资涉外企业，并逐渐成为天津及滨海新区拓展欧洲市场的桥头堡。

中欧贸易中心像一条友谊的纽带，把两地省城紧紧相连，为天津与安特卫普架起一座“合作之桥、贸易之桥、友谊之桥”。

33 相知无远近　万里尚为邻

李若云

2022年11月24日凌晨，从阿联酋迪拜飞往白俄罗斯首都明斯克的航班在机场缓缓降落。从天津出发，在韩国仁川和阿联酋迪拜历经了两次转机和近40个小时的奔波，跨越了5个时区，体验了30多度的温差，天津市代表团一行6人终于抵达此次目的地白俄罗斯。

这是疫情以来天津市政府派出的首个正式团组。原计划乘坐的北京到明斯克直航临时取消，让本就筹备时间紧张的出访行程更添曲折，全球疫情导致的行程反复延宕更让团员们心怀忐忑。临行前，有同事说这次出访有些“悲壮”的意味，我真切地体会到了其中的含义。

明斯克机场不大，整体延续了苏联时代简洁朴实的风格。机场的指示牌、大屏幕、广播都有中文，这让我们在异国他乡倍感亲切。说起它的由来，尤为令人激动和欣慰。2017年7月，白俄罗斯总统卢卡申科在讨论本国外交优先方向的会议上，明确要求明斯克机场增加中文服务，此后短时间内机场在各类指示牌、大屏幕、ATM机等各种设施及官方网站都增加了中文提示。这大大方便了中国旅客的行程，也足见白俄罗斯对发展对华关系的高度重视。在从机场到驻地的车上，我努力睁开疲惫的双眼，在沉沉夜色中捕捉明斯克的画面。就在我们到达的前几天，明斯克迎来了初雪，宽敞的街道和苏联风格的建筑在白雪的映衬下更显宁静，墙上的海报还在提醒我们第二届欧洲运动会曾于2019年6月在这里举办。

经过四十分钟左右的车程，我们终于抵达了明斯克北京饭店。这是一座新式徽派建筑，于2014年5月正式营业，是明斯克最具象征性的中国符号之一，它不光为当地提供温馨舒适的食宿服务，更成为展示中国形象、促进中国与白俄罗斯人民心心相通、文化沟通的大本营。房间的布局和陈设让我们倍感熟悉，甚至我们随身携带的转换插头都没有派上用场。第二天的早餐更是给了我们一个惊喜，除了有各式各样的当地风味，还有地

白俄罗斯莫吉廖夫州街景

道的西红柿鸡蛋面，大大满足了我们的“中国胃”，成了我们初到异国最温暖的慰藉，让我们元气满满开启了接下来的行程。

俗话说“亲戚越走越亲，朋友越走越近”。虽然疫情期间线上的对外交流活动频繁高效，但面对面的沟通永远无法被取代。这次出访的主要任务是应莫吉廖夫州政府邀请，出席11月25日举办的第十三届“成功磨坊”国际经济论坛，我们的负责人还要在论坛上致辞。作为疫情以来首个访问当地的中国代表团，我们的参会获得了论坛主办方和参会嘉宾们的高度关注，团队负责人在论坛上的致辞更是给全体与会嘉宾留下了深刻印象，会场上数次响起的热烈掌声就是最好的证明。

此次来访，总共花费四天时间，并经历多次转机，回国后还要进行八天的集中隔离，可以说是长途跋涉、不辞辛苦，但我们为了中白友谊而来，为了天津与莫吉廖夫州的合作而来，这

白俄罗斯莫吉廖夫州街景

一切都值得！在全球经济面临重重困难的背景下，我们不远万里来参加这个以“促进全球经贸一体化和吸引投资”为主题的论坛，就是对友城的有力支持。在随后的招待会上，甚至晚上回到驻地酒店，都有一同参会的嘉宾主动和我们握手致意，表达对建章主任致辞的称赞和共鸣及对我们到来的热烈欢迎。

对友城的支持不止嘴上说，更要落实在具体行动上。在26号与斯特拉哈尔副州长的会见中，结合天津与莫吉廖夫州的务实合作，我们对“磨坊”的含义进行了解读，并提出加强企业对接、增进各领域合作等具体建议。经济的发展好比磨坊的转动，要想蓬勃运转离不开源源不断的动力支撑，要充分调动各方资源和优势，以务实合作项目推动莫吉廖夫的“成功磨坊”快速运转，促进天津和莫吉廖夫的合作不断深化。精妙的比喻获得白方高度赞同，也让我们对双方的合作有了新的期待。

白俄罗斯莫吉廖夫州街景

三天的行程实在匆忙，我们每天从驻地到活动现场两点一线，没有时间体验明斯克和莫吉廖夫的风土人情。25号晚上10点多，我们结束了在莫吉廖夫一天的活动，终于可以抽出点时间和这座城市来个近距离接触。冬夜降临，大雪纷纷扬扬，所有的热闹都归于宁静，我们几个在路上徜徉有些显眼，当地居民对我们这些异国面孔投来关注而友好的目光。我们误打误撞偶遇了莫吉廖夫的摘星广场，广场正中央是星相家雕塑，据说亲吻其金手指就能获得毕生幸运，围绕在雕塑周围有十二星座对应的椅子，在自己的星座椅子上坐一下，可以带来好运。这座雕塑对于莫吉廖夫人来说，是美好的象征。从广场延伸出一条步行街，两侧是大大小小的商铺、餐馆、学校，已近深夜仍然有咖啡店、小酒吧灯火通明，在冬夜里显得格外温暖，让我们看到了莫吉廖夫人平静幸福生活的一隅，对这座城市的感情仿佛更加亲近了。

26号离开明斯克的傍晚，在纷飞的大雪中，我们路过久负盛名的眼泪岛。它位于明斯克老城外的斯维斯洛奇河中，是一组为纪念在阿富汗战争中阵亡和失踪的800多名白俄罗斯官兵建造的建筑群，岛中心矗立着阵亡将士的纪念碑，教堂造型的纪念碑在雪中显得十分肃穆。明斯克是一座拥有九百多年历史的古老城市，在二战期间几乎被法西斯的铁蹄踏为平地，被苏联红军解放后，明斯克人民在满目疮痍的废墟上建起一座新城，并被苏联授予“英雄城市”称号，市内的胜利广场和卫国战争博物馆都见证了这段历史。胜利广场上高耸的纪念碑和不熄的长明火是白俄罗斯人对历史的铭记。据说，按照传统，当地人举行婚礼时都要来这里献花。

对于绝大多数人而言，白俄罗斯也许是一个留存着苏联记忆的寒冷而遥远的国度。但走近它，你会发现，白俄罗斯不仅有传说中金发碧眼的美女，更有湖泊密集、森林茂密的自然风光；不仅有苏联留下的坚实工业基础，更有飞速发展的IT产业等新技术行业；不仅有冰天雪地的北国风情，更有热情友好的人民，白俄罗斯有待我们去进一步认识和发掘的，还有很多。

三天的短暂出访，时间非常有限，我看到的白俄罗斯只是浮光掠影。但从此以后，白俄罗斯及友城莫吉廖夫州对我来说，将不再是遥不可及的陌生想象，而是记忆里鲜活的画面。这次出访成果丰硕，也达成了很多共识，需要一一落实，我们之间的友谊也将在一项项具体务实的合作项目中，得到进一步延续和升华。

34 眷恋之城——尼斯

李晓楠

漫步蔚蓝的海岸，远眺迷人的天使湾，法国的阳光似乎都给了尼斯——每到傍晚闪耀的阳光金子般雀跃地跳进碧波里撒欢儿。这里是眷恋之城尼斯。

美丽风景与城市建设融为一体

尼斯城主要由两个部分组成，一是老城（Vieux Nice）和港口，老城到处都是充满意大利风格的古建筑，小巷随小山丘高低曲折，如今的老城依然保持着公元十七、十八世纪的样貌。无论是拐弯处还是在街头的转角，你都不会想到，前面将是怎样的风景。二是可眺望城市北方的希米耶区（Cimiez），这里是罗马人和维多利亚女王的最爱。尼斯四季鲜花盛开，美丽的鲜花成为城市的装点，无论街头巷尾都仿佛进入了花的海洋。在这个一年拥有300多天阳光眷恋的地中海城市，每一个来访者都会爱上这里充满浓郁法国色彩风情的慢生活。

到尼斯必须要提到的就是天使湾的海水幽蓝，呈现分明的

法国尼斯市风景

颜色变化，从近处浪花的白色、浅蓝、天蓝、蔚蓝、湛蓝、紫蓝，依次过渡到海中心的深蓝，变化有序、层次分明。那海水蓝得像蓝宝石似的。海湾四周都是矮矮的堤岸，蔚蓝的海水中间，一块块的呈珍珠灰色礁石，就这么自然地出现在海的中央，在阳光的照耀下白色的浪花追赶着海滩上的鹅卵石，像追赶顽皮的孩童，更增加了天使湾的魅力。尼斯的蓝，是有生命力的。人们呼吸着这片蓝，观赏着这片蓝，漫步在这片蓝，陶醉于这片蓝。这片蓝成就了尼斯，尼斯也让这片蓝印入与之谋面的每一个人眼里心中。

古老文化与现代文明完美结合

尼斯历史悠久，但其在历史的长河中，经历了不同的管理碰撞和复杂多变的历史延续，形成了独特的地域文化。四十万年前，在如今尼斯的这片土地上，就有土著居住。在漫长的岁月里，它先后被古希腊和古罗马交替统治。因此，尼斯的老城仍具有意大利式的生活气息和情调，高大的房屋和狭窄的街道是颜色清淡的意大利风格。街上的教堂则大都是17世纪的巴洛克建筑。尼斯城大约建造于公元前350年，很快就成为利古里亚海岸最繁忙的贸易站之一。公元843年，法兰克帝国统治者路易与三个儿子签订《凡尔登条约》，将帝国一分为三。西、中、东三个法兰克国家分别成为今天法国、意大利、德国的雏形。之后又几经疆界调整到9世纪末，尼斯所在地区成为意大利王国的一部分。之后尼斯又在法国和意大利之间易手多达15次。13世纪和14世纪，尼斯几度成为普罗旺斯公爵的领地。1388年，成为萨伏依公爵的领地。1543年，尼斯遭到法国和土耳其盟军的攻击，法国得到尼斯的所有权。1600年，尼斯落入吉斯公爵手中。之后在1696年，尼斯再度被萨伏依公爵占有。1705年又被法国夺回。之后的两百年，尼斯不停更换主人。一直到1860年，尼斯还是撒丁王国西部的边界，意大利建国三杰之一加里波第就生于尼斯。1861年，撒丁首相加富尔伯爵为了在对奥地利帝国的战争中争取到法国皇帝拿破仑三世的支持，牺牲了民族利益，把萨伏依和尼斯两个领地划给了法国，尼斯成为法国的领地。

古老文明赋予这座城浓厚的历史印记，现代文明赋予这座城市青春的活力。蓦然回首，沧海桑田。时光荏苒，经历数百年的起起伏伏，今日的尼斯正在用蓝色的海水、温暖的阳光、醉人的红酒向世界展示着法国第五城的激情活力。

美食与节日成为靓丽的风景线

曾经到访过尼斯的人，说起尼斯的美食和那里的美景一样让人记忆深刻。索卡、尼斯洋葱塔、尼斯酿菜、尼斯三明治、西葫芦馅饼、牛肉袋都是当地出名的美食。喝杯以古法酿制的饮料，也是不错的选择。

尼斯的沙拉非常有名，它采用时令蔬菜，如番茄、洋葱、黄瓜、蚕豆等，再加上黑橄榄、白煮蛋、大蒜、鱼类，最后滴些橄榄油，撒上切碎的罗勒等香草，鲜脆爽口。尼斯特有的焖菜也是一道很好吃的传统名菜，是用橄榄油焖烧茄子、番茄、洋葱、朝鲜蓟等。

在尼斯，玫瑰、紫罗兰、薰衣草、费列罗、开心果、马卡龙、莫吉多……冰激凌的口味多到超乎想象，纷至沓来的游客，分享着冰激凌的甘甜，在无忧无虑的世界里，迎着海风，漫步沙滩、与落日相伴，好不惬意。

浪漫的尼斯每年都要举行许多盛大的节日，如赛花节、帽子节、五月节等，而尼斯狂欢节又是最具吸引力的一个。尼斯狂欢节就像点亮夜空的火炬，让整座城都沉浸在沸腾之中。每年的二三月份，都要举行近三周的狂欢活动，包括花车游行、放烟火、化装舞会等系列活动，每年都吸引世界各地的游客前来，参与其中，乐此不疲。目前，尼斯狂欢节已经成为法国重要的年度盛会之一，与巴西的里约热内卢狂欢节、意大利威尼斯狂欢节并称世界三大狂欢节。据参加过尼斯狂欢节的游客介绍：2015年尼斯狂欢节以音乐之王为主题，从2月13日一直持续到3月

1日。街头游行中有不少当地歌手、乐队的巨大雕像，甚至还有法国总统。狂欢节也促进了旅游业的发展。每年6月到10月是尼斯的旅游旺季，每天约有80个航班往来45个国家和地区，每年可接待游客400万名。统计显示，尼斯旅游收入占世界旅游业的1%。不得不说，尼斯以得天独厚的自然条件，美轮美奂的自然风景，让游客流连忘返。

友城交往与文化融合成为友谊的桥梁

文化交流是世界文化进步的一个重要条件，也是推动文化全球化和多样性的内在要求，有利于增进各国人民之间的友谊和加强了解，促进世界和平与发展，建设和谐世界。在与尼斯的交往过程中，天津市积极促成合作交流，在深度和广度上，积极推进，抓好落实。2016年12日至16日，天津大学代表团赴法

法国尼斯

国尼斯参加天津大学蔚蓝海岸孔子学院揭牌仪式，并访问了尼斯大学合作伙伴高校及有关高新技术创新型企业。

在此次深度了解尼斯大学的过程中，对尼斯这座城市有了深刻的理解和认识。尼斯大学历史悠久，其优势专业涵盖法学、经济学、管理学、文学及医学等学科，拥有享誉世界的一流科研机构，并与位于尼斯的索菲亚安提布列科技园有着密切的联系，属于法国“精英项目”重点扶植的院校之一。13日晚，蔚蓝海岸孔子学院揭牌仪式在尼斯大学举行。中国驻马赛总领馆总领事、天津大学领导、中国驻法国大使馆公使、尼斯市副市长Véronique Paquis、尼斯大学校长Frédérique Vidal及社会各界180余人出席了仪式。蔚蓝海岸孔子学院是天津大学继斯洛伐克和澳大利亚之后的第三所与海外合作建立的孔子学院。蔚蓝海岸孔子学院是中法双方充分信任紧密合作的成果，天津大学给予蔚蓝海岸孔子学院及蔚蓝海岸地区发展全力支持。蔚蓝海岸孔子学院将成为两校以及中法两国语言与文化交流的桥梁，在增进两国人民间的友谊和相互理解中起到重要作用。揭牌仪式后，来自英国华威大学的华威中乐团和蔚蓝海岸孔子学院教师共同为到场嘉宾献上了精心编排、精彩绝伦的音乐剧《Le Singe Roi》(《三打白骨精》)，以中西结合的方式充分展现了中国古代文学和中国乐器的魅力。

每一座城市都有着自己独特的文化和历史。尼斯和天津这两座魅力城市也必将成为举世瞩目的友好伙伴，互相将不同的文化漂洋过海来到彼此的世界，传播文化，传递大爱，在眷恋的目光中，成为彼此尊敬的真正朋友。

35 爱在老城亭台间

周子妮

狼烟消散，这座老城擦拭着阴霾，在久远的时光里，如一位垂暮的老者带着淡然的微笑，石板路上回荡着马车哒哒哒跑过的足音，老城墙的一砖一瓦似乎都隐匿着一个美丽而忧伤的故事，似郑秀文的那首老歌《萨拉热窝的罗密欧与朱丽叶》所唱："但战火封锁危城，也盖掩星星月亮，没阳光唯共互牵拼命地逃，盼再见到艳阳。无奈，在战火中小情人中枪双双倒地上，死前他仍是让她躺在怀，挽臂去找艳阳，纵各有信仰，但混乱大地上，战斗要把各样民族划开，他跟她始终从没更改立场，永远共勇敢的理想。"素白的坟茔矗立在青翠的松冈，"一半城池，一半坟墓"，一尊尊方冢如白色的刺青，将战争的伤永远地绣进了这片土地。

第一次来到萨拉热窝，阿凯是怀着无比肃穆与崇敬的心情，在电影里、在书本中，他早已认识过这座历经战火洗礼却依旧巍峨挺立的城。烟火气十足的铜匠街，赫然出现在视线中的格兹·胡色雷·贝格清真寺像是一首诗歌的题眼，风姿绰约地彰显着浓郁的穆斯林风情；徜徉于Ferhadijia步行街上，那永不熄灭的火焰燃烧着这座城市的精魂，时至今日依然凝聚着萨拉热窝强大的民族意志；曾经在战争中被付之一炬的波黑大学图书馆，如今已成为市政厅，隐约还能在华美的建筑中窥见奥匈帝国昔日的风采；并不很长的拉丁桥，却是第一次世界大战的起点，这里徘徊着一个又一个在战争中一去不复返的亡灵；街道上随处可见的血色玫瑰、建筑墙壁上布满弹孔的痕迹都在倾诉着和平的可贵……天津与萨拉热窝，同样有着被侵略、被殖民的历史，阿凯来到这里就如同来到自己的又一个故乡，怀着最真挚的热忱，行走在这座城市的每一分每一秒，他都觉得自己的心像是被历史的尘埃反复淘洗，又似文火烹煮着一般沸腾着。

萨拉热窝联谊亭

比阿凯更早到达萨拉热窝的是一些建筑用材。天津与萨拉热窝两座城市隔着千山万水遥遥相望，亟须一件珍贵的信物来承载彼此的情谊。阿凯从天津远赴萨拉热窝就是为了建造一座联谊亭。他想把最能代表天津风情的建筑献礼这份伟大的友谊，他太想做好、又太怕做不好。先是设计图纸，一笔一画、层层叠叠，一次次周详考虑、又一次次全部推翻——阿凯终于有了满意的设计。说是联谊亭，但更是套方亭。中国文化讲究地阔方圆，两座方正的亭子取中心点套在一起——两座城市心连着心，“你中有我，我中有你”。设计出炉了，关键还是施工，浓郁中国风情的建筑须得原汁原味的中国建材，那一块块记载着中国年轮的木材、那一块块带有中国印记的青砖、那一盒盒饱含中国温度的颜料……就这样被精致地包裹着漂洋过海。阿凯和同事们没日没夜地干，几乎每天都有热心的萨拉热窝市民前来问候参观。虽然大家的语言不同，但笑容却都温暖真挚，在萨拉热窝市民的眼里，阿凯他们就像是操纵神奇魔法的魔术师，让一座美轮美奂的中国建筑在萨拉热窝的老城拔地而起。由于时差和日夜操劳，阿凯终于病倒了，浑身酸疼面容憔悴，却依然不愿耽误施工进度。即使没去施工现场，他也时常询问亭子的建造现状，稍有好转他又第一时间来到了工地上。这座亭子不只是一座普通的建筑，更是两座城市友谊的见证。经常来工地旁散步的一位萨拉热窝老伯看阿凯脸色差，不禁担心地询问，得知阿凯只是想吃一口家乡菜，老伯竟然记在了心头。第二天傍晚，夕阳的余晖轻柔地落在萨拉热窝民居红色的屋顶时，老伯蹒跚着脚步来到了施工现场，手中还端着一个小铜盆。在一旁翻译的帮助下，阿凯才得知，老伯用了一天的时间精心烹煮了一盆茶叶蛋。讲起茶叶蛋，老伯很有感触，从前在他年轻的时候，曾爱上一位中国姑娘，那姑娘正是天津人，她随着做劳工的父母辗转来到萨拉热窝。常年战乱，大家的日子都不好过，鸡蛋已属奢侈品。天津姑娘曾对他说，家乡的茶叶蛋顶顶好吃，以后一定会做给他吃。阿凯接过老伯手中的茶叶蛋，满怀感激连连道谢，他问："那您尝到'顶顶好吃'的茶叶蛋了吗？"老伯落寞地摇了摇头，最终他没能吃上心上人煮的茶叶蛋，甚至他都没来得及向她吐露深藏心底的爱意，那姑娘就葬身于炮火之中。老伯说着眼里已有泪光，歌曲里"萨拉热窝的罗密欧与朱丽叶"是那样凄美浪漫，而现实中的爱恋却是阴阳两隔也难道一声再见。老伯说他常常流连于联谊亭的建筑现场就是为了再次感受天津的气息，年少时的爱人如果看到萨拉热窝建造了来自家乡的亭子，一定会非常激动，他看到这座亭子就仿佛看到了自己久远的青春，看到恋人昔日的笑靥。

听了老伯的故事，阿凯也来到"萨拉热窝的罗密欧与朱丽叶"的墓前。每年都有无数的青年爱侣来到这里为这对在战火中丧生的恋人献上一束玫瑰花，而阿凯来到这里是为了再次聆听这座城市的心跳。这是一座承载了巨大伤痛的城市，不知还需多久城市的伤痕才能愈合，不知还有多少像老伯这样的人在独自舔舐着战争遗留的伤疤。希望这座联谊亭可以给老伯带来慰藉的同时，也让萨拉热窝的市民感受到友谊的温暖、和平的幸福。

联谊亭全面竣工的那天，萨拉热窝的各大媒体纷纷争相报道，这极有可能是整个欧洲的第一个中国亭。在蓝天白云之间，亭子上金碧辉煌的彩绘那样夺目、那样闪耀，仿佛也在昭示着萨拉热窝明媚灿烂的未来。踏上归国的航班，阿凯还在回味着与萨拉热窝有关的故事，临行前萨拉热窝的相关负责人表示也将在天津建一座“饮水亭”，想象着“饮水亭”的样子，阿凯在心里深深地期待着。

36 天津国际友城的媒体天下行

刘晓珍

自1973年将日本神户结为第一座国际友城起，天津市外事办在市委、市政府的领导下，为加快天津的经济、文化、教育发展，将天津打造成国际化都市，在近半个世纪时间里，和涵盖世界五大洲的53个国家的99个城市结为友城，也为更好地推动天津市与“一带一路”沿线国家友城和目标友城相互交流往来做出了重要贡献。这些成就的取得，天津的各大媒体自然也看在眼里，天津市外办和市委宣传部也想扩大这些活动的影响，从2017年起，天津市外办和市委宣传部组织《天津日报》、《今晚报》、天津电视台、天津广播电台和天津北方网组成的“两报两台一网”，开展天津媒体友城行交流采访活动。

2017年3月22日，春暖花开的时节，首批天津国际友城媒体行团组一行7人的心情和这美丽的季节一样荡漾，他们对澳大利亚墨尔本市、新西兰惠灵顿市和克莱斯特彻奇市展开交流采访。首站墨尔本就取得不俗采访成绩：他们采访到了墨尔本市市长，市长热情地边陪同他们参观市政厅，边将整座城市做了详细介绍。墨尔本是港口城市，天津也是港口城市，他们在墨尔本港口贸易市场部官员的陪同下参观了港口，也把天津港的情况向对方做了介绍，为两个城市的港口合作打下良好基础。对外交往首要的是经贸科技交流，负责引领科研创新的大学很重要，他们也采访到著名的墨尔本理工大学副校长，还有负责天津领导干部培训项目的负责人，澳中科学家创业协会主席、澳洲百德福酒庄总经理等。他们访问期间，恰逢新金山图书馆举办开馆八周年纪念仪式，趁便采访到了新金山图书馆馆长。他们在这里居然见到了天津电视台原副台长，他乡遇故知，聊得自然格外热情。不单这位天津老乡希望为搭建天津与墨尔本间的桥梁做贡献，就是他们接触到的在当地工作生活多年、积聚了大量政府、企业、民间资源的爱国华人华侨也热切希望为增进天津和墨尔本之间的合作交往做出贡献。这些人对推动天津市的对外交流合作有着巨大助力，采访团欣慰地接受了他们的善意。

在惠灵顿采访期间，媒体人与该市国际交流部主任进行了

澳大利亚墨尔本风景

交流，他们还采访了惠灵顿市城市形象大使及负责城市管理的官员、公交集团负责人、航空公司负责人，在参观新西兰国家博物馆和维多利亚山时也采访了博物馆负责人。在克莱斯特彻奇市，他们见到了中国驻克莱斯特彻奇总领馆总领事，还与当地侨领进行了交流。当地的《星报》是家很有影响的媒体，这家媒体负责人对中国、对天津也有浓厚兴趣，彼此的交流为这家媒体和天津媒体以后的合作搭起友谊桥梁，为宣传天津、扩大天津在澳洲、新西兰的影响，推动天津和墨尔本、惠灵顿、克莱斯特彻奇的合作，起到了很好的推动作用。

2017年10月16日至27日，金秋送爽的日子，第二批友城行团组一行6人赴马来西亚吉隆坡市、新山市，印度尼西亚雅加达市、泗水市及柬埔寨金边市开展交流采访。他们这次出访不单肩负着采访天津国际友城的任务，还担负起为国家“一带一路”倡议添砖加瓦的使命。都是些年轻人，能代表国家、天津完成这些重任吗？代表团的每个人既兴奋又紧张。令他们兴奋不已的是首站吉隆坡市他们就采访到了马来西亚华人公会一带一路中心执行主席蔡宝强，双方通过天津华博会平台对接阿里巴巴电商、与天津进行创新驱动发展合作帮助当地中小企业转型等议题进行了交流。来自马华公会的马来西亚跨境电商协会会长黄挺伟在了解到天津市的优势与发展后，高兴地表示将重点加强与天津企业的合作，积极拓展在华业务。代表团还就中马两国的交往历史及愿景、天津企业到马来西亚投资及“一带一路”倡议为两国发展带来的机遇等问题，采访了马来亚大学中国研究院李冉博士和马来西亚合作与投资协会聂文义主席。

旅游、商贸是友城间很重要的交往，代表团和马来西亚柔佛州旅游、商贸、消费事务委员会等柔佛州政府代表十余人交流采访。他们热切期盼天津与柔佛州结为友城，在工业投资、海运及港口运营、旅游业及促成航班直航等方面加强合作，并希望参加“一带一路”国际港口城市研讨会。

代表团采访马来西亚依斯干达特区发展局经济与投资中心副主席马吉德时，双方就天津与柔佛港口交通合作、清真食品认证及投资、中医药人才储备等议题进行了交流洽谈。当主席先生得知依斯干达特区与天津滨海新区在区位、发展定位及产业模式上有诸多相似点，高兴地说有了共同点，今后依斯干达特区可以重点和滨海新区深化交流合作。代表团采访柔佛州伊斯兰发展局控股有限公司总经理罗赞时，总经理先生说马来西亚的清真食品认证在整个伊斯兰世界拥有很高地位，双方在此领域有很大合作空间，希望能借助柔佛州代表参加“一带一路”国际港口城市研讨会的契机促进业务合作。这些年中国企业走出国门的也很多，代表团还采访了在柔佛州新山市承建项目的中建八局项目部，了解了国内企业在当地承接的基础设施项目，这些项目建设扩大了中国在马的影响力。他们还参观了天津企业聚龙集团印尼分公司。聚龙等众多天津企业赴东南亚地区投资发展，着力构建纵向一体化经营，并且提升了物流网络，扩大了天津企业在当地的影响。

在印尼，代表团第一站就拜会了中国驻印尼大使馆，政务参赞介绍了中国企业在印尼的投资、在印尼开展职业教育、发展旅游业及港口交通合作的情况，热情欢迎天津企业来投资。代表团拜会印尼中华总商会时，副总主席薛天增也期待利用总商会的资源优势，和天津的金融、基建及商贸类企业在当地开展合作。他们还拜会了当地华人企业家、天津政协海外委员等，并参观了印尼国家博物馆。

行程很紧张，代表团马不停蹄来到泗水，在拜会泗水港务局时，副局长阿戈斯介绍了泗水港的重要枢纽港地位、进出口贸易情况及未来二十年的发展目标，也希望借助“一带一路”倡议与天津加强合作，实现两个城市的共赢。得知天津将举办“一带一路”国际港口城市研讨会，副局长先生激动地表示港务局会积极与上级部门沟通协调，力争派代表参会，抓住这个难得机会创造更多商机。

印尼东爪哇省政府公共关系、礼宾及国际关系局局长本尼是天津人民的老朋友，代表团来访当然少不了拜会他。他首先回顾了东爪哇与天津结好以来在职业教育及电动自行车技能人才培养方面的合作，也介绍了东爪哇经济发展、能源发展需求、该地区的港口管理运营体制、附近工业园区发展、港口深加工转型升级及投资审批服务情况，本尼先生最后欣慰地预祝“一带一路”国际港口城市研讨会取得成功，表示会及时与省长本人沟通，汇报省政府代表参加研讨会的安排，确定参会港口。代表团也拜会采访了中国驻泗水总领馆总领事，他先介绍了总领馆工作情况，然后介绍了东爪哇地区优质的人力资源、海洋自然资源，交通、旅游优势，还特意介绍了当地华侨领袖对中国与印尼关系发展所做的突出贡献。媒体人走到哪里都对自己的同行格外关注，代表团在泗水期间，拜会了在当地有很大影响的华文媒体《千岛日报》，就进一步发挥各自优势，扩大天津对外宣传，促进双方媒体业务合作进行了座谈交流。

代表团来到了中国近邻柬埔寨。这个国家虽然小，却和中国近邻，感情上更近些，更有兄弟姐妹情谊。他们拜会了劳工部国务秘书比绍番，比绍番首先回顾了天津对中柬友谊的贡献，天津与金边市结好的历程，又介绍了两地职业教育合作与澜沧江－湄公河职业教育基地建设情况。拜会结束后，代表团就职业教育合作等议题也采访了柬埔寨国立理工大学校长本匹伦。时间紧，代表团的成员总是不愿浪费一点儿时间，结束采访，他们抓紧时间赴金边中央大市场和相关企业拍摄了当地社区发展及社会风貌的影像。结束对柬埔寨的访问，代表团脚不停步来到马来西亚，拜会了中国驻马来西亚大使馆公使衔参赞，参观了马来西亚依斯干达清真工业园。同时，为保障“一带一路”国际港口城市研讨会顺利召开，结出丰硕果实，代表团向有关方面当面递交了致马来西亚、柔佛州首席州部长及印度尼西亚东爪哇省省长的研讨会邀请函，既扩大了天津召开的研讨会影响、推动天津和几个城市的合作，也宣传了天津、增进天津和几个城市的友谊。

此次外访也引起了国家主流媒体的关注，中央广播国际台《全景中国》也播出了专稿。这次出访取得的丰硕成果也充分证明天津筹划组织的天津主流媒体共同对友城和目标友城开展采访交流活动，对天津市融入“一带一路”人文交流是有益尝试；同时，媒体友城行也丰富了天津对外开放的领域，拓展了对外开放的渠道，放大了对外开放的成果。

2018年7月22日至29日，第三批团组一行6人赴俄罗斯伊尔库茨克、莫斯科和蒙古乌兰巴托开展交流采访。

俄罗斯是中国重要的伙伴，在二战时期帮助中国人民战胜了侵华日军，战后的几十年历史发展中，和中国的贸易、文化、教育交流往来也很密切，在世界文学史上占有重要地位的俄罗斯文学影响了一代又一代中国人。天津这个北方城市受俄罗斯影响也很深，随处可见的大列巴、伏特加酒、方糖很受天津人民的喜爱。俄罗斯也是中国“一带一路”倡议重要参与国，代表团来到伊尔库茨克州和莫斯科，感觉非常亲近，像回到了亲戚家。

团员们虽然乘坐夜航抵达采访点，但他们十分珍惜这次采访机会，不顾旅途疲劳，立即开展采访及公务活动。他们走访了俄罗斯科学院，采访了俄罗斯科学院副院长、中国科学院外籍院士瓦列里·邦杜教授；专访了欧亚观察杂志社主编别列日内赫；聆听了伊尔库茨克博物馆谢尔盖·因诺肯特维耶维奇对伊尔库茨克州历史变迁的介绍。无论到哪个国家城市都少不了拜访驻扎当地的娘家人，代表们还采访了中国驻俄罗斯大使馆新闻参赞、驻伊尔库茨克总领馆副总领事，他们就天津人民最关心的如何借助“一带一路”倡议促进天津与俄罗斯的合作交流等问题进行了提问，这些在中俄交往中发挥重要作用的人物详细回答了提问。2018年至2019年是中俄地方合作交流年，中俄双方将利用这个契机进一步深化合作，目前中俄缔结了140对友好城市及省州，基本实现领域和地域全覆盖。2022年6月天津成为中俄地方合作理事会成员单位，天津和伊尔库茨克同为中蒙俄经济走廊的重要节点，双方在基础设施、经贸合作、旅游及人文交流方面都有巨大发展空间，伊尔库茨克州经济发展部副部长在接受采访时也表示，希望能有更多的垃圾及污水处理方面的环保科技型企业来当地投资。代表团也向伊尔库茨克介绍了天津的发展情况，赠送了天津概览等宣传品，并表示天津将更好地发挥地方交往主体作用，增强双方友好互信、深化务实互利合作、完善交流平台，双方都意识到加强两个城市的合作可谓恰逢其时。

经过在俄四天的实地采访，代表们深刻感受到“一带一路”建设给中俄双方带来的发展机遇，他们的到来可以为中俄关系持续健康稳定发展提供更强劲的动力。

蒙古国和中国的关系可不浅，两国人民在感情上更像是姊妹，代表们一落地蒙古国也感受到了深切的同胞情谊。他们参观了乌兰巴托市政府、蒙古国家铁路公司等单位机构，采访了中国驻蒙古大使。谈到天津在中蒙俄经济走廊中的重要地位时，大使高兴地说：“近年来，天津充分发挥区位优势，大力推动自贸区建设，积极运营天津至莫斯科等亚欧大陆桥海铁联运班列、天津港中蒙俄经济走廊集装箱式联运等项目，为中蒙俄经济走廊建设提供稳定的道路运输服务保障，有力促进了三国间经贸往来。”他们采访的许多蒙古朋友都表示：中蒙正在进行自贸协定联合科研，蒙古在这方面缺乏经验，而天津在自贸区建设上经验丰富，非常希望向天津“取经”。代表们听到这一诉求也非常高兴，不约而同认为天津可以继续充分利用自身港口及自贸区等区位优势，成为“一带一路”的黄金交汇点，打造成中蒙俄经济走廊的重要基地和桥头堡。

此次宣传采访对深化天津与俄罗斯各领域合作，助力中俄全面战略协作伙伴关系，以现有友城为基础，打造中俄蒙经济走廊的桥头堡发挥了重要作用。

2018年11月25日，第四批赴波黑萨拉热窝、英国利物浦“天津媒体一带一路友城行”采访团组一行5人出发了，在没去波黑时，大多代表和大多中国人一样，对这个国家的了解只限于那部引入中国的电影《瓦尔特保卫萨拉热窝》，认为这是个因为种族、宗教、政治纷争饱受战乱困扰的多难国家。代表团抵达萨拉热窝，没有当年电影里的战争场景，城市虽然不发达，但也不破败，只是看得出发展较为缓慢。为更深入了解这个城市，他们首次拜会的是中国驻波黑大使馆，大使和使馆的其他同志热情地向他们介绍了波黑和萨城的概况。他们就友城合作采访了萨拉热窝市政府负责人。去拍摄萨拉热窝老城外景时，来到了著名的《瓦尔特保卫萨拉热窝》的拍摄地点，当地人也知道这部片子在中国很有名，只见店铺门上贴着的A4纸上拿中文写着瓦尔特。依然健在的瓦尔特原型的后代见到他们格外亲切，拉着手讲述瓦尔特当年的勇敢壮举。天津和萨市在体育方面有所合作，记者奔赴亚霍里纳奥体中心（1984年萨拉热窝冬奥会女子比赛场地），还有别拉什尼察山和依格曼山（男子比赛和跳台滑雪场地），采访报道了萨拉热窝雪上运动发展及天津和萨市在这方面的合作情况。

结束波黑行程，一行人来到了英国利物浦。他们首先在这个英国老城拜会了驻曼彻斯特总领馆，采访了相关负责同志；接着采访了利物浦市投资贸易署负责人，就友城合作进行报道；并拍摄利物浦港外景，报道城市发展及利物浦港与天津港交流有

英国利物浦风景

关情况。利物浦大学世界有名，和中国国内大学有合作，得把这个拍摄下来详细介绍给国内。利物浦中国城是国内群众感兴趣的，这个也必须拍下来，介绍给国内，让出不了国的人知道中国在英国的影响，也有利于天津精准出口产品到利物浦展售。利物浦的披头士在全世界有名，为表彰这些摇滚先锋为世界摇滚乐做出的杰出贡献，利物浦还建立了披头士博物馆；摇滚乐在中国的年轻人中也很受欢迎，影响力很大，记者们又去著名的披头士博物馆进行拍摄，满足国内喜欢摇滚的披头士迷们。英国是足球发源地，他们的利物浦足球俱乐部在全世界影响很大，在天津的影响也不小，和天津的泰达足球俱乐部有过合作。记者们当然不会放过，去到利物浦足球场地拍摄，走在草坪柔软的球场上，他们畅想着有一天天津足球走向了世界，代表中国参加世界杯。

这四次交流采访活动充分证明，友城媒体行对于创新天津与友城和目标友城之间的创新合作交流方式、丰富合作交流的

俄罗斯伊尔库茨克

领域、充实合作交流的内容、拓展合作交流的渠道、放大合作交流的成果都具有积极作用。下一步，在加强与友城和目标友城政府沟通的基础上，可以进一步拓展资源和渠道，一来可以更好地发挥中国驻当地使领馆的作用，二来可以发挥华人华侨的作用，特别是东南亚地区，华人华侨势力大、资源广，把他们的作用发挥好，可以极大地促进居住国与祖籍国之间的密切联系。协会与高校的影响力也不可小视，他们可以在科技、文化交流领域发挥更大作用。

展望未来，天津市外办准备以更加积极的姿态开展友城更多活动。祝一批批天津媒体看世界陆续成行，让世界知晓天津，把更多的各国城市纳入天津友城，把天津打造成更加开放、更加发达、更加具有生机活力的国际友城！

37 共聚一堂　共享未来

李文家

一张大圆桌，中间镂空的部分摆满了鲜花。圆桌周围有30多把椅子，每把椅子上都正襟危坐着不同面孔的外国友人。圆桌上的每个位置前都摆放着桌牌，桌牌的正反两面印着中英文的国别和城市：日本神户市、千叶市、函馆市，以色列里雄莱锡安市，印尼东爪哇省，荷兰格罗宁根市，波兰罗兹市，芬兰图尔库市，丹麦科灵市……圆桌后方，是一群架着各式各样的录像机和照相机的记者。圆桌上方，悬挂着一条红色条幅，上面赫然写着：2016中国·天津国际友好城市圆桌会开幕式暨欢迎会。这是2016年，天津国际友好城市圆桌会议开幕式的现场，十几个友好城市的市长、议长和嘉宾正围坐在圆桌前，热烈地讨论着友城合作的过去与未来。他们的脸上洋溢着兴奋的表情，时而发言，时而专注地倾听。因为不远万里来到天津相聚，对每个人来讲，都是共话未来的良好契机。

直到将波兰罗兹市的副市长伊雷涅兹先生送到会场的座位上，晓娟才长长地舒了一口气。作为专门负责波兰罗兹市代表团的联络员，晓娟来自天津外国语大学。外语专业的她，对这样的实习机会倍加珍惜。但联络员的工作并不轻松，不仅要知晓圆桌会议所有议程的各个环节，还要衔接罗兹市代表团在津的所有行程安排，还有一项重要任务就是要在最短的时间内尽快熟悉代表团内的所有成员，以便保证在活动中不落人、不误事。这对晓娟来讲稍有难度，因为在她眼里，欧洲人的样子好像都差不多，可能欧洲人对亚洲人也是“傻傻分不清”吧。还好，副市长先生人很亲切，代表团的每个成员对晓娟都很友好，这让代表团访津的行程还算顺利。不过早上参会前的“小插曲”着实让晓娟吓出了一身冷汗。

2016年天津国际友好城市圆桌会议开幕式

本来说好的一早8点30分代表团从酒店出发，正式会议开始的时间是9点。重要贵宾需要8点50分入场，酒店离会场乘车只有几分钟的时间。可就在代表团都上车后，团里的一位女士突然说忘带了重要的东西，要回酒店房间去拿。副市长及所有成员只好在车里等候。利用这个时间，副市长先生和晓娟津津有味地聊起了罗兹市。作为波兰的首府，罗兹市是重要的工业城市，它位于波兰的中部，有着重要的地理位置。天津市和罗兹市于

1994年建立友好城市关系，两个城市的交往非常密切，尤其是在艺术领域。2010年，天津市的舞蹈演员去罗兹市参加第三届波兰舞蹈节，表演了非常精彩的舞蹈，十分成功。说到这里，副市长先生竖起了大拇指。晓娟下意识地看了看表，已经过去了两分钟，那位女士还没下来。副市长先生继续对晓娟说："晓娟，你知道吗？罗兹也召开过这样的友城会议，那是在2011年，罗兹举办了罗兹友好城市市长会议，天津的代表团还参加过会议。我们觉得友城会议是一种非常好的交流形式。2012年，我们的市长汉娜·茨莲诺弗丝卡女士来天津参加过友城圆桌会。这一次，我来参会，就是想推动更多的合作。"说到这时，那位女士刚好回到了车上。车子开始发动，比预定的时间晚了5分钟。再加上路上稍有堵车，到达会议现场时，正好是8点50分。晓娟急忙带着副市长先生步入会场，找到座位安顿坐下。会议开始后，晓娟在会场外等候。她禁不住上网查了一下罗兹市，副市长先生

芬兰图尔库夜景

波兰罗兹传统建筑

丹麦科灵市卡尔丁城堡

的话让她对这个陌生的城市产生了好奇，她憧憬着未来有一天能去这个美丽的城市看看，那时她会骄傲地对这个城市说："嗨，罗兹，我来自天津！"

和晓娟一起担任此次圆桌会议联络员的还有文静，她负责的是丹麦科灵市的代表团。相比于晓娟，文静的经验稍丰富些。此次来访的科灵市市长鲁埃尔先生此前曾来过天津，在风光秀美的天津武清，有一家中丹合资的企业——丹佛斯，科灵与武清也是天津首对区级结好的友城。当汽车行驶在风景旖旎的翠亨路，鲁埃尔先生情不自禁地泊车，徜徉在绿荫与花香之间，还饶有兴致地告诉同行的人，他曾经在这里拍过照片。鲁埃尔先生和代表团是昨天才到的天津，许是水土不服，鲁埃尔先生昨晚感到身体不适。文静很担心会影响他今天参加圆桌会，昨晚特意和组委会报告了情况，组委会准备了很多应急药品。文静送给鲁埃尔先生时，他说要早早地休息。可文静还是感到有些不安。今天一早，文静很早来到代表团下榻的酒店。当鲁埃尔先生和随行人员从电梯走出来时，文静关切地上前询问他的病情，鲁埃尔先生耸了耸肩膀，微笑着说："放心吧，我不会轻易错过这样一个相聚的时刻！"

当文静把鲁埃尔先生带入会场时，鲁埃尔先生的座位上，摆放了一些应急药品和一杯白开水，这显然是特意准备的。鲁埃尔先生非常感动，转过头来对文静说："文静，请你转告主办方，我非常感谢天津的热情接待，我很感动，让我像回到家一样。我一定会和科灵更多的我的同事，再次来到天津，来这里和更多的部门洽谈合作。我喜欢天津、喜欢武清。谢谢你们！"鲁埃尔先生脸上满是感激的神情给文静留下了深刻的印象。文静也许不知道，从此之后，鲁埃尔先生实现了他的诺言，他曾多次率领科灵的朋友们访问天津、访问武清，与天津在经贸、科技、环保、水务、教育、文化等领域开展了全方位的合作。武清与科灵一对区级结好的友城也在他们彼此互相的往来之间，共绘友谊的经纬。

会场内掌声响起，这是圆桌会议中场休息。玉杰从会场内走了出来，倒了一杯咖啡，然后走向甜点区。他挑了几块最爱的甜点，一抬头，猛然看见一位身材高大的男士笑眯眯地看着他，他下意识地点了点头，微笑着和他聊了起来。这位男士来自芬兰图尔库市，名叫比尔，这次跟随图尔库市市长参加圆桌会议。一听到图尔库市，玉杰顿时来了精神，立刻想起了他2011年带着非遗文化作品去图尔库参展的往事。

“你去过图尔库吗？”比尔有些诧异地问道。“当然啦，那是2011年，我们应图尔库市政府的邀请，去参加第五十届芬兰图尔库国际展会。我当时在文化局，我们代表团一共8个人，都是天津的文化专家，带去的非遗文化作品有京剧脸谱、泥人张彩塑、风筝魏风筝，还有农民画、杨柳青年画、老美华的一些中式鞋和服装以及鱼骨画、芦苇画、小工艺娃娃、小钥匙扣等。那次展会非常成功，芬兰人很喜欢这些来自万里之外的天津的文化艺术品。我们还有两位画家现场在扇面上作画，效果非常好啊。”“芬兰是一个艺术氛围很浓厚的国家，”比尔兴奋得一边做着手势，一边高兴地回答道，“图尔库人都喜欢这样有特色的艺术品，我可以想象你们当时的场景，真的太棒啦！哦，对了，你可以教我在扇子上画画吗？”玉杰哈哈大笑起来：“我会画一点儿，可是不如我的朋友画得好。有机会我可以给你介绍我的朋友。”“太好啦！”比尔笑了起来。两个人越聊越高兴，似乎忘记了时间。

会场内再次响起了热烈的掌声，参会嘉宾一致通过了《中国·天津国际友好城市圆桌会议备忘录》，这是参会的各友城代表就继续深化友城交流合作，共同推动城市建设与发展达成的共识。大家一致同意，坚持“共商、共建、共享”的原则，共同推动产业投资、能源资源、贸易金融、基础设施、文化教育等领域的合作，建立长期合作关系，实现立体化、网络化、可持续的友好交流，建设经济互补、文化包容、民心相通的命运共同体。

中国·天津国际友好城市圆桌会议是以推动友城合作为宗旨的国际交流平台，自创立以来，得到了世界各国友城的一致赞誉。会议通过邀请天津各国际友好城市政要齐聚津门，围绕“合作·发展·共赢”等主题，分享城市发展的成功经验，共同寻找应对风险挑战的良方良策，促进智慧的碰撞交融，升华彼此的友谊，推动互利共赢。

2018年，天津再次举办国际友好城市圆桌会议。芬兰图尔库市市长米娜·艾薇女士受邀访津参会。玉杰虽然已经不在文化局工作，但得知消息的他，第一时间报名成了图尔库代表团的联络员。代表团到访当天，玉杰早早地等候在机场。在熙熙攘攘的人群中，他远远地看到一个高大魁梧的身影。紧随图尔库市市长米娜·艾薇女士的身后，正是比尔，他的脸上洋溢着灿烂的笑容，玉杰赶忙走上前去，紧紧地抱住了他。比尔从怀中掏出一把扇子，递给玉杰，玉杰看到扇面上写着两个歪歪扭扭的大字：天津，比尔说：“这是我练习了好久才画出来的呢。”随即两个人哈哈大笑起来……

一张圆桌，圈住的是城市之间的缘分。围坐在圆桌周围的朋友们如同我们围着地球村和谐共生一般。扩大我们的同心圆，做大我们的朋友圈，一张小小的圆桌足以展示天津的魅力，更见证了天津与各个友城之间的深情厚谊。友谊正在这张圆桌上向纵深书写着……

38 与戴利有关的日子

郭强

我的书柜里有一本芝加哥简介，是32开的小册子，很厚、印刷很精美，那是2011年3月美国芝加哥前市长理查德·戴利访问天津时送给我的纪念品。那时我与戴利一起度过了一段难忘而美好的时光。临别之时戴利与我握手合影并赠送芝加哥城市简介纪念册。可惜合影照片不知去向，只剩下小册子留作纪念了。每当我翻开这本小册子，总能想到和戴利一起在津城的日子。

2011年3月，应中国人民对外友好协会邀请，戴利市长访华并于3月23日访问天津。戴利于1989年首次当选芝加哥市长，之后连续担任芝加哥市长二十二年，一贯对华友好。在他访津前，我们与芝加哥市长办公室和国际关系办公室的工作人员一直保持着热线联系。按照以往的经验，我本以为礼宾工作只有亚洲国家才特别重视，美国地方政府对这些程序方面都比较随意，出乎意料的是芝加哥方面却高度重视、格外认真，一个细节、一个细节地与我们抠日程、对点位、排活动，这让我没有想到。那时没有智能手机，我只有一个能收发邮件的诺基亚手机，

美国芝加哥夜景

芝加哥国际关系办公室主任艾琳·哈贝尔从2月份就不停给我发邮件，到了3月份更是每日必催，不断要求“Keep me posted ASAP！！！”那几天我一个老同事病危住院，我有时晚上下班要去医院住院部看他，有一次在出租车上我不停地接芝加哥方面打来的电话，开车的司机最后忍不住问我，您住院的那个外国哥们儿是快不行了吗？看您大晚上急得直说外国话。听完后我真是哭笑不得。

更让我出乎意料的是到了3月中旬，芝加哥方面甚至派出了一个先遣组先期来华，把市长要走的线路提前都走一遍，然后原地等市长来访。看来“打前站”不光是我们的习惯，后来我跟芝加哥政府工作人员聊天才知道，戴利市长在芝加哥威望很高，担任芝加哥市长二十二年，是芝加哥任期最长的市长，2005年被《时代》杂志评选为“全美最伟大的市长”，2011年5月戴利将卸任市长职务，此次访问是他任内最后出访，故芝加哥方面格外重视。而且随同市长出访的诸多工作人员回国后将下岗再就业，因为新市长将另起炉灶，另组工作班子。通过这个介绍让我对戴利有了新的认识，也对美国地方政府的运作有了新的了解。

芝加哥政府先遣组来津让我记忆最深的就是那天的日子——2011年3月11日。那天中午我与同事与先遣组吃午饭，就餐期间突然传来日本大地震的消息，芝加哥几位客人当时目瞪口呆，不停祈祷，她们好像是刚刚从日本转机过来的，看来真

美国芝加哥风景

是太幸运了。

前期准备工作虽然紧张，赶上日本大地震也算有惊无险，戴利市长来访由于双方密切配合，准备充分，行程一切顺利。我全程参与了此次活动。戴利已经六十九岁了，但身体健壮、嗓音洪亮，而且非常健谈，也很平易近人。谈起此访为什么选择天津，他表示最看重天津的制造业基础及天津作为中国北方唯一深水港的地理优势。他认为天津正在成为中国先进制造业基地，特别

美国芝加哥街景

是在物流、轮船运输及金融服务领域与芝加哥城市定位相契合。关于与中国的友好关系，他表示长期以来自己一直致力于推动中美关系发展，并一直将芝加哥打造成为“对中国最友好的城市”。“芝加哥－中国友谊项目”正式启动，与中国发展友好关系已经成为芝加哥的共识，不会因为市长的更替而改变。他表示卸任前还将来华与相关城市市长会面，与中国建立更广泛的长期合作关系，使芝加哥对华合作更上一层楼。戴利市长还自豪地介绍了芝加哥诞生的诸多世界第一：旱冰鞋、高架铁道、爆米花、拉链、麦当劳快餐店以及“五一”国际劳动节等。

屈指算来，戴利市长访津已逾十年了，但至今我都认为他讲的那些话一点儿也不过时，因为他代表了一批美国政治家和人民的心声。我的朋友戴利，你在芝加哥还好吗？

39 跨越大洋的友谊

王彦慧

2005年我进入天津市外办工作，成为一名外事“萌新”。外事工作说起来高上大，但是实操起来琐琐碎碎，每天忙忙碌碌地收邮件、发邮件、报文、发件、接待来访的代表团，总之在前辈的指导下忙得不亦乐乎。和友城联系是工作中的重点，一天同事拿过来一份邮件，是从美国寄来的，对我说：“这是费城市长寄来的信，翻译出来。费城是咱们的友城，交往很密切，今后多和费城交流，主要的联系人是南希，费城有啥事都可以找南希。”这是我第一次知道费城是天津的友城，也是第一次听到南希这个名字。我联想想到流行语叫：有困难找警察。我偷笑了一下，难道南希是费城的“警察”，有啥事都能找她？后来在同事的介绍中，南希的形象逐渐清晰，她是国际访问者学会的主任。国际访问者学会是由美国国务院设立的半官方机构，顾名思义这是一个专门接待“international visitors”的机构，费城市政府委托他们负责费城的国际友城项目，所以南希就约等于费城外办的主任。“南希年纪很大了，她对友城项目很热情，而且在费城人脉很广，几乎认识费城所有的人。”同事又介绍道。从那时起，南希，在我心里就模模糊糊是一个神通广大的外国老夫人形象。

慢慢地我开始独立跟费城联系，与南希的邮件往来更加频繁。南希确实“神通广大”，所有费城的代表团都会通过南希，再由南希介绍到天津来。几年间芭蕾舞代表团、交响乐团、男童合唱团、艺术大学代表团、图书馆代表团等，还有许许多多公司代表团纷纷由南希介绍到访天津，友城交往丰富多彩。可是，我一直也没得亲见南希，心中那个神通广大的老夫人的形象越发神秘。

真正见识到南希的“神通广大”是在一次出差中。那次我作为工作人员和翻译跟随一位市领导同志访问美国，领导日程紧张，没有到费城访问的计划，只是从华盛顿到纽约途中在费城的郊区吃个午餐。说到这里，不得不介绍一下费城的位置，它恰好就在华盛顿和纽约的中间，一个是国家首都、政治中心，一

费城风景

个是大都市、世界的金融中心，费城距离这两个中心位置都挺近、交通便利，但两大中心也夺走不少费城的风头和资源。安排行程时，我没有告诉南希要去，只是找了当地的地接安排好车并订好餐厅。而令人惊喜的是，我们甫一抵达餐厅，就看到一个身影等在那里，一袭白色西服套装，而鞋子、手包、项链，甚至指甲和口红都是一致的鲜红色，精明干练又不失优雅精致，“Hi，我是南希，你们是天津代表团吗？”她温暖地笑着，眼睛亮闪闪的，这哪是个老夫人呀？看样子也就四十不到。“是的，南希你好，我是Vivian，天津外办的。”“Vivian！太好了，终于见到你了，和你发了这么多邮件，终于见面了！”说着南希给了我一个大大的拥抱。我把南希介绍给市领导，南希款款说道：“我听餐厅老板说有天津的代表团来了，我过来问声好。我已经和餐厅老板说过了，他会好好照顾你们的。祝你们在美国出差愉快！”南希和

美国费城街景

我们愉快地聊了聊便开车返回市区了。这下不仅是我，整个代表团的人都在谈论这“老夫人”的神通广大，这成为我们整个旅行中一个温暖的插曲。

我和南希最深的一次交流是市主要领导要率团访问费城的那次。市领导，特别是市主要领导的出访，可不像说走就走的旅行那么简单，往往提前半年就要开始筹划准备。这次代表团到费城有好几场活动，包括与费城市长会面、午餐会、经贸交流会等。作为费城的主要联系人，我责无旁贷地和南希开展了马拉松式的邮件交流，也体会到了南希的敬业和细致。天津与费城时差12小时，黑白颠倒，每天早上一上班我就会看到南希前一天下班前发来的邮件，我白天工作推动，对邮件里的问题一一作答，再把我的问题写在邮件里，下班前发给南希，第二天再次循环。有时候事情紧急，南希即便是夜里一两点钟了也会很快回复我。

美国费城风景

从代表团乘车、下榻酒店、会谈的地点、座位的摆放、菜单的设置等，每一个细节一一落实，沟通流畅，效率还很高。一个小细节让我印象深刻，一次邮件中南希向我建议，她把午餐会的菜单提前发给我，由我来统计好每个人的偏好再发给她，“这样中午的时候可以一起把餐上齐，节约时间。”南希在邮件中写道。我在心中深深认同，吃西餐，尤其是比较正式的西餐根本别想“节约时间”。大家坐好先来上一杯开胃酒，边喝边聊，然后侍者才会慢悠悠地为每一个人递上菜单，再进行介绍，再由每个人点自己想吃的餐食，这么一圈下来一个小时就过去了。上了一道菜，还要等每个人都用完，才能上下一道，你要是为了图快没吃完就把刀叉放在一边要求收盘，侍者还会关切地问你为什么没吃完呢，是不是不合胃口。一顿饭下来得三四个小时，外国人很享受这样的过程，觉得很放松，而对中国人来说，尤其是公务出访的代表团，就很难了，本来日程就紧张，后面还有安排，所以出差时就经常会有工作人员不停地催促侍者赶紧撤盘、上下一道菜，让人家很不适应也有些尴尬。南希主动提出解决方案，可见她对于这种差异的理解并愿意从中调和，让双方都感到舒适。终于，在我们高效且细致的沟通下，整场活动流畅顺利，获得双方领导的认可。午餐会上，费城市长让南希讲话，南希对代表团表示了欢迎，然后眼睛看向了我，“我要特别感谢Vivian，今天访问的成功离不开她辛勤的工作和高效的沟通。每天我和Vivian都互通邮件，我每天早上醒来就看她的邮件，看看她给我提出了什么问题，晚上入睡前也在看她的邮件，看看她有没有解答我的问题，这段时间我和Vivian的交流比和我丈夫都多

（笑）。”当时我坐在那里感觉脸上有些发烧，作为一名工作中的“小字辈”，被外方当众这么表扬还真是不习惯，有点尴尬，但是又因南希对我的认可感到很开心。当我抬头看向南希，看到她正朝我笑着，还调皮地眨了眨眼……

南希女士

最后一次见到南希是在她陪同费城市长访问天津，她为我新出生的宝宝带来了一本英语绘本，还在扉页上写了长长的一段话，大意是希望我的孩子能像我一样学好英语继续做两种文化的沟通桥梁。她对我说：“Vivian，你知道吗？这是我最后一次工作出差了，回去我就要退休啦！我要和我丈夫去小岛上生活，好好享受人生。不要忘了我呀，要记得给我发你和宝宝的照片，我们是永远的朋友！”我听了既为她能和家人共享天伦感到高兴，又有深深的不舍，和她一起工作、一起推动天津和费城的交往是一件多么愉快的事情！趁她在天津的两天，我自己用一个翡翠平安扣给南希编织了一条项链。我给南希讲了平安扣的寓意——平安、圆满，给她戴上时南希很感动，紧紧拥抱了我。虽然远隔重洋，但因为友城成就了我们这一对挚友，因为友情，我们为友城架起了一座座桥梁。我想，有这样一座座的桥梁一定还会成就友城间更多的友情，开出更多美丽的花朵，结出更加丰硕的果实！

40 友谊门下传佳话

杨伯良

牌楼是中国建筑文化的独特景观，是由中国文化诞生的特色建筑，又是中国特有的建筑艺术和文化载体。在园林、寺观、宫苑、陵墓和街道均有建造，是一种有柱门形构筑物，一般较高大，有木、石、砖、琉璃几种，一般都设在要道入口。千百年来，牌楼繁衍发展，不仅遍及华夏大地，还远涉重洋，屹立于异国他乡，被视为中华文化的一个标识。英国曼彻斯特唐人街中心就竖立着一座“曼彻斯特中国城”中英文字样的牌楼；美国首都华盛顿的华埠商业区也矗立着一座美国最大的中国式牌楼；日本横滨市的中华街有七座颜色不同的中国牌楼；加拿大唐人街建有“中华门”牌楼；伦敦的爵禄街头街尾及麦高田街，在1997年香港回归前建立了一座高大的中国牌楼……可以说，世界上几乎所有大城市的唐人街入口都有中国牌楼，它是华人社区的标志性建筑。

费城的牌楼亦是如此。当年，天津的工匠们来到费城，以天津市文庙前建于明万历年间的牌楼为蓝本，在唐人街搭起了一座友谊牌楼。这座牌楼高14.3米，重80吨，绿瓦红柱，雕龙画凤，绚丽多彩，金碧辉煌，飞檐翘角，气势非常雄伟，十分豪华壮观，牌楼上“费城华埠”四个大字熠熠生辉，洋溢着古老而又鲜明的中华民族建筑风格，耸立在游人如织的唐人街口，被人们称为“友谊门”。穿过牌楼，走进唐人街，你立即就能感受到浓郁的华夏气氛，宛若置身于神州古城之中。这座牌楼的落成，成为天津与费城两市友谊的标志。当地人从纽约开车到华盛顿400公里，费城正好在中间200公里处。一天24小时，车流不断，早晨8点从纽约出发，11点多就到费城，一般都在费城吃顿午餐，好多人特别是华人就到费城的唐人街去吃饭，一进唐人街必从友谊门下通过，以至于后来凡是到费城旅游的人都必定来“费城华埠”牌楼看看并拍照留念。可以说，这座牌楼既体现了华裔的团结、自尊和归属感，又促进了当地的旅游观光，增加了唐人街的美观、活力及文化魅力。自牌楼建成后，这里一直是当地

牌楼

华人聚集的重要地点，在牌楼前举行过各种各样的大型活动。牌楼给费城带来人气，费城人也特别重视这个建筑。

2003年，牌楼二十岁了，没想到牌楼出了问题。一是漏水，因为美国琉璃瓦是用纸纤维做的，热胀冷缩，一下雨就漏水。二是漆皮开始脱落，看着不美观了。费城先后指派工程技术人员修了好几次，花了50多万美元，就是修不好，一下雨照常漏水，油漆也起皮了，表面斑驳，费城市政府指派了好几拨人马进行修缮，结果都不理想，只好求助天津帮助修缮。天津市外办给市政府打了报告，市政府决定应费城市政府要求，派一个工程队过去帮助维修。先是组建一个工作小组，去考察一下。带队的有天津市外办、市建委相关人员，还有修缮专家李瑞森和六名古建筑师。

到达费城的当天晚上，当地中国城开发公司的陈总经理，在唐人街召开对接会，把牌楼存在的问题提了出来。李瑞森说，还需明天现场看一下。转天上午，修缮小组经过现场考察和研究，根据质量要求制定了修缮方案，采取传统的一麻五灰操作工艺。然后，修缮小组在市政府要员和当地华人代表的陪同下，参观了独立宫、自由钟、国家独立历史公园、独立大道、富兰克林博物馆等名胜。

第二天下午两点，一辆吊车用长臂把李瑞森举上去查看，李瑞森看完以后便指出需要修缮的重点，然后告诉大家，美国产的纤维琉璃瓦不行，热胀冷缩，肯定漏水。而中国琉璃瓦的原料是优质矿石，经过筛选和粉碎，高压后成型，高温烧制，所用的釉是生铅釉，具有强度高、平整度好、吸水率极低、抗折、抗冻、耐酸、耐碱、永不褪色、永不风化等优点。

李瑞森满脸自豪地说，虽然美国产的室外专用油漆有其特点，但刷在中国牌楼上却不行，因为底层处理工艺不一样，中国牌楼用的是老祖宗几千年传承下来的工艺，就是拿猪血桐油混麻打底。而且猪血还有讲究，得要刚刚杀死的猪还有一口气时放出来的血，虽然听起来有点儿神乎其神，但中国建筑物上的涂漆都很精致，就是因为采用的是传统工艺。

从美国回来后，修缮牌楼的工程就交给了李瑞森儿子的公司。虽然说修缮牌楼是他们公司的拿手绝活儿，但却遇到一个不好解决的难题：修缮牌楼需要用中国桐油，而美国法律认定桐油是违禁品，因为航空有毒性，美国海关不让进。有关部门咨询了好几个州，都不行，还有一个州将桐油定为走私品。经过再三周折，最终把所需要的桐油带到了费城。还有琉璃瓦，从中国运到费城也是费了很大周折。

材料运到后，马上开始了紧张的施工。他们先进行捉缝灰、扫荡灰，然后使麻、再压麻灰、中灰和细灰，最后进行磨细钻生。这道工序需要三个人流水操作。然后砸麻，这道工序又叫砸干轧，粘完麻后用木压子先从阴角边沿着手轧，然后后轧大面两侧，前面一人把头浆砸匀，把麻砸倒，后面一人跟着干轧，使之层层轧实。再然后就刷二遍黏结浆，这道工序的行话叫“洒生”或“潲生”，就是在麻面上刷一道1:1.5的油墙面浆料，以不露干麻为度，不可过多。趁潮湿将麻翻虚，但不要兜底翻起，看干麻浸透程度和是不是有存浆现象，随刷随轧，将内部的余浆挤出来，把干麻浸透，不然干后会有空鼓的毛病。再进行严格检查，如果发现有窝浆，必须挤出来，有干麻就补浆、轧实，有露底的地方还要补麻，再轧一遍，所有的麻都收齐，为的是防止吸潮后油灰粉化。

给牌楼彩绘上色很关键，首先是打金胶，在按照尺寸配置金箔贴在金胶油上。金箔贴好后用油拴扣本色油涂一遍，经久不变颜色。牌楼的彩绘刷色是一项繁重工作，而且传统彩画又有调色规律，不能出半点差错。用的颜料有：铅粉、银朱、土红、樟丹、石黄、雌黄、铬黄、伏青、砂绿、洋绿等。为此，老师傅说，为啥咱中国牌楼的色彩多年不褪色，因为用的是矿物颜料。说着，老先生还念出一首“颜色歌”：一米黄、二淡青、三香色、四硝红、五粉紫、六绿、七青、八黄、九紫、十黑、十一红。这些术语对外行人来讲是越听越糊涂，外国人听了更是一头雾水。涂完油后用羊毫笔把金粉轻轻扫在金胶油表面。中国工匠通过灵巧的操作，克服了语言不通、材料不全等问题，圆满完成了修缮工作，使这座牌楼重现往日的光彩。

修缮完毕后，费城市长纳特接见了工程技术人员。《费城问讯报》和当地电视台进行现场跟踪拍摄和报道，中国中央电视台也进行了报道。这座“友谊门”牌楼成了双方友好城市关系的最好见证。

41 天津通往俄勒冈州的桥梁

——《白蛇传》

刘晓珍

岁月不居，时节如流，天津和美国俄勒冈州结好已八年。八载春华秋实，两个城市以经济、文化互通往来作为桥梁，为中美两国、天津和俄州两个城市的友好往来谱写了一曲曲动人篇章。

2012年6月，美国俄勒冈州南部的阿什兰市，气温和我们国内一样炎热，然而一年一度在这里举办的莎士比亚戏剧节上依然人头攒动，且气氛比往年还要火爆，因为天津市青年京剧团带来的经典剧目《白蛇传·断桥》将在这里上演。空旷的露天表演场地上，不但围满了衣着体面的参赞、议员、律师、医生等精英人群，还有不少印第安朋友也从部落里赶来观看表演。站在舞台中央扮演白蛇、许仙和青蛇的演员们，在表演间隙观察着观众表情，当看到个个都专注投入合着剧情悲喜交加时，提着的一颗心才缓缓放下，他们轻舒一口气，更加投入充满激情的表演。

为这次出国演出，剧团的参与人员怀着一颗忐忑的心筹备了半年之久。以白蛇扮演者赵秀君等为首的天津市青年京剧团的

《白蛇传》演员与国际友人合照

众多演职员，作为国内京剧的顶级演员、中国文化对外交流推广的使者，每个人都走南闯北，去过多个国家的多个城市演出，可接到去美国俄州莎士比亚戏剧节参加演出的任务，全团上下还是都绷紧了弦，每个人都提着一口气。这次演出可不是一次单纯的文化交流活动，时任中国国家领导人到访俄州，在俄州中国国际友城理事会主席蓝进、副主席刘美如陪同下，为12所孔子课堂揭牌，国家领导人也获悉莎士比亚戏剧节将在这里举办。莎士比亚戏剧节是世界级的戏剧大赛，俄州阿什兰市从1935年起就开始举办这个戏剧节，戏剧节不但影响力大还跨度漫长，每年有近九个月时间都在上演莎士比亚戏剧和其他各国的优秀剧目，年均演出达700多场次，每年世界各地有40万人次观众前来观看。各参赛国家报送的戏剧剧目得在前一年就报送上来，戏剧节的世界顶级评委从报送的所有剧目里挑选出来够格参赛作品，发出邀请，得到邀请才能来参加比赛。

在决定选送什么剧目去参赛时，天津市青年京剧团开始意见并不统一，有人主张送武戏去，理由是汉语外国人根本听不懂。京剧余韵绵长的歌词、精准的唱腔唱词在他们听来就像是天书，而扮相不是大红大黑的花脸就是黑白分明的丑脸，在舞台上踢过来打过去、翻跟头折个子的热闹武戏即便听不懂唱词唱腔，看热闹也能看个八九不离十，更容易获得认同。以往京剧走出国门为保险起见大多是选武戏，这方面的成功经验也很多，《武家坡》《时迁偷鸡》，无论是到意大利、英国、法国还是南美演出，都会赢得阵阵喝彩。主张送文戏参赛的人也有自己的观点：保险的不一定是最优秀的，相比热闹取胜的武戏来说，当然是文戏的艺术审美价值更高，像《霸王别姬》《杜十娘》《白蛇传》……优秀的中国京剧剧目很多，出去就是为了宣传推广我们的文化，为什么不把艺术感染力最佳的作品拿出去展示？至于说语言不通是最大障碍，看怎么看待这个问题了。美国的歌剧、帕瓦罗蒂的意大利歌剧、黑人的说唱摇滚大多数中国人也听不懂，但在国内演出不也博得满堂彩？戏剧不单靠说唱打动观众，演员用神态、情绪、肢体动作表达出来的情感，再加上和内容相辅相成的音乐的衬托，相信各国观众都能理解。当时的团领导觉得这个思路很好，艺术无国界，艺术直通人的内心，而人心是相通的。出国演出不能带太多的行头道具，就把最精粹的拿出来，剧团决定把《白蛇传》中人物道具少、情节却最精彩最具感染力的《断桥》一折送到戏剧节参赛。优秀的艺术果然征服了戏剧节的各位评委，他们向天津市青年京剧团发出了邀请。

京剧团一行30多人来到了俄勒冈州阿什兰市。他们来了才知道，戏剧节还推出了美国“莎士比亚版”的话剧《白蛇传》，由托尼奖得主玛丽·齐默尔曼导演、美国艺术家们创作并演出。赵秀君和随团的所有人员心里不由得一惊，暗忖这不是打起了无形擂台赛吗！所有的演职员都横下一条心：同台竞赛也不怕，一定要演出京剧的最美滋味来。一行人住进当地安排的小酒店，条件有限大家不在乎，把行李安放好，其他人就忙着去看场地，布置舞台，唯有演白蛇、许仙、青蛇的三个台柱子倒头就睡。就要上台演出，他们从老师张君秋那里传承来的：无论演什么，在哪里演，为谁演，戏就是天，戏大过天，一个演员要做到的就是全身心投入演出，以最饱满的状态出现在舞台上。从天津飞俄州，几十个小时的旅程，他们落地的首要任务是补觉、倒时差。睡了10个小时，赵秀君醒了，要喝水润嗓子，怎么也没想到壶里倒出的、水龙头流出的都是冷水，原来本地人根本不喝热水，到处都找不到热水。京剧演员的嗓子比眼珠子还宝贵，得忌生冷、辛辣、烟酒，忌一切刺激，赵秀君打唱戏起就没喝过冷水，没吃过冰食物，这马上要上场，喝冷水倒了嗓子怎么能成？美国人不喝热水，连热水壶都找不到，团里人灵机一动，拿煮泡面的小锅烧了热水端给赵秀君，开玩笑说：“咱们原汁原味的白蛇不能一出场自己倒了台，那怎么成？”

喝了水，赵秀君刚开始运气吊嗓，门被拍得啪啪直响，赵秀君瞪着眼望着不知道哪里跑来的陌生人连比画带嚷的不知是啥意思，叫来随团翻译才搞明白，人家说旅馆是休息的地方，需要安静，她不能在这里“大声喧哗”。搞明白了，团里人忙出去给她四处找排练的地方，这个地方偏僻，除了下榻的旅馆就是前面的表演场地，再找不到背人安静的吊嗓子地界。四下里转了半天，大家把赵秀君领到舞台旁边的简易化妆间，有人说：“这里

美国俄勒冈州风景

是可以放心用的地方，就是简陋了点。也不安静，四周都是走来走去的人……”赵秀君镇定地走进去，临关门前笑眯眯地对大家说：“戏比天大，在异国他乡能找到个敞开嗓子的地方就不容易，您说不是吗？”

轮到《白蛇传·断桥》上场了，这天一大早，全体演职人员的心都提得高高的，虽然自己觉得这个戏是顶级艺术，可毕竟是演给外国人看的，人家接受吗？会来吗？要是演出场地没人来、冷冷清清可怎么办？冷场可是自己砸自己的场子啊！既然已经来参赛也顾不得那么多了，就是一个观众没有也得照常演，待白蛇、许仙、青蛇穿戴好行头从化妆间出来，他们的心顿时火热澎湃：偌大的演出场地挤满了四处赶来的热情观众，虽然听不懂他们说什么，但可以看出他们十分期待马上开始的演出。随行的石武先生为了达到最佳演出效果，用纯正的英语介绍：“这是一出凄美、流传久远的爱情悲剧故事，也是一个美丽的神话传说：美丽的神仙女子白蛇追求和凡人年轻男子许仙的爱情，却被法海这个封建道士从中阻挠，有一颗善良心的青蛇全力帮助他们，他们依然历经无数波折，遭受百般磨难……虽然他们的爱情最后以悲剧结尾，但他们为了爱情抗争的精神打动了无数人，成为传世美谈……”台下观众的心顿时被吊起来，每个人眼里都充满期待神情。

京剧团的完美演出在俄州引起巨大反响，再加上美国福特汽车从波特兰港经由天津港进入中国市场销售，一下子将俄州和天津的距离拉近了，将中美两国的距离拉近。有了良好开端，天津和俄州的交流大幕拉开，每年都有俄州议会代表团来天津访问，天津也派出代表团回访。天津书法家的书法作品在当地获了奖并到俄州进行关于汉字文化的讲座，书法家没有领取这些讲课费和奖金，而是拿这些钱设立了奖学金，奖励在俄州学习中国文化的各国留学生。天津的华夏未来儿童艺术表演也积极走出去，到俄州演出展示，这些经济文化交流活动从各个阶层，让天津与俄州的友谊越发深厚，他们在交流中各自发展，也在交流中共同携手前进。遥望未来的路，天津还将与俄州携手并肩，共同书写两城友好的佳话。

42 留在马德普拉塔的思念

李晓楠

回忆就像是黏稠的酒将醇香留在最深处，一旦触碰那清晰的画面，就会勾起无限的思念。张志是第一批文化交流友好人士，曾经作为天津访问团团长踏上了阿根廷马德普拉塔市那座海滨城市，亲身体会了那里的风景、美食，那里的人和那里的空气，他的讲述中渗透着天津市与马德普拉塔市两座友好城市的点点滴滴。

1997年，天津与马德普拉塔握手成为漂洋过海的“伙伴儿”，开始了友好城市的亲密往来。在众多交流的城市中，张志对马德普拉塔印象最为深刻，源于在促进两座城市的交流与合作中付出自己的努力以及交流过程的和谐、顺畅。张志是土生土长的天津人，对天津有着深厚的感情和深度的思考。如何将天津的地域文化，以及中国文化的内涵、魅力带到大洋彼岸，这是他出发前就思考的问题。在他的讲述中，南美热带风景如在眼前，对马德普拉塔的记忆深深刻在心里。

马德普拉塔意为“银海”，是著名的海滨避暑胜地，位于布宜诺斯艾利斯以南370千米处，是大西洋沿岸的海滨城市，阿根廷人首选的度假地。原为渔村，1907年设市，海滩长达8千米，被誉为“大西洋明珠”，面积79.48平方千米，人口只有54万，可以说是典型的地广人稀的地方。那里的人们生活惬意，仿佛有火焰般的热情和永远不缺少快乐的爽朗。城市建筑以欧式为主，广场随处可见，悠闲的人们自由享受生活带来的美好，慢节奏的生活，也促成了当地人的友善和温和。在整体城市规划上，显示了他们超前的意识和对未来发展的思考。这些年来，城市始终在不断地向外扩展，几乎没有老城的改造。在当时布宜诺斯艾利斯的城市道路规划就是单向八车道，这在当今恐怕也是很多城市无法比拟的。从古老的市中心到外延新城的发展无不体现着

阿根廷马德普拉塔海滨

马德普拉塔海狮石像

现代化城市在历史变迁中的发展与繁华，也见证了当地人的聪明才智。而马德普拉塔市也同样在城市规划上凸显了超前的思维设计和整齐划一的建筑风格，让每一位亲临者难以忘怀。一座城市就是一张名片，一座城市就是一道风景。马德普拉塔是很多人向往的去处，不仅在过去，还有现在，因为那里充满着诱人的风景，还有当地人的热情与好客。

张志对这座城市最为有趣的理解是“三慢（漫）”：傲慢、浪漫、散漫。傲慢，这是他对这座城市最初的印象也是最深刻的印象。阿根廷人喜欢音乐和热舞，好像生活中就离不开音乐。演出的舞台往往不大，简单的涂鸦背景，简单的舞台设计，表演的大多数是探戈舞，火辣而奔放。据说是乡间骑士将探戈舞进行了改良，他们在舞蹈中掺杂些乡村化、地域化的因素，使之更加的火爆，常常是酒后的狂劲释放。接待天津代表团自然少不了演出。简约的舞台，观众与舞台的距离近得无法想象，视觉中完全是舞者在眼前的全景展示。但舞者并不与观众交流，完全沉浸在自己舞动的世界里，摇摆、甩头，在音乐中完完全全地与音乐融合在一起。在张志的眼里，这是彻头彻尾的那种自我陶醉的傲慢。

说起浪漫，自然是这座城市的主旋律。他们喜爱足球的程度完全让去过那里的人留下难忘的记忆。他们会和你谈论喜欢哪支球队，如果你和他心目中崇拜的球队一样，他会将你视为“自己人”，毫无距离，表现出无比的热情。如果恰恰是他不喜欢的球队，他会马上表露出“敌意”，也许会做出让你尴尬的举动。这种浪漫是纯情的。张志回忆说，他们到农场参观，坐在四轮马车上，农场主会毫无保留地指着眼前一望无垠的草原告诉我们，这些都是他的。在参观途中视线的范围内往往是大片自然形成的森林，郁郁葱葱，蓝天白云和地面的森林成为独特的风景，让大家陶醉其间。马德普拉塔的畜牧业发达，每个农场主不会将牛羊圈养，任由牛羊在草地上漫步，啃食青草，一旦进入了另一个农场主的地域，牛羊自然归对方所有，没有人会为了这些而起纷争，自然也就不存在丢羊丢牛之说了。他们完全是自由浪漫随意的农场主。

在张志的眼里，散漫，起初是认为不礼貌，甚至让他感到对方的不友好。在七天的行程中，他慢慢体会到，那也是一种生活的气息和文化的表露。有一次，回到住宿的地方，他们让大家稍事休息，然后定好时间吃饭。说是说了，时间到了，大家整装待命，却左等也不来，右等也不来。有时会晚到两三个小时，让人哭笑不得。几次的磨合后成为一件乐事。每次提及定会开怀大笑。

在张志的介绍中，那里的每个人都是那样的友好，带着同天津人一样的热情、奔放、幽默诙谐的亲和力，仿佛就像是曾经相识的人的久别重逢。让他没有想到的是，他竟然和那里的军人结了缘，奇妙的经历让他有了更多的谈资，以至于很多人愿意围坐在他的身边，讲那些惟妙惟肖的故事，听得人捧腹大笑，又津津有味。

阿根廷的军队管理实行八小时工作制。下班可以回家，军营门口常有家属迎接亲人，以至于军营门前热闹不已，妻子孩子盼望着下班的亲人，完全是另一种军营的生活，也印证了他们在工作和生活中，每一个缝隙里都塞满了浪漫。应征入伍的士兵不限年龄性别，队列里常有大叔和大嫂操练。

那次，张志先生作为来自中国的贵宾代表有机会参加一次阅兵活动，并应邀到检阅台。说是检阅台其实就是一个半腿高的土台子，各界代表满满当当地挤在台上，前排的来宾不时地看看脚下提防掉下来。军乐队设在对面的高地上，在阅兵正式开始前高奏着欢乐的乐曲。正在这时忽然跑来一群孩子，他们呼啸而过争先恐后地冲向高地，不顾一切地抢夺演奏员手中的乐器，眼瞅着一个个声部断了音儿，有的孩子抢走军鼓槌儿乱敲一通，直至指挥棒被抢，军乐队“全军覆没”。所有来宾包括士兵都喜气洋洋地看着这开心的场面，仪仗队只好在没有音乐的情况下，悄然入场。没有队列节拍，没有军乐奏响，再加上各方队人数、男女、高矮、胖瘦参差不一。热闹的场面，沸腾的人群，仿佛这一切都是那样的自然。这也许就是一种文化的体现，对于孩子们的突然“造访”，没有埋怨和呵斥，一切都是那样的自然，这就是不一样的马德普拉塔。

其间，张志还巧遇了一位年轻帅气的阿根廷军官，对大家讲述了当年马尔维纳斯保卫战。那是在1982年4月到6月间，英国和阿根廷为争夺马岛的主权而爆发的一场战争。

这场战争被视为冷战期间规模最大、战况最激烈的一次海陆空联合作战，虽然阿方因实力不济而受挫，但阿根廷将士们为保卫祖国领土浴血奋战的精神被国人传颂，凡是参战人员都被视为民族英雄。当听说他们来自大洋彼岸的中国，这位军官十分兴奋，又得知天津市和马德普拉塔市是友好城市的时候，这位军官还送给张志先生一枚军队的臂章，并邀请他共进晚餐。

这是友好的邀请，是两座城市在悄然拉近距离的时刻，张志欣然前往。营房的餐厅很大，军营餐厅摆着四张方桌，没有椅子，客人随意组合，悠闲聊天。一下午的活动后，大概都有些饥肠辘辘，大厅里话音渐弱，服务的士兵两人一组抬着一个硕大的南瓜，分别置于各桌中央，那位帅哥军官掀开南瓜盖子，里面是热气腾腾的汤菜，有土豆、番茄、洋葱等，帅哥不无炫耀地宣布："请享用！"整个过程热烈而温馨，虽语言不通，但微笑是真诚

阅兵式

的，美食仿佛成了友好的桥梁。

总有分别的时刻，回首告别的瞬间，随行的每个人都有一种酸楚浮上心头，期盼再次相聚的时刻。张志不时回头，动情地说，我们还会相聚的，欢迎你们到天津做客。深情的告别，伴着漫天的星斗，定格在那个美好的夜晚。

人的一生很难说自己会去多少个国家，很难记住生命中遇到的每一个人。可张志对马德普拉塔的记忆是清晰的。他说，那次的马德普拉塔市访问，是代表天津这座城而为，代表着一千多万天津人民。他有一个想法，想在那里建一个地毯加工厂，天津市曾经是世界第二大地毯生产基地，让两座城市的人民深度交往，文化的、技术的、经济的，融合成共同发展的美好前景。

对于马德普拉塔这座浪漫的城市，天津市外办负责同志同样牵挂着为了友好传递大爱的一个人，她就是阿根廷马德普拉塔国立大学中国、韩国问题研究中心主任梅赛德斯女士。近三十年的交往，她曾三次到天津访问，在她的印象里，天津就像是一个魔幻的空间，每一次都让她感叹这里发展速度之快。她清楚地记得坐落在五大道的意大利西餐厅、瓷房子、周邓纪念馆，以及天津外国语大学里认真、自信的孩子们。

时间无法停止，交流会更加密切，她期待着能够再到天津，她想去滨海图书馆看看，想来，她无时无刻不在关注着天津、理解着天津、祝福着天津。期待着再次的交流，能够为两座城市的未来发展尽力。未来可期。

43 疫情后，漂洋过海去看你

姜桂荣

自1980年，中国和哥伦比亚建交以来，两国关系稳步发展，各领域交流与合作不断扩大，中国连续多年成为哥伦比亚的第二大贸易伙伴。

哥伦比亚的“中国通”

和卢秋先生的交流很顺畅，他的汉语太棒了，是一位名副其实的中国通。更有意思的是，他把双城友好比作恋爱，从开始的相识，发展到相爱，最后相伴，以后就是互帮互助过日子。在他看来，良好的夫妻关系就是互敬互爱，携手度过一生。而中国和哥伦比亚的资源都很丰盛，自然条件颇为匹配；天津市和卡利市都同样历史悠久，越过太平洋牵手，相互的接触和交流已经达到默契。这样的比喻很新颖，也很妥帖，通过进一步采访才知道，他是以自己的亲身体会，梳理出这样并不奇葩的道理。

1986年，卢秋作为留学生来到中国的北京语言大学学习。这是中国唯一一所以对来华留学生进行汉语、中华文化教育为

哥伦比亚卡利市风景

主要任务的国际型大学,素有“小联合国”之称；学校对来中国的学生进行外语、中文、信息科学、经济、艺术等专业的教育。

在他留学的那个年代，有资格、有资本能够出国留学的人很少。无疑，卢秋是执牛耳者。不仅如此，这个典型欧美形象的卢秋还是一个“中国姑爷”，这让我们更感到亲切。

从求学到求婚，作为一个外国人，卢秋不远万里来到中国，积极促进两国友好往来，此番天津市与卡利市的友好缔结，卢秋功不可没。他热爱中国，把此地视为自己的第二故乡，因此一见钟情地爱上了北京姑娘，正像他所说：“当我回到哥伦比亚，就会非常思念中国的家人，‘一日不见如隔三秋’啊。”有时在哥伦比亚的路上听到有人说中国话，就感到非常亲切，恨不能与他们搭讪攀谈。

“一带一路”融合创新的通衢

2019年，天津市高质量融入共建“一带一路”，推动全市融入“一带一路”建设工作走深走实、行稳致远。

近日，哥伦比亚外部大学金融、政府和国际关系学院调查和特别项目中心当代中国研究项目研究员莉娜·卢娜（Lina Luna）通过“中国在拉加地区的经济外交政策第二轮会议”系列讲座，介绍了“一带一路”倡议与拉丁美洲的渊源，以及在该地区的发展和展望。她说：“一带一路”就像一辆疾驰前进的车，越晚登上越糟糕……

卢秋也谈到，中国的“一带一路”使很多国家受益匪浅，哥伦比亚就是其中之一。许多年轻的学子得到中国政府的奖学金，愿意来到中国学习。他希望更多的中国学子，也去哥伦比亚留学。

卢秋夫妇生活照

这样的文化流通，更能促进两国的相互了解，深化友好关系。他还提到，中哥两国的经贸合作前途无量。

2019年以来，中国在哥伦比亚基建投资呈现“多点开花、规模初显”的特点，轨道交通、新能源等是主要投资领域。中资企业中标哥伦比亚首都波哥大的地铁一号线、昆省西部城轨、波哥大市电动公交车等项目，这些直接造福于百姓、备受民众关注的项目，为推动两国经贸合作注入新动能。

哥伦比亚优越的地理位置、友好的营商环境、透明公正的法律体系，也成为两国不断拓宽经贸合作版图的重要基石。哥伦比亚多位高级官员都曾表示，哥伦比亚会积极参与“一带一路”，加强与中方的合作。

孔子学院讲中国故事

卢秋告诉我们，成立于2007年的孔子学院在哥伦比亚影响深远，有许多学生对中国文化非常感兴趣，中国提供优秀汉语老师把中国文化和语言传到哥伦比亚。日前，有10个中国学生来到哥伦比亚，受到当地人民的热情欢迎。

2020年9月8日，由中国驻哥伦比亚使馆、中外语言交流合作中心、哥中友协主办的“汉语桥”第十三届世界中学生中文比赛哥伦比亚赛区的云大赛上，5000多人通过在线平台观看。蒙特梭利孔子课堂学生保罗表达：“面对这次全球突如其来的疫情，中国医疗系统的表现为世界应对公共卫生灾难做出很好的表率！我要去中国学医学。”类似的真情抒发不断涌现。选手们围绕“追梦中文，不负韶华”进行主题演讲和中华才艺展示。

2022年5月4日，哥伦比亚麦德林孔子学院应邀参加了中国驻哥伦比亚大使馆举办的以“讲好中国故事”为主题的线上茶话会。会上，麦德林孔子学院教师介绍了麦德林孔子学院在当地开展汉语教学的工作成果，并从教学设计、文化活动和自身行动三个方面阐述了本院青年教师“讲好中国故事”的实践心得。本院青年教师代表还与参会的其他孔子学院代表以及使馆青年外交官代表就如何举办文化活动、促进文化传播、开展公共外交等话题畅谈了经验和思路，特别是如何面向“Z世代”团体宣传中国理念、制度、道路和文化。

最后，中国驻哥伦比亚大使对孔子学院现阶段取得的成果表示祝贺。孔子学院参会教师纷纷表示：国际中文教育事业是其志向所在，愿意用自己的青春力量唱响中国好声音、传播中国好故事，砥砺奋进、行稳致远。

哥伦比亚的特色市井

卢秋与中国的政府、民间都有交往。他还与当地华人协会主席是好朋友，经常通过微信联系。受到官方邀请，他多次来到天津。正因如此，他在线上经常给卡利市长介绍天津的时报新闻、风俗习惯、人文特点。

大家都知道，天津被称为自行车王国，天津人喜欢以自行车代步。卢秋说：在哥伦比亚骑自行车是要分时段的，有专行道。哥伦比亚首都波哥大是全球最为拥堵的大城市之一，恶劣的出行环境迫使许多当地居民选择骑自行车出行，而波哥大市政府也希望打造一座便于居民骑自行车出行的城市。

跟许多欧洲国家的城市不同，在波哥大，自行车被认为是一种性价比高又好用可靠的交通工具。尤其是在新冠疫情暴发后，为减少公共交通的拥挤、防止病毒的快速传播，波哥大更是加大了对自行车车道建设的投入，以便于市民骑自行车出行。预计到2024年，全市将建成拥有长达280千米的专用自行车道。

天津的饮食文化与哥伦比亚的差异并不太大。首都波哥大有一家“太极饭店”，是很正宗的中国风味餐品饭店，所有店员都是中国人。许多中国人来到哥伦比亚都是先寻找中国饭店，但是很快就会入乡随俗，因为当地盛产南美热带作物，是别具风味的牛油果、最纯正的咖啡的主产区，品种多样而且适口。卢秋的

哥伦比亚猫形雕塑

太太初到婆家，很快就爱上了本地的饭菜。

另外，哥伦比亚独特的地理位置和自然资源的多样性，使得这里拥有1400多种世界稀有的珍稀花卉，兰花是哥伦比亚的国花。卡特兰俗称“五月花”。哥伦比亚的花卉出口到全世界近100个国家，使其成为生产不同类型花卉的理想之地。

卢秋最后特别介绍了卡利的舞蹈，在世界都是非常有名，在国内曾获得过冠军。他们曾经在北京表演过拉丁舞蹈，把拉丁舞的原始美感诠释得淋漓尽致，受到中国观众的热烈欢迎，希望能来天津演出，进行传统文化和艺术交流。

早就知道哥伦比亚是个旅游胜地，再听着卢秋唯美的介绍，真让我们望眼欲穿。我们盼望着能够一饱眼福，更盼望疫情快些过去，能够亲身到哥伦比亚潇洒走一回。

44 抹不掉的蒙得维蒂亚记忆

李晓楠

每个人的记忆中最难忘的莫过于第一次的印象。对于雪梅来讲，乌拉圭蒙得维蒂亚市的那次出访是温暖的记忆。作为天津代表团随行的成员兼翻译，那时她还年轻，对蒙得维蒂亚充满期待，她知道自己肩头的责任是传递友好，将文明、友善、和谐、平安深扎在两座城市，让友谊更加深厚，让友情更加浓郁，让友好更加和谐。

说起蒙得维蒂亚这座海滨城市，雪梅如数家珍。虽然那是近三十年前的事情，回想起来如在眼前。蒙得维蒂亚市，是乌拉圭东岸共和国的首都，年平均气温16.5℃，是乌拉圭最大港口。蒙得维蒂亚被称为拥有最高生活质量的拉丁美洲城市。城市分新城和旧城两部分。旧城保留着西班牙殖民统治时期的建筑风格，以宪法广场为中心。广场上有18世纪建造的天主教教堂。新城现代化的高楼林立，独立广场上矗立着民族英雄阿蒂加斯将军骑马的青铜雕像，旁边是他的陵墓。广场的附近有现代化的萨尔沃大厦和华丽的索利斯剧院，以及1873年创办的自然历史博物馆。沿海有大型的海滨浴场，每年12月8日是乌拉圭的沙滩日，届时，大主教要为大海举行祈祷仪式。

新城主要街道是“7月18日大道”。它像一条大动脉，日夜奔忙，贯穿全城。这条大道是为纪念1830年7月18日宣布乌拉圭第一部宪法而命名的。大道两边同一条条的小街相接，浑然一体，犹如一个大棋盘。这些小街都以乌拉圭的历史人物和各省省名为街名。这也成为这座城市一种特殊的符号。

在雪梅的记忆中，天津市和蒙得维蒂亚市的结缘还要追溯到20世纪90年代，天津市文化代表团一行4人访问蒙得维蒂亚市，举办“中国天津电影周”。电影周共展映天津电影制片厂拍摄的《香魂女》《黑眼睛》《凤凰琴》《花木兰》《南中国1994》等五部影片，在当地引起强烈反响。这是天津市与蒙得维蒂亚市一次非常重要的文化交流活动，蒙得维蒂亚市各界名流和中国驻乌拉圭大使馆文化参赞出席开幕式。代表团还拜会了蒙得维

乌拉圭蒙得维地亚大桥

蒂亚市市长，介绍了天津市的基本情况并就双方交流与合作交换了意见。这次出行，带给雪梅的是一生难忘的记忆。

说起“中国天津电影周”，用雪梅的话说，乌拉圭蒙得维蒂亚之行，真的是痛并快乐着。电影周就是以电影为媒介，当时一部电影就有七八个拷贝，每个拷贝里是满满的胶片，足有十多斤重，五部电影的拷贝整整装了三个大皮箱，27个小时的行程，中间要转机，每个人都可以说是负重前行。天津电影制片厂的这五部电影，在国内反响强烈，带着这份热情以及中国元素的一种展现，他们四人没有怨言，跋山涉水，远渡重洋。回忆这段记忆的时候，大家都有同感——使命光荣！他们是城市间友好交往后第一批踏上蒙得维蒂亚的中国天津人。隆重的欢迎仪式，让每个人都能感受到像大西洋热浪般的热情，像湛蓝的天空一样纯洁的友情。正当大家沉浸在兴奋之中，播放电影的时候，出现了问题。当时一同前往的天津电影制片厂厂长一路上就像照看宝贝一样，看护着三个大皮箱，好不容易到达

蒙得维蒂亚街景

了目的地。没想到由于胶片的规格与当地的播放机不匹配，播放出来屏幕两侧会出现白色的空白部分，如果这样播放势必影响效果。当时，“天津”第一次出现在这座城市的电影海报上，大街小巷贴满了海报，热情的人们对远道而来的电影充满了好奇。大家都陷入尴尬，只好蜗居在房间里想办法。当时，每个人都很紧张，这是天津走向蒙得维蒂亚的第一步，第一次上演绝不能留有遗憾。大家思前想后，却始终没有想出办法。聪明的雪梅突然想到一个办法，急忙找到团长讲出了自己的想法。小时候玩万花筒，就是中间一个圆窟窿，往里面瞧，如果将镜头两侧糊上黑颜色的纸，聚焦在中间是不是就可以解决这个问题了？雪梅的大胆想象，让每个人看到了希望，兴奋得竟然跳起了当地人的探戈。那是一个不眠之夜。

天蒙蒙亮，代表团马上联系影剧院技术人员，雪梅用流利的英语翻译着每一个细节，旁边的三个人不约而同地张着嘴巴，恨不能亲自翻译两句，生怕雪梅漏掉一个细节。每每回忆起这段经历，她总是把浅浅的微笑挂在嘴角，那是她最得意的一件出访经历，直到今日，偶尔四个人团聚，依然会竖起大拇指。

电影对话是中文，没有字幕，虽然语言不通，但是聪明的蒙得维蒂亚人完全融入剧情中，爆满的剧场里掌声雷动，这是他们第一次接触中国，第一次接触天津电影制片厂出品的电影，所有的一切都是在好奇中得到欣赏和赞赏。在一周的放映中，每场播放四个人都要在场，这是他们的工作，也是必须要完成的一份特殊的作业。

让雪梅更不能忘记的是马黛茶。其实，对外交流的重要一项内容就是饮食文化或者说是食品文化。作为翻译，雪梅尽量将大家想要表达的内容原汁原味地翻译完整。接待天津代表团的司机是一名年轻帅气的小伙子，衣冠楚楚，十分有礼貌。空闲时间，他总是抱着一个暖瓶，斜挎着一个皮质的背包，好像是我们中国军人斜挎的枪皮夹子，手中的器皿底座是陶制的，上半部分是银质的，里面的吸管也是银质的。年轻人礼貌地示意让雪梅饮用，语言不通，雪梅不知如何是好。这时同样年轻的当地小翻译用英文告诉雪梅，这是马黛茶，并滔滔不绝给大家讲解关于马黛茶的来龙去脉。

马黛茶，全名耶巴马黛茶。来自于西班语YERBAMATE的译音，是冬青科大叶多年生木本植物。马黛树一般株高12—16米，野生的可达20米，树叶翠绿，呈椭圆形，枝叶间开雪白小花，生长于南美洲。美洲人对这种叶子的处理方法和中国的茶叶相似，所以把这种美洲特有的叶子称为“马黛茶”。

马黛茶源自于瓜拉尼语中的“Caá”这个词，意思是“植物叶子”，是众神的礼物，饮用植物汁水是上天的恩赐。马黛茶树是杰出的树，是人类在丛林中长途跋涉时的能量之源。除此之外还是被崇拜和仪式的象征，以及与其他西班牙裔之前的人民（例如印加人、夏鲁瓦人和Araucanians）进行交流的货币。征服者从瓜拉尼人那里继承了喝马黛茶的传统和方式，并把这种习惯上升到了贸易的地步，从最初的种植地区到整个Virreinato del Río de la Plata。

当地美女翻译还告诉大家：长期饮用马黛茶对健康非常有益，因为它含有的维生素B具有强大的抗氧化能力，产生能量补充作用并有助于减少不良胆固醇（LDL）和甘油三酸酯，有助于抗压，有助消化的功能，净化人体内部，具有抗抑郁功效，帮助运动者快速恢复体力。当地人泡茶往往放入很多的茶叶，外人初喝时味道很苦，但习惯以后，喝起来有一股芳香、爽口之感和提神解乏之功，这一点很像是中国的苦丁茶。

美女翻译还给大家讲了一个关于马黛茶的传说：

从前，日月二神在丛林中散步，忽然，一只美洲豹扑向他们，正在危急时，一个叫Aba的美洲印第安原住民，英勇地拿起弓箭射死了豹，拯救了二神。不久后的一个夜晚，日月二神相偕来到Aba的床边，为答谢他的救命之恩，也敬佩他的勇气，赠送Aba一个神秘的礼物——一株植物，且声明它能带来无限的活力、健康与长寿，这就是马黛茶。

雪梅听得入神，大家催促她抓紧翻译过来。雪梅顾不上翻译，深深吸了一口，那种夸张的表情，让大家捧腹大笑。怪怪的味道，带着苦涩，完全颠覆了她对茶的理解，稍微静下心来，一股甘甜涌上来在唇齿之间游荡，只有半天工夫，她就爱不释手，抱着水壶，俨然成为马黛茶的代言者。让雪梅和小翻译成为好朋友的还在于她喋喋不休地介绍着蒙得维蒂亚市的历史与发展，这也恰恰是雪梅想要深度了解的。两个人用英语对话，或窃窃私语或哈哈大笑，让代表团的其他人难免有些着急。回国的时刻，小翻译竟然拉着雪梅，难舍难分仿佛是多年旧友的分别。雪梅邀请小翻译能够到中国的天津留学，她会在家里做上一屉包子欢迎她。一番话让可爱的小翻译欢快不已。

挥手一别就是近三十年，留在雪梅内心的仍然是期盼，期盼着曾经的朋友能够在天津相聚。天津，一个开放、包容、现代的大都市，我们已经伸出友好的双臂，等着你的到来。

两座城市在文学方面有着深度的交流。了解蒙得维蒂亚必须要学习他们的文学创作，那片热土上培育了众多的文学家，贝内德蒂、佛雷拉、雷西格，他们的作品代表了时代的变迁和对历史的见证。回首往事，感慨万千，让我们在作家博尔赫斯的诗里读懂那个我们牵挂的城市《蒙得维蒂亚》。

我画下你的暮色
如厌倦滑下一道斜坡的虔诚
年轻的夜晚
像你屋顶平台上的一片翅膀
你是我们曾经有的布宜诺斯艾利斯
那座随着岁月悄悄溜走的城市
你是我们的，节日的，像水中倒映的星星
时间中虚假的门
你的街道朝向更轻柔的往昔
黎明之光，它送出的早晨向我们走来
越过甘甜的褐色海水
在照亮我的百叶窗之前
你低低的日色已赐福于你的花园
被听成一首诗的城市
拥有庭院之光的街道

45 南美，因为巴西变得并不遥远

刘晓珍

在遥远的南美，有一个天津的国际友城，一直没有中断和中国的联系，这些年和中国、天津的交往还日益增多起来，它就是近来在国际上越来越有蓬勃活力的南美明珠——巴西。

在架起天津巴西友谊桥梁发挥很大作用的，首先得说天津市外办，他们为扩大天津和世界各个国家城市的友好交往，将视野投向南美；具体到个人，就不得不提卫彤，他在上海外国语大学修有西班牙语英语双学位，1999年被派到中国驻巴西圣保罗总领馆任商务领事。中国在巴西有一个大使馆三个领事馆，圣保罗总领馆是历史最悠久的，卫彤在圣保罗总领馆工作了三年，2015年又被派驻到巴西利亚中国大使馆任一秘，工作了两年多。他在总领馆和大使馆工作期间，为促进天津和巴西各城市间的交往合作做了很多工作。后来中国又和巴西巴伊亚州结好，他又被调到新开设的位于巴西东北部的累西腓领事馆，分管巴西8个州与中国的贸易、文化、教育交流合作。巴伊亚州历史上荷兰人较多，后来这些荷兰人很多又去了纽约和欧洲，所以这个州和美国、欧洲交往较多。中国驻累西腓领事馆开馆后就加强了这个地区和中国的交往合作。两国、两个城市地区交往合作货物贸易是必不可少的，卫彤把当地的轻工业产品果汁、冻牛肉、朗姆酒、大豆推荐到国内销售。巴西在义乌有大型仓库，这些产品进到中国内先卸到义乌，然后再分流到全国各地区，到天津销售的经天津港上岸进入各区县。千万别小看小小的大豆，这种农作物原产于中国，主要用来做豆腐等豆制品。巴西从中国进口大豆后，把这种寒带作物的植物培育成温带作物，大大增加了大豆的用途，改良后的大豆榨油出油率很高，豆饼可以做饲料。现如今占全球出口率第二位的粮食产物对保障我国的粮食安全起了很大作用。铁矿砂、纸浆等也是我国经济发展的刚需，卫彤所在的领事馆把这些刚需产品也从巴西引入到国内销售，有力地推动了国内经济建设。

经贸往来是互惠的，工业制造方面中国比巴西有优势，中国

巴西巴伊亚州风景

的服装、鞋子、玩具等轻工产品出口到巴西，中国的电子产品华为、小米在巴西尤为受欢迎。巴西是个蓬勃向上充满朝气的国家，喜欢高科技产品，他们的环保要求执行欧盟标准，非常欢迎新能源项目和产品。巴西政府为推动发展新能源，对新能源产品给予免税，卫彤就和其他工作人员把国内的高科技产业园区推荐过去，不单太阳能产品非常受欢迎，比亚迪新能源汽车在巴西的销售价格比国内贵出2到3倍。巴西的地理位置和气候条件决定了能源产业很受欢迎，有两个州的海岸线风能风速风向都很稳定，有全球最好的风电资源，适合发展风能，卫彤和使馆工作人员积极推动中国的风能企业到那里发展。国电投、中广核电站、三峡集团等能源企业在当地做得都很好，取得了很好的效益。2016年国内产能转移，国家决定把一些项目整体搬迁出去，制造型企业被引进到巴西的是格力、华为，但当地环保要求很高，工会也很强，对工人的保护水平高，企业开展起业务来困难较多，但领事馆工作人员还是积极地帮助制造企业在当地立足发展。

文化交流离不开艺术，南美国家的人民大多能歌善舞，巴西是多种族国家，他们的音乐舞蹈集合了非洲、葡萄牙、印第安多种族元素，二战后美军带来的美国音乐舞蹈元素也掺杂进来，糅合成了巴西独特的爵士乐、桑巴舞，这样多种风格杂糅的音乐舞蹈激情奔放魅力四射，很受世界各国人民欢迎。疫情前卫彤把巴西的商业演出介绍到中国，让国内观众欣赏到正宗的巴西艺术。在引进的同时他们当然不忘把国内的文学艺术推荐过去：陈忠实的《白鹿原》葡语版就在巴西有销售，风靡全世界的《孙子兵法》葡语版巴西书店书架上也有，《易经》被巴西人装修时用来看风水。领事馆请了几个国合署的培训班去做培训，还邀请新华社记者去采访，极大地促进了中国文化在巴西的推广。为表彰卫彤推动中国与巴西之间的文化交往、经贸往来做出的杰出贡献，巴西坎皮纳格兰德市市议长提议，议会决议通过，在他离任之际颁发给卫彤一枚该市功绩勋章。

随着中国在世界的崛起，中巴两国间的交往增多，在巴西学汉语变得很流行，在国外主要从事汉语教育推广的孔子学院在巴西也遍地开花，巴西851万平方千米土地上已经建有11所孔院，在巴西开办的孔院尤其受年轻人欢迎。以前的孔院由国家汉办负责，后来汉办转制成语合中心，孔院和大学对接，南开大学的建华教授就任巴西塞阿拉联邦大学孔院院长。塞阿拉这个城市仅有200多华人，大多是早年间去做买卖的福建莆田人，他们相对抱团儿，和当地人接触也少，导致当地

巴西巴伊亚州街景

人对中国的了解特别少。建华教授是个很有事业心的学者，他决心把孔院办好，把中国文化传播出去。事实上孔院也是可以办好的，圣保罗市和中国的商业活动开展得多，很多商人花钱来圣保罗孔院学商务汉语，圣保罗孔院不需要国内拨款，已经自负盈亏了。建华教授所在的这所孔院2019年揭牌，设在塞阿拉联邦大学的培训中心，孔院的汉语教育不列为正规学位教育，采取夜校式教学，大部分是塞阿拉联邦大学的巴西学生来选修中文，也有其他大学的巴西学生，还有一些四五十岁社会上的巴西人来学，更有些在巴西做生意的华人后代也来学习中文。孔院按照HSK的语言教学标准设立中文国际教育课程，一学期为一期，从汉语一级开始，一期学一级，学习结束后考试合格下学期才能晋级。六个老师两个是本土老师，一个是中国台湾人后裔，一个是在中国待过六年的巴西人，剩下四个是在教育部基金会网站上公开招聘的有教师资格证的老师。

除汉语语言课外孔院还开设有文化课。节假日时，孔院会安排针对性的教学，春节时学习包饺子、贴春联、剪纸、练毛笔字、编织中国结，正月十五吃元宵，端午节教包粽子，为此孔院储存了好多粽子叶。农历八月十五准备了月饼给学生品尝。逢节日教学时老师边结合课堂实际边给学生放PPT讲述中国传统节日的由来，使学生们对中国传统文化有了从理论到实际的全面认识。为把中国文化传播出去，建华教授和老师们费了很多心思，如音乐戏曲电影的三巡活动开展前搞问卷调查，把当地人喜欢的中国音乐、戏曲、电影选送过去。不但邀请京剧团到当地演出，还邀请国内著名作家去办讲座。没有疫情时，孔院会安排学汉语的学生飞到国内待三周，安排他们到厦门的工厂、学校参观学习。这些学汉语的学生对中国的高科技产业感兴趣，要求到百度总部参观学习，孔院也做了安排，让他们如愿以偿。

塞阿拉联邦大学孔院和南开大学之间的交流互动也很活跃，塞阿拉孔院人文中心的教授摩纳多在线上给南大葡语系的学生上课，很受欢迎，南开大学邀请他来进行一学期的线下授课。塞阿拉联邦大学对南开大学的人工智能学院感兴趣，孔院也积极牵线搭桥，促进合作。孔院和南开大学西语系每年都有两个互派留学生名额，学生可以到对方学校去学习一年。一个巴西女孩子争取到了来南开大学学习的机会，这个热爱中国文化的女孩子给自己起了个美丽的中国名字叫艾茉莉，她读完汉语本科后又继续在南开大学读研。随着中国在世界的崛起，越来越多的巴西人喜欢中国，他们不但愿意来中国学校学习，还愿意留下来在上海、北京工作。一个在巴西出生的温州裔巴西人，在当地学习了本科后来中国读研，毕业后决定留下来，进入了北京抖音公司工作，感觉这份工作很理想。抖音要拓展巴西的业务，也需要他这样既懂葡语又会汉语的双语人才，可谓双赢。

塞阿拉孔院在当地有了名气，一些机构和人员便把孔院当作中国驻塞阿拉代表处，春节时当地报纸要报道中国来找孔院做采访；疫情暴发后媒体找上门来让介绍中国抗疫经验；巴西疫情高发时呼吸机难买，当地人找上门让联系购买中国的呼吸机。外交无小事，在国外孔院就代表国家，老师们热心地联系中国使馆帮助他们。塞阿拉州立大学春节搞活动也邀请孔院的人去，武术、太极拳、中国舞蹈，都是活动中的热门节目。当地幼儿园春节搞活动也会邀请这些“中国面孔”去，他们为有中国面孔出现感到自豪。

中国驻巴西大使馆举办活动也会邀请塞阿拉孔院的人去参加。从天津音乐学院走出去、现在巴西北里约格朗德联邦大学任教的戚楠教授也是为推动中国巴西友好往来做出贡献的天津人。她人在巴西，心系天津，每当大使馆举办活动，她都会带着自己和先生组织的少年儿童合唱团去表演节目：《小燕子》《找朋友》《茉莉花》《让我们荡起双桨》……这些熟悉的中国歌曲经合唱团团员的口在世界各国人民的心里流淌。戚楠教授和先生多次回到中国、回到天津，促成天津音乐学院、苏州科技大学和格朗德联邦大学之间的多次艺术交流。

经过双方积极推动，现在中巴双边贸易额每年达上千亿美元，巴西的贸易顺差达五六百亿美元，天津港运输的进口物资巴西都会优先安排通关；而来自巴西的大宗产品、大豆也为中国经济发展起到积极促进作用。目前在巴西有30万中国人，巴西在金砖国家里和中国合作最好，是最有价值的金砖国家。这些骄人成绩的取得，离不开卫彤、建华、戚楠这些天津家乡人的无私付出，愿天津和巴西国际友城的友好往来长久持续下去，结出越来越多的丰硕果实！

46 把快乐带给世界
——《鱼龙百戏》跨出国门结交四海宾朋的故事

李兰芳

友城作为地方城市和民间交往的重要渠道，在世界百年变局的大背景下，成为发展中外关系、深化中外交流合作的着力点和承载地。在采访友城的故事中，我们发现文化的交流总是那么令人难忘并历久弥新。

为此，天津市外办专门邀请天津广播电视台《鱼龙百戏》栏目的制片人、总导演宋东，就天津传统文化在世界各地的传播做了线上专访。宋导充满感情地回忆起他们出访国外的演出经历，并向我们讲述了舞台背后那些不为人知的温情故事。

宋导2002年底接手曲艺栏目《鱼龙百戏》，到现在已经干了二十年。她大胆改革，将之前的编播形式改成演播室现场版，并创办了曲艺的电视擂台赛，培养了很多曲艺人才。特别是让传统曲艺多次跨出国门,为海外华人送上浓浓的乡情，不仅推动了《鱼龙百戏》节目的品牌效应，促进了天津文化的对外交流，还结交了很多中外友人，给各国“友城”留下了深刻印象，成为天津传统文化对外交流的传播者。

一、飞越太平洋感受那化不开的浓浓乡情

宋导说："2006年12月，我们《鱼龙百戏》第一次走出国门。受美国天津海外联谊会邀请，由相声表演艺术家魏文亮、快板书表演艺术家张志宽、京剧表演艺术家康万生和李莉这四位天津籍艺术家赴美和洛杉矶的华人艺术团联袂出演'飞越太平洋的大型迎新春晚会'。我们也受邀去拍摄这台晚会。天津电视台派出《鱼龙百戏》第一任制片人王国强担任领队的六人摄制组，两个单机，拍摄整场演出，之后在《鱼龙百戏》节目播放。"

洛杉矶是美国西部一座美丽迷人的海滨城市，那里一年四季阳光明媚，干燥少雨，气候温和宜人，不仅拥有美丽迷人的自然景色，也是一个高度发达的现代化大都市。而让摄制组和艺术家们感到温暖舒适的不仅是这里的气候，更是当地天津老乡宾至如归的热情。在这里，摄制组和艺术家们走访了许多令人骄傲和自豪的天津人。

《鱼龙百戏》采访现场

宋导回忆说："给我印象比较深刻的是采访爱国将军张治中

的女儿张素久。聪慧美丽的张女士虽然不是天津人，但她自己说，她是天津大学的公派学者，是代表天津的，天津是她的第二故乡，见到家乡电视台的亲人，就想起在天津上学的日子。她热情地请我们到家里做客，一边聊家常一边拍摄，就仿佛到了老朋

洛杉矶演出剧照

洛杉矶演出剧照

友的家中。张素久的家不仅恬静温馨，而且每一件陈设都透着浓浓的文化气息。”

在洛杉矶三天的行程让摄制组赶上了一场雨。本来想着去拍些街景，不能拍了，摄制组被安排去了天津人的企业采访。在路上，洛杉矶的朋友高兴地对他们说：“你们真是好幸运，人生的两大幸事都让你们遇上了，一是他乡遇故知，一是久旱逢甘霖。洛杉矶半年都没有下雨了，是你们给这里带来了财运。”大家听了好高兴。

这天，他们走访了四五家企业，其中最有名的一家企业老总是天津的“姑爷”——程远先生，他也是当时洛杉矶的侨领，浙江商会的，他爱人是天津塘沽人，所以他对天津电视台的摄制组，包括四位艺术家都特别热情，戏称自己就是天津人，还邀请他们去了他家的山顶别墅做客。大家连吃带喝的挺开心，就像到了自己家一样。这些华人大都是最早一批到美国去的。看见家乡人的那种热情难以用语言形容，是那种浓浓的化不开的乡情。

在洛杉矶这场演出的节目单里有一位歌唱演员冷静，是宋导刚进电视台，做节目认识的一位演员。宋导说：“没想到在这么远的洛杉矶还碰见了熟人，冷静是天津人。曾是咱们北辰海门歌舞团的演员。在三天演出活动过程中，每天从家里往返两个小时来陪伴我们。她跟我说，在这里，没有车寸步难行，平常出门开车上高速一开两小时，太平常了，我就来为咱家乡人服务，当你们的‘腿’。在美国这些年，没人知道她会唱歌，她见了我们特别亲，有说不完的话。还说这次是听说天津要来人就答应演出了，在晚会中，更是用一曲《父老乡亲》把气氛推向了高潮，实力不减当年。”

还有一件事情让宋导记忆深刻。那天，他们在洛杉矶最繁华的一条马路上，录制主持人的开场白。突然有两个警察走了过来，噼里啪啦地说一堆英语。当时翻译去拿东西了，几个人冲人家一副特别无辜的表情，连比画带猜总算闹明白了，警察是问他们干什么的。他们也挺聪明，把包里的护照拿出来。警察看完护照还给他们敬了个礼。

经过紧张的筹备，飞越太平洋盛大文艺演出终于拉开了帷幕。晚会现场气氛热烈，节目丰富，观众的掌声一次比一次热烈。《鱼龙百戏》特制的中国结也在现场作为礼物送给了美国天津海外联谊会。现场的盛况在《鱼龙百戏》回国后的节目中都有详尽报道，有据可查。而镜头之外的小故事和那浓浓的乡音、乡情一样，更是成为宋导心中难忘的记忆。

二、故里情怀，曲艺专场在悉尼异彩纷呈

2007年12月，应澳中国际交流中心的邀请，《鱼龙百戏》再次走出国门，赴澳大利亚悉尼拍摄“故里情怀——《鱼龙百戏》悉尼曲艺精品晚会”。

宋导说：“这次的出访与上一次有所不同。为了庆祝澳中建交三十五周年，相声表演艺术家魏文亮老师特别举荐，组织者也因为对天津曲艺之乡的声望非常仰慕，所以希望举办一个由《鱼龙百戏》主办的曲艺专场。”

这次宋导亲自带队，精心挑选演员和节目曲种。有相声表演

艺术家魏文亮和刘西雨，他们二位是一对搭档；有单弦表演艺术家刘秀梅老师；还有京韵大鼓演员、天津市曲艺团副团长冯欣蕊；还有河南坠子的演员张楷，魔术演员刘芳，节目主持人李佳以及《鱼龙百戏》栏目的挑战明星蔡亚超都随《鱼龙百戏》摄制组来到悉尼。大家一门心思铆足了劲儿，希望把中华民族优秀的曲艺艺术带到南半球，把精品的曲艺节目带给澳洲的手足同胞。

曲艺晚会由《鱼龙百戏》栏目主持人李佳和澳大利亚著名节目主持人赵立江联袂主持。京韵大鼓《丑末寅初》，河南坠子《秋红赋》，快板书《孙悟空三打白骨精》，魔术《百花盛开》，单弦岔曲《风雨归舟》《骏马赋》，相声《反正话》《山东二黄》等精品曲艺节目汇集。当地的华侨也有精彩节目加盟，整台晚会节目形式多样，异彩纷呈，给悉尼观众带来极佳的艺术享受。

《鱼龙百戏》悉尼曲艺精品晚会

演唱会现场还有一些互动环节，女市长和魔术演员在台上学习变魔术，沈铁先生请教刘秀梅老师八角鼓的演奏技巧等。

宋导说：“沈铁先生现在是澳洲的侨团领袖，也是天津侨联的海外委员，当年在悉尼时，我们还不认识。近几年因为侨联的各种会议，以及《冬奥迎春》晚会拍摄祝福冬奥视频等工作，和沈先生经常微信联系，开始熟悉起来。有天，整理照片，忽然看到他的身影，就给沈先生发过去照片，不料他对此事记忆犹新并说因为他是天津人，所以对那场曲艺演唱会情有独钟，那次上台体验了八角鼓，回来后，还请朋友们喝了一顿酒，说是老家来人了，特别开心。”

宋导回忆说：“京韵大鼓演员冯欣蕊使用的这面书鼓，在机

《鱼龙百戏》悉尼曲艺精品晚会

场入境时被安检人员查出来不让过关，当时我们也不知道什么原因，碰到一位好心的华侨帮我们翻译。原来，根据澳洲的规定，不允许动物制品入境，他说这个鼓面是牛皮做的，这位华侨赶紧帮我们解释，这是人工合成牛皮，是演出时用的乐器，而且也已经使用很多年了，不会有任何传染性细菌，才勉强过关。冯欣蕊紧张得都快哭了，说这面鼓是骆老送她的，要是被没收了，她也要‘魂断悉尼了’。”

《鱼龙百戏》每次出访，除了把曲艺艺术带到国外，还会挑选很多天津的民间艺术品，包括杨柳青年画、中国结、京剧脸谱及一些体现家乡风情的小物件、小礼品带上，送给当地的华人华侨，希望通过这些民间艺术文化的交流，让他们感受到家乡的温暖。

宋导说，在悉尼举办的这台曲艺演唱会送给主办单位的礼物是一个汉代“说书俑”形状的泥人张作品，是第六代“泥人张”的作品。“泥人张”说这是他们唯一一个给电视栏目创作的泥塑作品，用这个形象设计的奖杯，在他的作品里也是绝无仅有。《鱼龙百戏》将这个有特殊意义且特别珍贵的十人擂主奖杯送给主办单位作为纪念，也是为这场在悉尼举办的曲艺晚会点赞，令在场海外华人鼓掌喝彩。

有个细节也让宋导印象深刻，她说，那天的曲艺晚会现场是用一个大剪纸来做舞美设计，一下子就能感受到海外天津人对家乡的那种眷恋情怀。晚会上魔术是最受欢迎的，因为肢体动作比较多，互动性特别强。演唱类节目也可以，虽然鼓曲唱词可能听不懂，但是优美的旋律还是能听出来，也能吸引观众。让他们没想到的是华人来得比较多，相声的包袱抖得特别响，大家也很开心。整台晚会不仅得到观众对天津文化的认可，更加深了两个城市之间的友谊，也让他们对曲艺表演走出国门增加了自信。

三、《鱼龙百戏》春节巡演，架起友谊之桥

2009年春节期间，还是宋导带队，《鱼龙百戏》摄制组再度奔赴意大利，与当地华人华侨共度新春佳节。正月初四启程，在威尼斯、都灵、布雷西亚、里米尼、普拉托五个城市进行了为期11天的巡回演出。在意大利，时尚之都的春雨、东海沿岸的细浪、文艺复兴的古风、波河之上的帆影，以及水上城市的廊桥都留下了他们的足迹，留下演员的歌声，更留下祖国亲人对海外侨胞的深情厚谊。

宋导介绍说："这次巡回演出，比前两次都困难，有很多突发情况需要一一应对。除了时差疲劳、水土不服、辗转行程等困难外，演出的场地也是提前不知道，而且大都安排在体育场，场面很大，对曲艺演员的表演水平也是一次考验。毕竟曲艺还是小规模近距离演出效果好。因为需要互动，需要演员与观众离得近，才容易带出气氛。而且当时是冬季，气候湿冷，各地温差大，一些演员相继感冒。包括我，我们都是带病坚持演出，每场演出都丝毫没有懈怠，场场爆满，座无虚席。加之台上台下的热情互动，有些观众直到散场还久久不愿离去。"

这次他们送给主办单位欧洲《华人报》社的礼物是杨柳青年画的代表作《百子图》，也叫它《百子迎福图》或《百子戏春

《鱼龙百戏》相声演出剧照

图》。一幅三米长的画卷，寓意生意兴隆，多福多寿。

宋导说："其实曲艺艺术，尤其是相声带给人们的快乐挺明显的，和流行音乐一样代入感也比较强。虽然因为语言障碍、文化差异等因素，不容易被外国人接受。但在华裔这里，尤其是华裔天津老乡面前，就特别容易产生共鸣，引起轰动。我们出访的主旨就是要把欢乐、把祝福带给海外的华人华侨。通过我们的努力，让世界各地的华侨和他们的侨二代侨三代了解中国文化，了解天津，了解天津的特色艺术，懂得天津的文化传承。弘扬中华文化、丰富海外华人生活，是我们义不容辞的责任。"

47 40年，他一直在做一件事

——记民间外交家魏博士

岳付玉

去墨尔本的天津人，大多会有似曾相识之感。两座友城虽相隔万里，却同样的云卷云舒，同样的宜居乐活。尤其漫步雅拉河畔，更有拥抱海河的错觉，只把异乡做故乡。

天津与墨尔本，魏朝义博士已很难分清哪个是故乡了。这位曾经的天津市外办人员，后来的墨尔本杰出市民，四十多年来，一直以赤子之心架设着双城间的友谊长桥，由此也成就了他多姿多彩的民间外交生涯。

他的故事，是“双城老友记”的个人精华版。

一阵急促的电话铃响起，他的命运之舟由此转向

如果一个人，在长达四十三年的时间里，经历了两座友城之间几乎每一次重要的交流与合作，其情怀一定足够炽烈。

魏朝义博士就是这样的人。

时间拨回到1979年，那正是中国改革开放元年。神州大地春潮涌动，凭海临风的天津满怀豪情向世界张开怀抱。在这样的

时代大背景下，城市的交往、个人的命运，都迎来全新的历史机遇。

那时候，天津对澳洲的贸易微乎其微，天津人对墨尔本这座城市的了解少之又少。十九岁的魏朝义当时刚好在天津市外办工作。那年夏天的一个午后，一阵急促的电话铃声把正在午休的他叫醒，他的命运之舟也由此转向。

那是中国外交部打来的电话。原来，当时的墨尔本市长访华期间，向中国接待方——外交学会提出，希望墨尔本和中国某个与之相匹配的城市结为友城。中国外交部感觉天津好像很匹配，于是就电话征询天津市是否乐意接这一“橄榄枝”……这也是墨尔本这个城市第一次闯入魏朝义的视野。他赶紧从《世界知识》杂志上“恶补”与墨尔本相关的一切，得到的信息再简约不过：澳大利亚第二大城市、花园城市、港口城市。不过，有这三条，够了！因为，天津也是中国北方大城市，也是港口城市，也很优美，两城确实“天造地设”一般匹配，这就是缘。

转年5月，另一位新上任的墨尔本市长带领议员踏上津沽大地。5月5日，两城之间正式签约结缘。澳大利亚墨尔本也因此成为天津友城朋友圈最先添加的好友之一。

1981年，天津市政府应墨尔本方面之约，派团回访。年轻的魏朝义也随团第一次奔赴澳洲大陆。正是凭借圆满完成这一来一往的接待和回访工作，他被选为天津赴墨尔本大学读书的第一位留学生，开启了令人艳羡的留学之旅——他的留学费用，由墨尔本市政府赞助。他租房的费用，则由一位名为玛雅·罗博的墨尔本退休学者赞助。

满怀“感激、感恩”之情，魏朝义学习很努力，期间，还圆满完成了天津市外办安排的各项工作，并先后被澳大利亚国民银行、澳中投资公司、澳中贸易公司等多家机构聘为开拓中国商机的顾问。在那个年代，像他这样学贯中西、熟识两域的青年才俊很抢手。

1992年，魏朝义以优异成绩从墨尔本大学政治系毕业，取得了哲学博士学位，成为熟人口中博闻多识、术业有专攻的“魏博士”。他服务双城友好交往的事业，也掀开了精彩纷呈的新篇章。

穿针引线，推动一系列令人惊艳的跨境合作

1995年，在魏博士的推动下，澳大利亚维多利亚州乳业工业局与天津农垦集团合资成立了天津维克食品有限公司，生产

天津与墨尔本缔结友城旧照

的“大M奶”至今仍是很多天津人记忆中的“天生好奶”。魏博士也回到家乡，任该公司的董事兼总经理。

1998年，为了更好地促进友城交流与沟通，墨尔本市政府决定在天津设立代表处——这是澳大利亚市一级政府在中国设立的第一家也是迄今为止唯一一家代表机构。熟知两市交往情况的魏博士，无疑是领衔代表处的最佳人选。他被聘为首席代表，同年，因工作成效显著，他被墨尔本市特别授予“墨尔本杰出市民”奖。他也是第一位获此殊荣的中国人。从此，魏博士带领团队在这个舞台上，专心致力于推动两市全方位的交流与合作。

按说，墨尔本代表处的舞台并不大——尤其跟澳大利亚联邦政府和墨尔本所在的维多利亚州政府驻华机构相比——业务范围比较小，可动用的资源也有限。天性乐观、酷爱自由的魏博士，偏偏将小机构的优势发挥得淋漓尽致：做事更具体更透彻，跟进更彻底。通过他和“小伙伴们”多年的精耕细作，代表处在津建立了庞大的政商网络，促成了很多双城合作的大事，小舞台变成了大舞台。

说易行难。要知道，2000年前后，正是中国经济以GDP增速为主要“指挥棒”之时，友城之间的合作交流对于政府机构和国有企业没有硬性指标，有合作是锦上添花，没合作也无伤大雅。而民营企业虽有交流合作的欲望，却苦无经验，且对外公开的信息较少。这些都没有难倒魏博士，他和墨尔本代表处的“小伙伴们”努力寻求双赢的商机，推荐给相关政府部门和国企。同时，尽可能多地给民营企业提供机会，让他们了解澳洲、走向澳洲。他深知双方一旦相识相知，合作起来成功率就高了。

接下来的二十年，这位民间外交家推动了一系列令人惊艳的跨境联谊与合作——

天津企业自澳洲进口酒水、牛肉、化妆品、保健品乃至活畜等，双方贸易迅猛发展。

2001年起，天津市每年都派高级管理干部赴墨尔本培训，前后四百多人。这是一场务实又浪漫的接力，已成为中国友城间当之无愧的标杆项目。受益于此，双城在城市规划、生物医药、大健康、IT产业等高科技领域和文化、教育、旅游等方面，均展开深度合作。

在他和相关部门的倾力推动下，两地政府高层领导互访，像“走亲戚”一样往来频繁。

天津的母亲河海河的改造，总规划师是首批赴澳培训学员，灵感源自雅拉河，方案融合了墨尔本设计师的智慧与才情。

…………

如今，天津市民在海河两岸可以看到一种独特的绿色——“墨尔本绿”，在滨江道可以看到澳方赠送的“澳式长椅”。墨尔本市区则有一座中国风情的“天津花园”，甚至举办了五届“风筝节”，友城的人民可以看到独具天津特色的“风筝魏”……这些成果，无不倾注着魏博士的心血。

魏博士的辛勤耕耘，充盈了他自己的人生，也拓展了两个城市很多机构、企业和个人的发展路径。认识他的人，都会对他的专业精神和古道热肠由衷点赞。

曾多年任职墨尔本市政府国际部主任的Mark Drew坦言：我知道天津有很多国际友城，其中墨尔本是最活跃的关系之一。

而澳大利亚整个国家与中国的友好城市（及省州）也很多，和天津的关系也是最活跃的。所以墨尔本驻天津代表处的设立，是最有成就感的一件事。魏博士功不可没。

像一只信鸽飞去来兮，此心安处是吾乡

回首过往，魏博士也颇多感慨。他说自己似乎注定要成为两市的友好使者。早年在天津市外办工作，在墨尔本留学，以及短暂地返津创业，这些经历，好像都在为日后做铺垫。

说来也巧，魏博士的一大夙愿就是从事外交工作，他最欣赏的外交家是顾维钧和基辛格，为了学习他们的外交方略，他没少阅读与他们相关的书籍。虽然由于种种原因，他与外交官工作失之交臂，但命运的安排就是如此奇妙，在他倾平生所学搭建双城之间友谊大桥的过程中，他也从民间外交的角度实现了自己儿时的夙愿。

民间外交家魏博士

以魏博士的资历和人脉，他完全可以谋求待遇更高的职业，可他却从没做过其他选择。“有人说我这一辈子，基本上只从事友城交流与促进这一项工作，过于单一。他们问我烦不烦？我怎么会烦呢！我的工作这么丰富多彩，

可以放开手脚去创新，做事特有成就感，我自己很满意。如果不做这个，我想不出还有什么其他工作能给我带来如此充实快乐的感受。”他目光灼灼地说。昔日风华正茂的青年，如今已霜染两鬓，但初心依旧，情怀未改。

在魏博士的朋友、散文作家李锡文的眼里，几十年前，魏博士就像一只信使之鸽，从太平洋西岸出发，万里飞翔，穿过南太平洋，到达澳洲大陆。之后，这只鸽子衔着橄榄枝和种子，折返回来，飞到渤海岸边，回馈他的家乡。

然而，天津与墨尔本，究竟哪一个是魏博士的故乡？人们看到，在正式谈判场合，魏博士是代表墨尔本方面参与的，讲一口流利的英文；而谈判桌下，他说的却是地道的天津话。所以，两个都是他深爱的城市，“此心安处是吾乡”。

魏博士演讲

有意思的是，风趣幽默的魏博士每说到双城合作就滔滔不绝，一提及自己却瞬间羞涩，露出低调、谦和的本色。

桃李不言，下自成蹊。

2016年3月2日，时任墨尔本市市长罗伯特·道尔在接受天津滨海广播专访时就说："经过魏博士的努力，两市民间的了解和互信不断加深，交往形式和内容不断丰富和完善。墨尔本与天津已成为全球友好城市合作的典范。"

2017年，原副市长王述祖将"友好之星"的奖牌颁发给魏博士，表彰他"在天津对外开放的事业中发挥的重要作用，为天津与墨尔本两个友好城市的合作做出的突出贡献"。

2019年，魏博士又荣获澳大利亚国家勋章，也是表彰他多年持之以恒为中澳友城交往做出的贡献。他笑着说，这好比中国的"五一"劳动奖章吧。

外交"劳模"，他当之无愧。

48 墨尔本市长苏震西情感天津

李赞民

在五十年天津友城历史中，天津市与澳大利亚的墨尔本市建立友好城市是比较早的，历经近半个世纪的时光。北半球的天津与南半球的墨尔本远隔千山万水，却因为“友好城市”友谊纽带的牵引不断发生着令人感动的故事。如果把津墨友城近五十年的历史比喻成闪烁着友谊交流、合作发展光芒的一串珍珠，墨尔本市市长苏震西与天津的故事，就是这一串珍珠中最为闪亮的一颗。

开天辟地，墨尔本出了一位华裔市长

2001年7月，墨尔本市大街小巷到处飘扬着印着竞选口号和参加竞选人头像的旗帜，雅拉河河面上，不时划过播放着支持某位竞选人广播音响的游艇，如火如荼的墨尔本市议会改选进入了白热化。这次改选是澳大利亚有史以来规模最大的一次地方政府选举，许多人没有想到，一位名为苏震西的华人竟然在激烈的角逐中脱颖而出！苏震西在7月23日揭晓的市长选举中，击败其他18名对手，以领先第二名候选人5000多票的优势取得胜利。7月26日，在澳大利亚从政多年的华裔议员苏震西正式宣誓就任墨尔本市市长，成为当地第一位直选产生的市长，也是墨尔本市有史以来的首位华裔市长。

苏震西何许人也？

苏震西原籍广东顺德，1947年出生。十七岁那年他从香港到墨尔本，就读墨尔本大学工程学系。当时正是“白澳政策”时期，外国留学生常常受到不平等对待和歧视，他在压抑的气氛之中完成了学业。毕业后，他曾从事过教学工作，因为是亚裔教师，所以时常受到困扰和侮辱，学生也经常闹事。于是，1976年他毅然放下教鞭，开办了一间只有六七张桌子的小小中餐馆，迈出从事饮食业的第一步。

经过十年奋斗，苏震西在墨尔本唐人街成功创立了龙舫海鲜酒楼。它以正宗粤菜奉客，装修和服务富有传统中国文化色

澳大利亚墨尔本街景

彩，深得中外顾客的喜爱，给墨尔本唐人街带来一片新景象，同时也奠定了龙舫饮食王国的基业。又是十多年的辛勤耕耘，龙舫饮食集团不断发展壮大，它全盛时期同时在澳洲及新西兰经营三十多间酒楼食肆，有员工五百多人，经营中餐、日餐、韩餐、泰餐、马来餐等。龙舫饮食集团还经常举办欢乐慈善晚会，不但给当地华人带来欢乐，而且将筹得款项，捐赠给肾脏基金会、骨髓移植基金会、墨尔本澳华博物馆等慈善服务机构。

成功的事业得到各界的认同。在历年餐饮业评选比赛中，龙舫饮食集团屡屡获奖，其中包括世界著名的运通卡金锅奖、全澳饮食业大奖等。作为澳洲墨尔本龙舫饮食业集团董事局主席的苏震西本人被授予拿破仑杰出人士奖，还曾被推举为维多利亚省饮食业协会主席。

年轻时，苏震西就对澳洲华人的苦况深有体会，这奠定了日后他为澳洲华人争取权益和为社会服务的基础。苏震西是墨尔本市最资深的市议员之一，数次连任，人们对他既信任又支持。墨尔本多年来在全世界最佳居住城市评选中一直名列前茅，作为多年市议员的苏震西，对该市的建设、美化和改善环境方面作出了不少贡献。

苏震西的创业精神和倾力亲民的实绩赢得了民心。

情有独钟，苏震西讲述天津如数家珍

2003年11月20日的晚上，璀璨的灯光让坐落在墨尔本最繁华的市中心的墨尔本市政厅熠熠生辉。这座19世纪的古老建筑群一直是墨尔本市举行官方重要活动的场所，往日深沉庄重的建筑这个晚上却飘逸着从来没有过的轻松欢快的气息。在飘荡着《友谊地久天长》乐曲的大厅里，旅居墨尔本的天津人、在墨尔本学习的天津管理干部们和专程从家乡赶来的天津侨务访问团欢聚一堂，墨尔本天津同乡会成立庆典正在隆重举行。在欢快的乐曲中，苏震西市长带领市政府的官员们准时来到会场，他像老朋友一样与天津人握手、打招呼，互致问候。他在庆典仪式上发表了热情洋溢的讲话，讲话中他高度赞扬了天津市领导和天津人民对墨津两城友好关系的重视，对墨尔本天津同乡会的成立表示热烈祝贺。令很多人没有想到的是，在讲到天津现状时，他对天津的海河开发、经济开发区的成就和城市的大规模建设讲得头头是道，如数家珍。甚至在记者提问时，他讲到了天津的五大道和海河边上的利顺德饭店！在场的天津人知道苏震西市长对天津十分关注，但这位异国市长对自己家乡如此的了解还是让人有些惊讶，人们对苏震西市长的讲话报以热烈的掌声。

对中国的发展变化，苏震西始终予以关注。20世纪80年代，天津市开放步伐加快，以国际化都市的姿态融入世界，1980年天津市与墨尔本市结成友好城市，为发展中澳两国友好关系，开辟了城市间友好交流的新纪元。在苏震西担任墨尔本市议会议员期间，高度重视墨尔本与天津的友好城市关系，多次到过天津。当时天津正全力实施“三五八十”战略，天津上下洋溢着大发展、大变化的气势，天津人昂扬的精神面貌和天津日新月异的变化使苏震西每到天津一次，就在心中积累一层深刻的烙印。他说，在我走过的城市中，天津给我的印象最深。我觉得天津有一种正在向国际化都市跃进的气势，这种气势令人震撼。他强烈地感到墨尔本与天津结成友好城市，对墨尔本和天津的共同发展具有重要意义。因此他十分珍惜两市的友好关系，为促进两市经济、文化和民间交流做了大量工作。

苏震西担任市长以后，更加重视墨尔本与天津的友好城市关系，他上任后首先充实了墨尔本市政府中国项目组中负责与天津友城工作的力量，并充实和加强了墨尔本市政府天津代表处的工作力量，委派有经验有能力的人担任代表处主任。他不仅带领政府要员，而且多次带领墨尔本的企业家、商人和旅游专家到天津，积极推动两市人民的友好交往和两市在经济及社会领域的交流合作。

在他卓有成效的工作下，墨津两市的友好关系不断发展。这个时期墨尔本与天津的交流不断加深，两市的经济、文化和人员的交流越来越多，到天津旅游的墨尔本市民每年都在增加，同样到墨尔本的天津人也越来越多。两市政府还达成了协议，在墨举办天津管理人员的培训班，每年都有来自天津各行业的干部在著名的墨尔本大学接受培训。

面向未来，播种两市人民友谊长存的种子

澳大利亚有一句名言："今天你如果不生活在未来，那么你就生活在过去。"苏震西把构建两座城市人民之间的友谊作为友城关系的基石，面向未来播种两座城市人民友谊长存的种子。

2003年10月19日，笔者随天津侨务代表团访问澳大利亚。

澳大利亚墨尔本夜景

到墨尔本的第一天，墨尔本市政府就专门派出市政府中国项目主任陪同我们参观市容。主任告诉我们，墨尔本有一座天津公园，是市政府批准建设的。在异国他乡竟有由我们自己城市名字命名的公园，我们无不感到振奋。在一座被深绿色的乔木涌围着的小丘上，一座中国式园林镶嵌在绿荫之中，雕梁画柱的小亭子矗立在园林中央，四周绿茵如毯，叫不上名的鸟儿在上面蹦蹦跳跳，我们走进其中便觉有一种“映阶碧草自春色，隔叶黄鹂空好音”的意境扑面而来，好像一下子回到了家乡。经过打探得知，这个澳大利亚唯一一座以异国城市命名的公园，就是在苏震西市长的建议和力促下，由墨尔本市政府建成的。在修建和修整中，苏震西格外上心。市政府中国项目主任告诉我们：“苏市长觉得让墨尔本的土地长久地留下一个两市人民友谊长存的象征特别有意义。”现在这个公园已成为墨尔本市一道独特的风景，旅居墨尔本的天津人和墨尔本当地人经常在这里举办友好交流活动，已成为两市友好城市关系的见证。

苏震西积极推动两座城市的友好交流，在他的推动下，天津泰达足球队与墨尔本足球队互访比赛，成为当时两座城市人民最为津津乐道的盛事。无论是在墨尔本还是在天津，两市足球队友谊赛赛场盛况空前，群情激昂，让津墨友城的观念深入人心。

与苏震西市长见面时，他对我们说，现在很多墨尔本市民都知道中国有一个现代化的大都市天津，市民们都对天津有着浓厚的兴趣，你们在墨尔本一定会亲身感到墨尔本市民对天津人民的友好感情。事实正是这样，置身这座世界最佳居住城市，就像时时感受优美环境、亮丽风景一样，时时感受到墨尔本市民对天津的友好和尊敬。在墨尔本皇家植物园，我们遇到四位推着婴儿车一起散步的少妇，她们听我们讲中文，便问是从中国哪里来的，我们告诉她们是天津，她们立刻围拢过来，那热情劲儿像见到了远方的客人。她们说，天津是墨尔本的友好城市，天津人是我们最好的朋友。其中一个说，天津和墨尔本都有一条贯穿城市的河流，墨尔本是雅拉河，天津是海河。她问海河到底是海还是河呢？问得我们一时也难以回答，我们告诉她海河也跟雅拉河一样美丽漂亮。她高兴地说：“等宝宝长大了，一定带他去天津旅游，去看跟雅拉河一样美丽的海河。”

记得那次访问墨尔本结束时，与苏震西市长告别时，他送给我们一本墨尔本市全景精美画册。他说：“墨尔本市与天津市都是世界上最美的城市，两市人民都是最勤劳善良的人民。我愿做两市人民的友好使者，为两座城市的发展做出贡献。”他真诚的话语一直铭记在我们每个人的心中。

49 未来的家乡

李晓楠

孩子的世界是纯洁的，他们将对未来的期待、对家乡的热爱，用画笔在心中涂抹成一幅幅梦的画卷。低碳环保、绿色动能、悠闲自在，这是未来的期待和努力实现的窗口，是天津市和惠灵顿市的小朋友们心中的“家”。他们是幸福的、他们是快乐的，他们就像一只只和平鸽在天津的天空飞翔。

新西兰惠灵顿海港

2021年11月23日，对于天津市和新西兰惠灵顿市都是难忘的日子。在这个特殊的日子里，举办了一项两座城市缔结友好城市十周年的重要活动。手绘“未来的家乡”天津－惠灵顿少年儿童绘画作品展如期举行。说起这次展览，天津市少年儿童活动中心相关负责人时至今日，依然感到那是一件非常有意义的一次“跨国”活动，不仅对孩子们的画作如数家珍，对友好城市惠灵顿市的熟知更是了然于胸。

在举办画展前期，为了更好地了解惠灵顿市和那里的孩子们，天津市少年儿童活动中心相关负责人查阅了大量的资料，尽自己的努力将文化与地域元素充分结合，让孩子们在“家乡”

惠灵顿将孩子们的画作制作成邮票

的主题下，放飞自己的梦想，让天津和惠灵顿在孩子们的世界里相融、相聚、相欢。

了解惠灵顿市先从它的建筑说起，惠灵顿是新西兰的首都，也是南太平洋地区著名的旅游胜地。林姆塔卡森林公园、皇后码头、老政府大楼、卡皮蒂岛自然保护区、惠灵顿植物园都是著名的旅游景点，惠灵顿还是世界上最美的海港之一。值得一提的是建成于1998年的博物馆，珍藏着许多珍贵的历史遗存，它犹如一个窗口，让游客从那里了解到新西兰的历史和文化。在那里，游客可以看见新西兰的自然环境，比如动植物、海洋地质概况，还有许多珍贵的照片，真实地再现了毛利人及欧洲开拓发展新西兰的过程。而惠灵顿蜂巢（国会大厦）则是游客非常向

王一诺的获奖作品《打开国门》

往的地方，蜂巢高达72米，共14层，它的墙板是不锈钢丝网，天花板是半透明的玻璃，其独特的外表吸引着众人的眼球。

惠灵顿市的建筑和风景成为孩子们畅想未来的主题，存在于现实的建筑物是历史的沉淀，更是文化的象征。未来的家是什么样的呢？惠灵顿的孩子们用他们的童真和手中的画笔将未来描绘。与此同时，天津市的小朋友也想把奔放、热情、包容的天津展现在大洋彼岸小伙伴的眼前，让家乡的美好、对未来的憧憬以及对地球村的理解，在七彩的世界淋漓尽致地渲染，让美好的明天不期而遇。

能够成功举办手绘“未来的家乡”天津－惠灵顿少年儿童绘

惠灵顿将孩子们的画作制作成邮票

画作品展是共同付出的努力，也是两个城市缔结友好城市的初衷。2011年7月22日，惠灵顿与中国天津市结为友好城市，时间虽然不长，但是在两座城市的友好往来中渗透着理解和快速发展融合的快节奏。其实，早在2001年两座城市就共同举办了首届“城市发展与减灾研讨会”，之后交往频繁，特别是在防震减灾领域合作取得了积极成果。深度的交流，促进了两座城市的发展，拓展合作领域，以社会保障、防震减灾、文化教育、经贸科技、城市管理等方面的交流，推动两市友城关系不断深化。特别是天津市外办相关负责同志与新西兰惠灵顿市政府国际事务部主任袁桐的多次联系，就像是天空中架起的彩桥，让两双大手紧紧相握，让两颗心灵相通碰撞，使两座城市关系不断走深走实。自然而然地，画展的筹备、成功举行如期而至。

画展以视频连线的形式完成开幕，对于天津市外办相关负责同志和惠灵顿市政府国际事务部主任袁桐来说，他们共同见证了孩子们在积极促进友好的道路上，将祝福和畅想献给这个美好的世界。画展跨越南北半球、跨越季节、克服疫情的影响，其中部分参展作品创作由两市少年儿童接力完成，这种新的创作方式有益于塑造开放、包容、合作的心态，从小培养胸怀天下的理念。为了能够深入了解当时的具体情况，在视频会议聊天中，说到惠灵顿市孩子们的绘画，风趣幽默的袁桐露出了浅浅的歉意微笑。他说，当时惠灵顿市收集到的孩子们的绘画作品都是线条形的，虽然突出了环保等理念，但视觉冲击并不明显，和天津市少年儿童的作品相比，稍有差距。这也让他心存不安。让他没有想到的是，天津市的孩子们在线条画的基础上，着色、浓墨重彩，实现了一幅作品两国小朋友共同完成，袁桐对新的创意充满感激，让画展更加增色，也让小朋友们的友谊更加深厚。

有心的人会做事。惠灵顿市一位漂亮女学生明溪（音译），发来视频，畅谈参加画展的体会。她活泼、热情，视频中，她开头竟然用的是汉语：天津，你好。她的美好祝愿就像是涓涓流水，依然萦绕在耳畔：惠灵顿市是多风的城市，但也是一座美丽的城市，这里有山、树木、森林，还有海洋，非常漂亮。这里有新西兰本地的鸟类和动物，生态环境不错。各种各样的本地特有的鸟叫声非常独特，使得惠灵顿颇具特色。我没有去过天津，对天津不是很了解，不过我认为天津市是很棒的城市，我希望进一步了解它，并且有机会亲身感受。这次画展的参展作品非常棒。绘画者把他们的想象力和创造力融入作品设计里面，我非常喜欢。画作中展现出来的对未来主义的畅想非常棒，特别是这些畅想都出自于孩子们的想象力。欢迎大家到新西兰做客，特别是惠灵顿，虽然风有点大，但你一定不虚此行。

正如新西兰惠灵顿市的这位小女孩所说，那一幅幅画作沉浸在蓝色的海洋和绿色的环保之中，绿色的房子、橘黄的灯光、参天的大树、蔚蓝的天空、洁白的云朵，在树丛间竟然有着一株绽放芬芳的红梅，将中国的元素，融于其中，浑然一体。

在画作创作的过程中，天津市少年儿童活动中心的老师们在这些孩子们面前，仿佛也成为天真可爱的孩童，静静地在旁边欣赏着、憧憬着，让孩子们自己想象，完完全全是孩子们自己的独立创作。老师们认为这是自己职业生涯中一件特别有意义的事情。其实，在老师们的内心世界里，始终激荡着一个想法。

她们在视频连线中，积极推介天津市少年儿童活动中心，以抒情的方式将少年儿童那天真、积极的一面，介绍给惠灵顿的朋友们。未来，天津市少年儿童活动中心将与惠灵顿中学缔结校际友好，这将成为天津市外办要做的一件重要的事情，也必将成为少年儿童期盼的事情。我们翘首以待。

时光永远往前推进，将阳光和雨露奉献给大地。眺望未来，无论是天津市还是惠灵顿市，人们都期待着未来，也期待着明天的相遇，无论在这里还是在那里，都是友谊，都是真情，都是连绵不断的爱心的传递。因为爱，我们没有距离，因为爱，我们彼此牵挂，因为爱，我们携手前行。在孩子们的世界里，在孩子们的画作里，在孩子们的眼中、口中、心中，我们都是实践者、建设者和见证者，建设未来的家乡，缔结友好城市，我们一路向前。

仿佛在前进的过程中，每个人都信心满满，把今天的事做好是为了更好的明天。我们也有理由相信天津市和惠灵顿市的明

惠灵顿红色小火车

天是可期的。友好城市的连接是一项让人敬仰的工作。从袁桐的眼神里我们能够读出他在惠灵顿市三十一年的工作痕迹和津津乐道的故事，他热情地邀请大家到惠灵顿做客，感受那里热情、友善、和谐的氛围和文化。而天津市外办就像是大洋上的那道彩虹桥，将一个又一个希望凝聚成彼此的关爱和携手发展的支持。美好的期待在心中畅想，在心里萌发，孩子们带着画作，相聚在惠灵顿，惠灵顿的朋友也能够再次相聚天津。遥首向往，未来也必将成为未来时段的今天，我们相聚，带着孩童般的微笑、孩童般的憧憬、孩童般的梦想、孩童般的纯洁，相聚在新时代，相聚在美好的明天。

50 留在阿比让的故事

李晓楠

2022年12月2日，由中国港湾承建，中交一航局负责施工的科特迪瓦阿比让港第二集装箱码头堆场（以下简称阿比让堆场）举行盛大开港仪式。

科特迪瓦副总统蒂耶莫科·科内、总理帕特里克·阿希以及中国驻科特迪瓦大使万黎出席。蒂耶莫科·科内在致辞中感谢中方积极推进阿比让港第二集装箱码头项目建设。阿比让港是

科特迪瓦阿比让街景

科特迪瓦目前建筑规模最大的对外贸易基础设施，该码头项目不仅为本国带来巨大经济效益，也创造了更多就业岗位，极大地促进科特迪瓦民生发展和社会繁荣。

对于这项海外工程，作为驻津央企中交一航局十分重视，组织精干力量参与建设并最终圆满完成任务，受到当地政府、企业等的高度关注。在这个过程中，每一个参建者的背后都有一个感人的故事，是他们用实际行动编织了天津市与阿比让市的纯真友谊，是他们用中国智慧助力了友城之间的那份最真挚的合作，是他们用科学严谨的管理成就了工程的高质量完成。遥望非洲大陆，一路走来，建设者播下了奋斗的种子，那里绽放着友谊之花，每一朵花都如人一样真实，成为故事里的主角。

将热爱融入自己的事业

三十七岁的乐利光是中交一航局具体负责阿比让堆场建设的总工程师。在与之视频连线的过程中，能够感受到这个年轻人的责任担当和大国情怀。施工中，他时时刻刻注意言行与工程施工的严格管理，更将那份对事业的热爱融入日常施工的方方面面。

开工前，乐利光就随“先头部队”到达阿比让，在港口附近的一个半岛“安营扎寨”，提前建设居住的板房，为正式施工做好准备。

当地的气候为热带雨林气候，7—8月为旱季，4—6月为大雨季，9—11月为小雨季，好在多为阵雨，雨后能继续施工。为了保证工期，他与大家一道首先根据工期要求排定施工计划，建立天、周、月、季碰头会制度，并根据工期、天气的变化随时调整工作时间，确保工程顺利进行。

工程大干的时候，正赶上新冠疫情波涛汹涌之时。整个现场1000多名工人，其中中国参建人员100多人，属地人员800余人。为确保人员安全，他坚持用国内高标准防疫，并与当地要求有机结合。戴口罩、体温检测、场所消杀，对体温异常的人员坚决不允许进入施工现场，防止交叉感染。与此同时建立网格化管理，班组之间施工人员不交叉。在施工现场管理方面，他始终强调不能让任何一个细节脱离安全的管控。施工作业开挖的基坑深达3米，为了防止塌陷，基坑四周加固钢板桩，有时还要处理基坑渗水的问题。在平台高空作业的施工人员必须系好安全带。

李建与同事讨论工作

由于很多当地人参加施工队伍，人员管理存在难度。在安全面前，“宁听骂声不听哭声”是他始终坚守的原则。

让乐利光不放心的还有从居住的半岛到施工现场需要乘船往返的交通安全。虽然只有近半个小时的时间，但需要横穿繁忙的弗里迪运河，再加上人员结构复杂等原因，用心保安全就尤为重要。上船前的安全晨会及救生衣的正确穿戴检查，虽然看似烦琐，但只有严密的管理，才能确保整体工程始终安全平稳。

有缘人终会相聚。乐利光与伊迪（音译）就是在工作中建立了深厚的友谊。伊迪曾经在中国留学，中文很棒，甚至带着棒子渣味儿的东北话都说得很溜。起初，只是让他担任翻译工作，看到他是一个认真负责，又敢担当的大男孩，乐利光就让他负责组织劳务管理工作。工会组织是重要的管理部门，逢休息日，当地工人就要休息，可工程建设哪能干干停停。通过伊迪与当地工会组织的多次沟通协调，特别是乐利光凭着多年的工作经验，实施了工程施工的倒班制管理，既保障了施工不间断，也让当地工人能够有足够的休息时间。

回忆曾经在阿比让港建设的点点滴滴，在乐利光的认知里，只要是需要，他都会踔厉前行、勇往直前。因为他说，热爱自己的事业，感恩自己的企业，这就是自己的追求。简单的话语里渗透着年轻人对未来奋斗的初衷，想必他的未来可期。

师带徒的做法留在了阿比让

0.377平方千米的施工现场上各种肤色的人和谐相处。在施工现场及很多的宣传资料里，李建和卡玛这对师徒的故事，可谓人人皆知。

工程初期，施工力量不足成为困扰大家的一件最重要的事情。工程项目部计划培养属地员工，既能缓解项目施工高峰期人员紧张的局面，又能带动当地兄弟学习技能。测量班长李建面试了几个当地小哥，但结果都不尽如人意。有的三天打鱼两天晒网，有的语言不通，他们陆陆续续都走了。

负责招聘的同事向李建介绍了前来应聘的卡玛。李建像往常一样，开始教授仪器识别、施工现场测量。就这样，卡玛开启了测量生涯。每天，大家都能看见李建和卡玛中文、英语、手势"海陆空"三栖联合"作战"。卡玛和其他的年轻人不同，骨子里

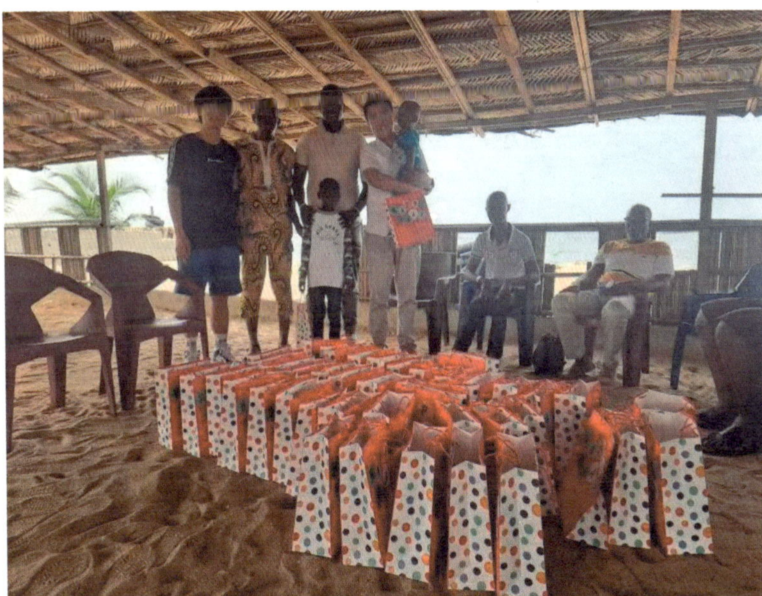

大潘与同事发放礼物

的好学，让李建十分高兴。在非洲能够带出一个徒弟也是一件了不起的事情。李建这么想，在实际测量中就特别的多“交代”，尽量让卡玛能够听懂，弄清楚测量的关键环节和数据推算。这天雨后，基坑底有积水，李建回去取雨鞋的时间，卡玛脱了鞋袜，自己扛着GPS赤脚下去了，等李建回来，点都放完了，李建不放心又下去复核了一遍，结果点放得很准确。晚上李建回到宿舍，高兴得逢人便夸。经过师傅的细致“教学”，渐渐地，测量工卡玛已经能够独当一面。从测量完李建复核，到独立放线、验收，从基础的水准仪到GPS，再到全站仪，卡玛本子上的字一天天变多，纸张一天天变黄变旧，他已经成为一名成熟的测量工了。看着能吃苦、又勤奋好学的卡玛，李建心里乐开了花。

在项目收尾阶段，卡玛开始跟师傅学习软件画图，问起卡玛以后去哪儿，他呲着大白牙说：“师傅去哪儿，我就去哪儿！”如今，卡玛和李建始终保持着联系。阿比让港这项工程改变了卡玛的人生轨迹，他很知足，在他的世界里，中国师傅是最帅的。

我喜欢“大潘”这个名字

一个来自非洲布隆迪的年轻人，同事们亲切地称他“大潘”。他曾经高兴地说，中国师傅给我取的这个名字我喜欢。

2020年2月，疫情在全世界开始蔓延的时候，大潘敲开了项目部大门，考核后顺利被招聘，起初让他负责商务工作。认真的态度和勤恳的工作让大潘迅速得到大家认可，后来又安排他负责仓库管理、加油、地磅称重等细致活。

提起大潘，几乎所有人都会夸他仔细。在堆场施工最关键的那段日子，工作强度在悄无声息地加大，大家都铆足了劲儿，大潘也不例外。种类繁多、数量庞大的材料出库入库数据烦琐，需要每天核实。大潘跑前跑后，一丝不苟，晚上还要伏案盘点着物资台账，材料管理得井井有条，再一次让大家为他竖起了大拇指。“最好一个钉子都不落下！”他说只有这样，才对得起大家的信任。

“这个外国小伙子不错，中文说得真地道。”项目党支部书记李景峰第一次见到大潘，被他那口流利的汉语所打动。原来在2014年，大潘怀着对中华文化的浓厚兴趣，来到中国留学，仅用几个月便实现中文无障碍交流，后来他还代表布隆迪参加“汉语桥”世界大学生中文比赛。

由于精通中、英、法三门语言，大潘还主动担任翻译，接待外国来宾、协调现场问题、翻译技术细节等工作。特别是他还主动帮助大多数只会说中英文的同事，在这个法语国家能更高效地沟通。

为了丰富施工之余的生活，项目部联系业主单位、组织属地工友进行篮球赛，大潘在活动中架起语言沟通、文化交流的桥梁，成为每次活动中最靓的仔。面对优秀员工等荣誉，大潘正如他那个鲜少提起的本名一样：Pacific，平静而祥和。

工程已经完工，阿比让港也将以崭新的姿态在非洲对外贸易发展及文化交流中发挥重要的作用。对于施工的所有参建者，他们依然留恋晚霞染红海面的情景。因为每天施工结束的时候，大家便欣赏眼前的美景。近处海浪碧波荡漾，远处晚霞染红的海面又是另一番景象。

临海而居，有大海的胸怀，有大海的远见，有大海的气魄。天津市和阿比让市同样都以港口名扬天下，同样都以港口繁荣经济。他们的未来就像无边无际的大海，风平浪静时，平静而安稳；巨浪滔天时，气贯长虹。试想，他们才是未来友城交流的最耀眼的两颗明珠。

后　记

国际友城工作是天津市对外开放的重要内容，也是天津市国际化程度的显著标志。2023年，作为新中国的第一对友城，天津市与日本神户市迎来缔结友城50周年。经过半个世纪的发展，天津的国际友城工作形成了交往时间长、涵盖领域广、交往内容丰富的全方位、立体式交往格局。迄今为止，天津市已与53个国家的99个城市建立了各种形式的友好关系。

市对外友协自2022年开始筹备编写一部关于友城交往的新书。相较于纷繁乏味的友城介绍资料，我们更倾向于以民间的表达方式，挖掘整理50年友城交往过程中的感人故事，让更多人了解友城交往的历史，展现友城交往的深度与广度，呈现友城合作的丰硕成果。我们与天津市作家协会合作，邀请优秀的作家们共同采访了60余位线索人，涉及五大洲的33个国家的50余个友好城市。我们通过这些生动鲜活的人物讲述他们真实丰富的工作及生活经历，彰显天津与这些友好城市之间的深情厚谊。

在本书编写过程中，我们得到了各国友城政府部门及社会各界朋友们的大力支持。日本神户市、澳大利亚墨尔本市、荷兰格罗宁根市、印尼东爪哇省驻津代表机构和天津石墨烯创新中心，俄勒冈州——中国理事会、日本千叶日中友好协会等为本书搜集素材提供了大力支持。同时，我们还有幸采访到了日本神户市历任驻津代表处所长、韩国仁川市历任驻津公务员代表、历任派驻日本秋田县研修生，以及蒙古驻华使馆参赞图门、哥伦比亚驻华使馆一秘卢秋、新西兰惠灵顿市外办负责人袁桐、法国留尼汪大区天津合作负责人王晶等，线索人们动情地回顾自己的亲身经历和感受，这些都让我们在书籍编辑的过程中既收获了温暖与感动，又收获了真情与友谊。

市对外友协名誉会长冯骥才先生亲自为本书书名提字；王述祖、耿建华、王树华、陈卫明、崔以泰、龚铁鹰、张志、郭润清、邹宁、李赞民等为国际友城合作作出积极贡献的老领导、老同志为故事的编写提供了大量素材；天津武清区政府为本书的统稿和编辑做出了特别贡献；市商务局、南开大学、天津理工大学、天津外国语大学、天津美院、天津青年京剧团、天津机电职业技术学院、天津霍元甲文武学校，天津医科大学朱宪彝纪念医院、天津经济广播、天津电视台文艺频道，中交一航局、天津农垦集团、天津利和集团、天津文化旅游摄影协会和丹佛斯集团、福莱特公司等单位全力配合，积极挖掘提供故事线索；他们或成为故事的主人公，或成为友城交往历史的亲历者或见证者。由于篇幅有限，不能一一致谢。在此，谨对所有为本书的编写给予大力支持的各界朋友们表示衷心的感谢和崇高的敬意！

搜集整理故事的过程也是我们对国际友城交往进行重新思

考和认知的过程。建立和维护国际友城关系既是服务国家总体外交和地方经济社会发展的必要手段，也是城市在经济全球化时代寻求自身发展的必然要求，更是夯实国家关系民意基础、推动构建人类命运共同体的重要抓手。城市之间的交往，其根源在于广大人民。习近平总书记指出，“国之交在于民相亲”。积极推进民心相通，是构建人类命运共同体的内在要求。只有人民之间相知相亲，才能推动友城合作可持续发展，才能为构建人类命运共同体奠定坚实基础。

50年，是我们回首过去的驿站，更是我们展望未来的起点。我们采集的这些民间交往故事也许只是友城交往历史长河中的朵朵浪花，但我们希望通过这些努力，让更多热爱友城交流的朋友们更加热爱友城，引发更多人思考友城合作的未来，积极推动友城合作再上新水平。今后，我们期待与世界各国城市开展更加丰富多彩的合作，在共促和平与发展的道路上，携手走向更加美好的明天。

2023年10月于天津